미웅이

미움이

발행일	2018년 6월 22일		
지은이	천 그 루		
펴낸이	손 형 국		
펴낸곳	(주)북랩		
편집인	선일영	편집	권혁신, 오경진, 최예은, 최승헌, 김경무
디자인	이현수, 허지혜, 김민하, 한수희, 김윤주	제작	박기성, 황동현, 구성우, 정성배
마케팅	김회란, 박진관, 조하라		
출판등록	2004. 12. 1(제2012-000051호)		
주소	서울시 금천구 가산디지털 1로 168, 우림라이온스밸리 B동 B113, 114호		
홈페이지	www.book.co.kr		
전화번호	(02)2026-5777	팩스	(02)2026-5747
ISBN	979-11-6299-192-3 03810(종이책)		979-11-6299-193-0 05810(전자책)

이 도서의 국립중앙도서관 출판예정도서목록(CIP)은 서지정보유통지원시스템 홈페이지(http://seoji.nl.go.kr)와
국가자료공동목록시스템(http://www.nl.go.kr/kolisnet)에서 이용하실 수 있습니다.
(CIP제어번호 : CIP2018018507)

(주)북랩 성공출판의 파트너

북랩 홈페이지와 패밀리 사이트에서 다양한 출판 솔루션을 만나 보세요!

홈페이지 book.co.kr · **블로그** blog.naver.com/essaybook · **원고모집** book@book.co.kr

미옹아

천그루 장편소설

북랩 book Lab

작가의 말

　그날, 그 전화 한 통이 나를 지금의 이 자리로 데려다 놓을 줄 미리 알았다면 나는 아마도 그 전화를 받지 않았을지도 모른다.

　그 전화는 마치 결코 이루어질 수 없다는 것을 알면서도 뭘 따져볼 새조차 없이 기꺼이 모든 것을 걸었던, 지금까지도 우리를 단 한마디로 당혹케 만들 수 있는 까마득한 기억속의 첫사랑과도 같은 것이었다. 누군가가 당신에게 당신이 첫사랑과 만나던 그때의 그 풋풋한 순간으로 지금 당장 돌아갈 수 있다고 한다면 당신은 과연 단박에 승낙할 수 있을까. 하지만 쉽게 마다할 수도 없을 것이다.

　나는 감히 음모론을 제기한다. 삶은 때때로, 아니 아주 빈번히 우리가 굳게 믿고 있는 것과는 반대로 자기 자신이 아닌 다른 무언가에 의해 선택된다.

　그 무언가 또한 또 다른 무언가에 의해 선택된다는 것을 우리가 미리 깨닫는다면, 그 복잡하고 끝없는 사슬의 끝에 '자신'이라는 황망한 두 글자가 매서운 두 눈을 부릅뜨고 도사리고 있다면, 우리는 그 사실을 쉽게 받아들일 수 있을까. 이제까지 그래왔듯이 앞으로도 계속 그렇게 진실을 모른 척 할 수 있을까.

　우리의 삶에는 수많은 지표들이 우연을 가장한 채로 우리 앞에 불쑥불쑥 고개를 처들고 나타난다. 삶의 기로에 나타났던 그때의 결정적 지표들을 발견하지 못했다면 지금과 똑같은 모습으로 존재하지 않았을 것이라는 것을 우리는 분명히 알고 있다. 반드시 그렇지는 않을 것이지만, 대신 먼 길로 한참을 돌아왔을 것이다. 그러면 과연 지표가 우리를 선택한 것일까. 우리가 지표들을 선택한 것일까.

  인간이 신을 선택하고, 물고기가 낚시꾼을 선택하고, 이 이야기가 작가를 선택했고, 작가는 당신을 선택했지만, 결국 당신이 이 모든 선택의 배후였다는 것.

  때때로, 아니 아주 빈번히 우리는 생각하지 않고 말하며 행동한다. 마치 꼭 그런 말을 하리라 미리 준비한 것처럼. 마치 꼭 그런 일이 있을 것이라 미리 예감한 것처럼. 그 순간, 우리는 우리의 논리적 생각과 합리적 판단이 언제나 현명하고 옳은 것은 아니라는 놀라운 비밀을 알아차린다.

  세상에서 가장 지혜로운 현자에게 묻고 싶다.
  당신이라면 우리에게 벌어지는 이 경이롭고도 흥미로운 현상을 어떤 말로 설명할 수 있느냐고. 나에게 조금이나마 가능성이 있다면, 끝을 알 수 없이 줄지어 빼곡하게 피어난 문자들이 까맣게 우거진 숲속에서 아무도 모를 조용한 사투를 외롭게 벌이다 영원히 길을 잃고 헤맨다 하더라도 기꺼이 그럴 것이다.
  완벽하게 아무것도 없어 정신병에라도 걸릴 것만 같이, 소스라칠 정도로 사방이 황량하고 창백하게 펼쳐진 하얀 종이의 바다 위에서 유일하게 자신을 증명할 일정한 박자의 얇고 길쭉한 박동만을 영원히 보낼 수 있다 하더라도 역시 기꺼이 그럴 것이다.

　세상의 그 무엇도 쉽게 설명할 수 있다고 자신했던 내가 이 엄청난 사실 앞에선 패배를 인정하고 머리를 기꺼이 조아리며 이런 식으로밖에 이야기할 수 없다는 것을 알아차리게 된 것은 정말 슬픈 일이다. 하물며 지금 느끼고 있는 이 슬픔조차 나는 어떻게 설명해야 할지 솔직히 모르겠다.
　하지만 내가 정말 많은 것들을 모른다는 것을 더 늦지 않게 알아차린 것만으로도 얼마나 다행인지. 지리한 삶을 살아내고 또 살아낼수록, 나는 쉽게 설명하지 못하는 것들이 기하급수적으로 많아진다는 것을 느끼고 인정할 수밖에 없다. 하지만 만약 당신이 이 긴 여정을 나와 함께 한다면 내가 말하고자 하는 것이 어떤 것인지 조금은 이해할 수 있지 않을까.

　내가 그로부터 느낀 따뜻함을 그가 내게 그랬던 것처럼 다시 당신에게 나누어 줄 수만 있다면, 우리가 이 복잡하고 까만 숲과 차갑고 하얀 표면을 그 무엇보다 풍요롭고 따뜻한 곳으로 조금씩 바꾸어 놓을 수 있을지도.
　아마도 나는 그곳에서 당신과 함께 비로소 하나의 무엇으로 존재할 수 있을지도.

차례

큰어머니

큰어머니가 돌아가셨다.

잠결에 무의식적으로 받아든 휴대전화 너머에서 다급한 떨림이 섞인, 어눌하면서도 더듬거리는 말투가 저쪽 끝에서 나를 찾고 있었다.

"크, 큰일 났어⋯. 큰어머니, 큰어머니가 돌아가셨어⋯."

어머니의 목소리였다.

"⋯올 거지?"

목소리가 점점 희미해지고 아득해지고 있었다.

"어? 뭐라고? 어, 어머니 내가 바로 전화할게요."

누가 어떻게 되었다는 것인가. 묵은 피로감이 온 몸을 내리누른다. 오늘은 토요일인데⋯. 나는 바짝 신경질이 나서 미간을 절로 찌푸렸다.

나는 침대에서 일어나 목욕가운을 걸치고 거실로 나갔다. 두꺼운 커튼을 걷고 베란다 여닫이문을 한번에 열어젖혔다. 거대한 냉동실 문이 열린 것 같은 오싹한 냉기가 한꺼번에 쏟아져 나왔다. 정오의 햇살이 저 멀리서 희미하게 비춰왔다. 찬숨을 있는 힘껏 들이마셨다. 몇 년 만에 유래가 없는 한파가 몰아친다던 겨울날이었다.

내려다보이는 한적한 주택가 작은 골목에는 익숙한 풍경이 흘러갔다. 멀리서 어렴풋하게 개 짖는 소리가 들려왔다. 사람들이 두셋 씩 오손도손 걷고 있었고 새로 생긴 빵집 문틈으로 갓 구운 향긋한 크로와상 냄새가 새어나오는 것 같았다. 어디선가 분주하게 늦은 밥을 짓는 포근한 냄새가 찬바람에 실려 왔다.

추운 줄도 모르고 인상을 찌푸린 채 서있던 나는 갑작스러운 어머니의 자신 없는 목소리가 머릿속을 점점 휘젓는 것 같아 견딜 수가 없었다. 나는 안방으로 돌아와 침대 모서리에 털썩 걸터앉아 머리를 감싸 쥐었다.

큰어머니가… 갑자기 왜… 큰어머니가 아프셨나? 어느 큰어머니지? 큰어머니가 두 분이셨던 것 같은데….

나는 이내 아득한 물음 속에 빠져 버렸다.

나는 한번도 큰엄마라도 불러본 적 없는 큰어머니를 떠올리려고 애썼다. 나는 급하게 기억 속 친척 어른들의 모습을 까마득하고 케케묵은 공간 속에서 더듬더듬 찾기 시작했다. 누군가 돌아가셨다면 아마도 친척어른 중 제일 나이가 많으신 첫째 큰어머니일 것이었다. 아마도 몇 년 전 어느 날, 우연히 집에 잠깐 들렀을 때 듣게 되었던 첫째 큰어머니의 병환 소식이 어렴풋하게 기억나기 때문이리라.

내 기억 속의 첫째 큰어머니는 명절에만 존재했다. 명절이 오면 제일 먼저 아침 일찍 나를 깨우는 어머니의 분주한 잔소리와 아버지의 말쑥한 남색 양복이 떠오른다. 잠이 덜 깬 채로 버스를 타고 한참을 달려 정릉동에 도착하면 황량하리만큼 넓은 찻길 건너편에서 세차게 불어오던 차가운 아침바람과 산동네 꼭대기를 향해 끝없이 뻗어 있는 계단 중턱에 위치한 첫째 큰아버지의 작은 집이 기억난다. 그리고 거기에서 늘 지내던 명절날의 차례상도.

첫째 큰어머니는 아버지의 6남매 중 첫째 큰아버지의 부인이라는 죄 아닌 죄로 매 명절 때마다 차례상을 도맡아 차리셨다. 명절만 되면 언제나 더할 나위 없이 풍성한 음식을 꼭두새벽부터 혼자 준비하며 작은 부엌에서 우리 가족의 인사를 받던 큰어머니는 늘 똑같은 검은 바탕의 꽃무늬 몸뻬바지를 입고 계셨다.

넉넉한 몸뻬바지에도 그대로 드러나던 불룩한 뱃살. 왜 고인의 얼굴보다 먼저 떠오르는 것이 하필 꽃무늬 몸뻬바지 앞섶에 툭- 튀어나온 불룩한 뱃살일까. 뒤집개를 오른손에 들고 왼손으로는 묵직한 허리를 받친 채로 연신 동태전을 부치면서 부엌을 가득 채운 김에 미끄러져 콧잔등에 위태하게 걸쳐진 동그랗고 두꺼운 안경 너머로 부리부리한 큰 눈을 치켜뜨고 우리를 쳐다보던 큰어머니. 큰어머니는 언제나 그렇게 큰집의 부엌에만 존재하는 것만 같았다. 첫째 큰아버지 댁에서는 명절이 아닌 평일에도 부엌에 홀로 서서 언제나 그렇게 무언가를 연신 부치고 계실 것만 같은 모습이었다.

정오가 되어 풍성한 차례음식을 먹고 나면 큰집의 안방은 아버지들 차지가 된다. 아버지들은 부엌에서 큰어머니가 내온, 오래되고 작고 동그란 소반 위에 예쁘게 깎인 채 놓여 있는 과일들을 멀뚱히 가운데 놓고는 대충 둥그렇게 둘러 앉아 이런 저런 이야기를 한다. 일 년에 두어 번 지내는 차례에서 나누는 아버지들의 대화내용은 늘 평범하다는 듯이 수군수군하다. 아버지들은 서로 이야기를 나누면서도 눈을 마주치는 경우는 별로 없다. 모두들 명절특집 방송에 눈을 떼지 않고, 데면데면한 표정으로 한마디씩 주고받는다.

아버지들의 두서없는 이야기들이 오고 가고 차례음식이 어느 정도 소화가 되어 만족스럽게 시원한 트림을 몇 번이고 했을 즈음, 우리 집 식구가 둘째 큰집에 들를 채비를 하면 첫째 큰어머니는 늘 기다렸다는 듯이 남은 차례음식을 검은 비닐봉투에 종류별로 정리해 담아 어머니에게 들려주신다. 내가 제일 좋아하는 향긋하고, 부드럽고, 담백하고, 노릇노릇하고, 거기다가 작은 쑥갓과 동그란 빨간 고추로 아기자기하게 하나씩 장식이 되어 있어 한 송이 노란 유채꽃같이 예쁘고, 심지어 한입에 넣을 수도 없을 정도로 아낌없이 두툼하기까지 한 동태전은 검은 비닐봉투에 담긴 차례음식 중에서 제일 양이 많을 것이었다. 그리고 큰집에 다녀갔다 온 며칠 동안은 차례음식이 우리 집 밥상에 내내 올라오겠지. 밤에 자다가 깨면, 몰래 냉장고를 열어 동그란 알루미늄 반찬통에 차곡차곡 예쁘게 담겨져 있는 동태전을 차가운 줄도 모르고 몰래 몇 개씩 맛나게 꺼내먹고는 언제 일어났냐는 듯이 금세 다시 곯아떨어지곤 했다. 그렇게 배부른 꿀잠을 맛있게 자던 시절이었다.

오후의 나른한 햇살 속에서 부모님을 따라 첫째 큰집을 나서 둘째 큰집으로 가는 길은, 사실 이때가 제일 중요한데 이때야말로 내가 빼놓지 않고 명절날 아침 일찍 부모님을 따라나서는 이유였기 때문이었다. 나는 언제쯤 큰어머니의 투박한 손이 내 손에 닿을지 몰라 뒷목덜미가 움찔거리기 시작한다. 큰어머니와 나는 어느 순간부터 무언의 합의를 본 것인 양, 언젠가부터 큰집을 나올 때 나는 어김없이 부모님으로부터 조금 뒤쳐져서 걷고 큰어머니는 부모님이 집에서 조금 멀어질 때쯤 대문을 나와서 살금살금 나를 추격한다. 그리고 내가 전혀 눈치 챌 수 없는 찰나에 내 뒤에서 갑자기 내 손에, 이따금은 내 주머니에 손이 불쑥 들어와 어김없이 꼬깃꼬깃하게 접힌 만 원짜리 지폐 한 장을 넣어주시며, "어여 가서 공부 열심히 하고…" 하면 나는 "네…" 하며 부끄럽게 고개를 꾸뻑 숙이지만 마음속으로는 쾌재를 부르고 있기 마련이었다. 기다렸던 용돈이지만 고맙다고 냉큼 말해야 하는지 말아야 하는지 몰라 수줍어하는 내 표정과 똑같이 수줍은 표정의 큰어머니. 어린 시절 큰어머니의 용돈이 없었다면 명절이 나에게 무슨 의미가 있었을까.

아마도 내가 고등학교에 들어가고 바쁘다는 핑계로 집안 명절행사에 참여하지 않는 횟수가 점점 늘어가고, 또 어느 순간부터는 영원히 가지 않게 된 것도 결국 그 만원의 가치가 빠르게 성장해가는 나에게는 점점 보잘 것 없는 액수가 되어버렸기 때문이었을 것이다. 팔팔한 고등학생이 금쪽같은 연휴 중 하루를 만 원짜리 지폐 한 장을 위해 보내는 것이 너무 부족하다고 느꼈던 것인지도 모르겠다.

명절 큰집의 풍경 속에서 장난감을 살 생각에 가슴이 한껏 들뜨고 부풀어 오른 어리고 작은 소년도 어김없이 나이가 들어갔다. 아마도 마지막으로 큰집을 찾았던 명절이 고1 때였을 것이다. 반드시 대학에 가리라던 혼자만의 다짐은, 바닥을 친 중학교 성적으로 들어간 기술 공업고등학교에서 상대적으로 쉽게 얻은 상위권의 내신 성적만을 믿은 무모한 도전이었다. 대학에 떨어지고 재수를 하고 그렇게 영겁에 가까운 시간이 지나고 대학에 가고 군대에 가는 동안 점점 더 첫째 큰아버지댁은 내 기억 속에서 멀어져 갔고, 큰어머니의 손길을 뒤통수 움찔거리며 기다리던 그때의 그 천진하던 소년도 내 기억 속에서 영원히 멀어져만 갔다.

어거지로 입학한 멋들어진 대학은, 쌉싸름한 초봄의 휑한 바람은, 물을 잔뜩 머금고 새로 돋아난 싱그러운 연두색 잔디의 물결은, 그 위를 넘실거리며 금빛 이슬의 알갱이들을 비추고 무섭도록 깨끗해서 단지 세 글자로만 써야만 한다는 것이 안타까울 정도로 찬란했던 봄 햇살은, 어울리지 않는 어설픈 화장을 한 탓에 희멀건 한 얼굴의 풋풋한 여자아이들이 두셋 씩 짝지어 걷고 있는 사뿐하고 생기발랄한 몸짓은 미치도록 지긋지긋한 군대생활을 견디게 했던 나만의 유일한 낙원이었다. 원래 내 것이었던, 누군가에게는 지극히 평범하지만 누군가에게는 지극히 위대한 그 세상을 다시 나에게 돌려주리라. 내 낙원을 다시 쟁취하리라던 보무도 당찬 나의 자신감은 제대 후 맞닥뜨린 차가운 현실에 흔적도 없이 사라져 버렸다. 그토록 돌아가고 싶었던, 꿈속에서만 돌아갈 수 있었던 남양주시 삼안리의 내 작은 집은 더욱 초라하게 쪼그라들어져 있었다.

내가 군대에 가고 일 년쯤 뒤였다고 했다. 오후에도 특집방송을 계속하던 TV에선 연신 IMF라는 뜻 모를 말만 되풀이하고 전 국민이 대낮부터 요란하게 금모으기 운동을 했다고 했다. 집안에 깊게 가라앉은 부모님의 무겁고도 조용한 한숨들은 점점 더 나를 초라하게 만들어 버렸다.

제대 후 며칠 동안 복학이야기만 꺼내면 어두워지는 부모님의 거짓말 같던 표정을 보아오던 어느 날, 그 작은 집의 콘크리트 벽이 무겁게 울리는 쿵-쿵- 거리는 소리에 놀라 정신을 차려보니 어머니는 얼굴이 사색이 되어 나를 쳐다보고 있었고 나는 거실 벽을 주먹으로 수도 없이 내리치고 있었다. 세상은 이미 너무 많이 변해 있었고 나는 이 현실을, 나에게 답을 요구하는 수많은 문제들을 인정하고 싶지 않았다. 나는 무슨 근거로 있지도 않을 주제넘은 유토피아가, 밝고 따뜻한 젊은이의 미래가 희망찬 제대라는 꿈같은 두 글자와 동시에 나를 위해 준비되어 있으리라 믿어 의심치 않았던 것일까.

그러다가 철없이 집을 나간지가 벌써 십여 년이었다. 강산이 바뀐다는 그 긴 세월동안 집에서 간간히 들려오는 집안 어르신들의 소식들은 내 십여 년 동안의 비참함을 품은 원망 섞인 목소리를 알아서 잦아들게 만들 정도였다.

우리 친척 어르신들은 말 그대로 늙고 병들어 갔다. 치열하게 살아온 세월에 대한 보상은커녕, 그들은 도대체 무엇을 위해 인생을 살아왔고 달려왔는지 당돌한 표정으로 되묻고 싶을 정도로 그 자리에 그 모습 그대로 망부석처럼 앉아서 그들이 감당하지 못할 세월의 무게를 고스란히 떠안은 늙은이가 되어 버렸다. 그리고 어쩌면 당연하다는 듯이 찾아온 병마들은 그들을 하나 둘 쓰러뜨렸다. 어른들은 한 분 한 분 그들의 인생과 맞바꿔 평생 동안 모은 많지도 않은 돈을 병원에서 모두 탕진하고 모두들 약속이나 한 듯이 요양원으로 한 분 한 분 차례대로 들어가셨다고 했다. 그들이 자기 자신을 위해 목돈을 쓴 건 그때뿐이라고 했다.

　당연히 우리 집안사람들이 모두 모이던 집안 유일의 명절모임 역시 사라져 버렸다. 명절이 되면 아버지는 말쑥한 남색 양복을 차려입고 친척어른들이 입원한 병원을 한 번씩 찾아가신다고 했다. 모두들 어느 하나 풍족하지도 그렇다고 크게 빈곤하지도 않았다고 기억되던 우리 집안은, 안방에 누군가가 늘 아픈 채로 누워있는 쓸쓸한 집안이 되어버렸다.

　나는 한참을 그렇게 앉아서 고등학교 때부터 그렇게 가기 싫어했던 꼭두새벽의 명절모임을 큰어머니의 죽음과 함께 마치 오랜 기억 속 잊지 못할 감격어린 추억인 양 추억하려고 애쓰고 있었다. 친척 중 누군가의 죽음을 마주하기는 처음이었다. 애써 슬픔을 느껴보려 했지만 눈물은커녕 어떤 마음의 떨림도 느껴지지 않았다. 그래도 친척어르신이 세상의 다른 한편에서 나와 같은 시대를 치열하게 살다가 숨을 거두지 않았느냐고 나 자신에게 질책하듯 물었지만, 그럼에도 불구하고 작은 슬픔조차 일지 않는 내 모습이 차갑게만 느껴졌다. 나는 의무감에서라도 슬픔을 느끼고 싶었다.

냉혈인간이 되어버린 것인가. 냉소가 일었다. 친척어른의 죽음조차 나는 몇 달에 한번 찾아오는 주변 사람들의 흔한 경조사쯤으로 버릇처럼 치부해버리고 있었던 것이다. 그때 훌쩍 집을 나와 버린 후로 너무 교류가 없었던 탓이리라.

나는 그때 빈손으로 집을 나와 닥치는 대로 일을 했다. 식당에서 접시를 닦고 택배회사에서 배달을 했다. 내가 할 수 있는 돈 되는 일이라면 무엇이든 상관없었다. 그러던 중 돈을 많이 벌 수 있다는 말만 믿고 무작정 뛰어들게 된 보험설계사의 세계. 하지만 그 또한 만만치 않은 고된 가시밭길의 연속일 뿐이었다. 어쩔 수 없는 선택이었다. 하지만 지금은? 계속 어쩔 수 없는 선택을 하다가, 때가 되면 어쩔 수 없이 죽을 것이다. 언제까지 이렇게 어쩔 수 없다는, 날 대변하는 단 하나의 변론을 되뇌어야 할까.

언젠가, 내가 큰 성공만 하면 숨만 간신히 붙어있는 그 초라한 집을 단번에 일으키리라. 그리 다짐하고 또 다짐하는 것만이 내가 할 수 있는 전부였다. 그렇게 이를 악물고 앞만 보고 달려온 시간들이 지금도 아련하다. 잡힐 듯 잡힐 듯 모래알처럼 아슬하게 손아귀를 빠져나가는 성공이라는 두 글자는 늘 내 것이 아니라는 듯이 지지부진하기만 했다.

사람들로 붐비는 번화가 길거리 중앙에 떡하니 버티고 서서 전단지를 돌리고 사무실들을 누비던 그 열정의 시간들이란. 미리 그 회사의 것과 똑같이 만든 가짜 핀뱃지와 가짜 사원증을 달고, 로비에선 경비원들과 익숙한 미소를 서로 주고받는다. 대기업 빌딩을 타다보면 리플리처럼 내가 진짜 이 회사 직원이 아닐까 하는 착각에 빠졌다.

세상은 사람들로 가득 차 있고 사람들은 반드시 내가 필요할 것이다. 사람들의 니즈는 반드시 나를 향할 것이다. 그렇게 믿고 또 믿었다. 그게 언제라 하더라도 10년이고 20년이고 시간이 걸리더라도 나는 결단코 포기하지 않으리라. 언젠가는 반드시 세상을 내 것으로 만들리라. 하며 밤이고 낮이고 궁리하는 나 자신의 모습을 애틋하게 바라보는 것이 지긋지긋해질 무렵, 드디어 기다리던 성과들이 줄줄이 터지기 시작했다. 키맨들을 위해서라면 그 무엇도 할 수 있었다. 키맨들은 신이 내린 축복이요, 내 보스이자 내가 사는 이유다. 사람은 계약을 낳고, 계약은 돈을 낳고, 하나의 계약은 다른 계약을 낳는다. 줄줄이 이어지는 비엔나 소시지처럼 사람이 사람을 낳는 거대한 축복의 선순환구조. 평판은 나의 광고판이요, 자긍심 넘치는 햇살 같이 환한 미소는 나의 유일한 무기다. 업계에서는 운이 좋았다고 했고 나는 내 땀의 당연한 대가라고 했다. 잡상인으로도 불리고 보험쟁이로도 불렸다. 하지만 그런 건 아무래도 좋았다.

흔히들 말하는 남부럽지 않은 안정적인 생활? 그게 좋은 집안에서 태어나지도 않고 배운 것도 없는 나에게도 가능하다니. 하지만 어느 정도 여유 있는 생활을 하게 되었음에도 불구하고 집에 찾아가지 않은 것은 무엇 때문이었을까. 보잘 것 없는 삼안리 집은 내가 피땀 흘려 만들어 놓은 지금의 내가 누리고 있는 생활수준을 한번에 부끄럽게 만들었다.

내가 그런 죄책감을 왜 느껴야 하지? 그냥 처음부터 없었던 것처럼 외면하면 안 될까? 솔직히 말해서 그게 사실이지 않은가? 그놈의 구질구질한 집은 극악의 확률로 거짓말 같이 찾아온 순풍을 맞아 간절한 날갯짓을 있는 힘껏 하며 낮게나마 날고 있는 나를 또다시 흙탕물이 흥건한 진창으로 끌어내릴 것만 같았다.

나 혼자 노력해서 개같이 번 돈을 집이 못산다고, 생활비가 부족하다고 해서 나눠줄 수는 없지. 암. 절대 그럴 수는 없다. 집에 찾아가지 않은 것은 결국 그 알량한 돈 때문이었다. 그때, "이놈의 집구석은 미래가 없어!" 라는 말을 지긋지긋하고 넌덜머리가 난 것처럼 몇 번이나 외치며 삼안리 집을 뛰쳐나오면서 나는 본능적으로 "달려!"라는 명령이 떨어지기가 무섭게 던져진 공만 보며 미친 듯이 달리는 개처럼 오로지 돈이라는 한 가지 목표만 보고 달려온 것이다.

그리고 오늘, 그 긴 시간동안 스스로의 공포와 절망이 만든 두려움의 감옥 속에서 지내는 동안 세상은 또 얼마나 변해버렸는지. 도무지 감이 잡히지 않았다.

장례식

　그렇게 멍하니 앉아서 얼마나 시간이 흘렀을까. 나는 무의식적으로 일어나 천천히 거실 구석으로 걸어가서는 세워져 있던 진공청소기 손잡이를 움켜쥐었다. 청소를 해야 해. 더러워 죽을 것만 같아. 원인모를 사명감이 솟구친다. 숨이 답답하게 막혀온다.

　이 더러운 집구석. 청소를 언제했는지 도통 기억이 나지 않는다. 너무 더럽다. 그렇게 청소를 해도 고양이털은 영원히 없어지지 않는다. 그건 그렇다 치고, 세상의 갖은 먼지들은 왜 여기에 다 모여 있는지. 출처와 성분이 불분명한 정체불명의 회색가루들은 집안의 그 어떤 틈, 어떤 표면 위에도 빠짐없이 뽀얗게 내려 앉아 있었다. 늘 밟고 지나다니는 거실 바닥에도 여지없고, 북극의 바람을 맞으며 자란 나무로 만들어졌다는 이유로 늘 내 자부심을 채워주는 짙은 고동색 원목 책상 위에도, 그 밑 구석에 널부러진 채 노랗게 변색된 멀티탭 전선들 사이사이에도 끈질기게 너도 나도 한자리 씩 차지하고 있었다.

　새하얀 킹사이즈 엔틱 침대 밑 어두운 구석에도 돌돌 말려 있는 고양이털과 한데 뭉쳐진 먼지꾸러미들. 화장대에 놓여있는 화장품들에도, 심지어 가스레인지 위에 달려있는 북유럽 풍 디자인의 상아색 주방환기구의 표면에도 중력의 법칙을 거스르고 붙어있었다. 버르장머리 없는 회색의 포자마냥 싹이 피어있는 찐득찐득한 가루들은 훅 불면 언제라도 다른 곳으로 날아갈 준비가 되어 있는 것 같았다. 먼지들은 마치 살아 있는 것처럼 나무 무늬를 그대로 살려 특별히 주문제작한 원목책장에 꽂아놓고 한번도 읽지 않은 고풍스러운 양장본 전집 위에도 하늘하늘 미세하게 움직이고 있다.

여태 내가 이런 수십, 수천, 수만 종의 먼지가루들과 같은 공간에서 숨 쉬고 있었다니.

먼지싹싹이라는 대문짝만한 인쇄문구가 믿음직스럽게 반짝이는 저소음 진공청소기를 호기롭게 빼어들고 집 구석구석에 나풀대는 고양이털과 먼지들을 시원하게 빨아들이기 시작했다. 찬장에서 새 행주를 꺼내 적셔 들고 무던한 시간동안 끈질기게 살아남은 먼지들을 닦아냈다. 행주가 지나간 자리와 그렇지 않은 자리에는 안전한 곳과 그렇지 않은 곳을 구분하는 것 같은 경계선이 생겼고, 그 선이 생긴 반대쪽을 다시 닦고 닦았다. 손이 닿지 않는 틈새에 찐득찐득 눌어붙은 검은 귀지들은 새하얀 면봉으로 한 점 한 점 야무지게 닦아냈다. 나는 청소에 열중한 나머지 어느새 날이 어둑어둑 해지는 것조차 느끼지 못하고 있었다. 시간은 나를 서서히 옥죄는 것처럼 야금야금 흘러갔고, 나는 무언가에 홀린듯 청소를 계속, 계속 하고 있었다. 청소를 해야 해. 청소를.

거실바닥을 기어가며 닦다가 순간 고개를 들었다. '이게 지금 뭐하는 짓인지…' 나는 행주를 한손에 든 채로 바닥에 철푸덕 주저앉았다. 손가락이 나도 모르게 파르르 옴짝였다.

아직은 아니야. 아직 준비가 안됐어. 왜 하필이면 오늘이냔 말이야. 조금 더 있다가 아니 몇 달만, 아니 일 년만 더 있다가 돌아가셨으면 좋았잖아. 왜 하필….

너무 갑작스러웠다. 그동안 단 한 번도 집에 가지 않았던 것은 아니었다. 하지만 몇 년 전에 두어 번쯤 잠깐 들렀을 뿐, 집에 오래 머물렀던 적은 없었고 내가 반드시 직접 집에 가야할 이유 또한 없었다. 하지만 큰어머니의 죽음은 달랐다. 그러나 나는 아직 집에 돌아갈 준비가 되어 있지 않았다. 집에 돌아간다는 것은 나에겐 세상과 벌인 십여 년 동안의 처절한 전투에서의 패배를 인정하는 것이고, 지금의 불완전한 나의 모습을 가족들에게 보이는 것은 집나간 탕아의 금의환향을 언감생심 기대하고 있을지도 모르는 저들에게 피폐한 삶에 찌든 패잔병의 지저분하고 발가벗은 모습을 실망스럽게 내보이는 것이었다. 그동안 내가 그토록 원했던 승리라는 것은 도대체 무엇이었는지. 그것이 단순히 잘 사는 것을 의미하는 것이 아님은 확실했다. 십여 년의 처절한 아등바등. 경쟁에서 살아남고자 했던 뻔뻔한 몸부림. 그 모든 것을 대가로 무엇을 얻었을까. 몸에 잘 맞는 좋은 옷을 맞춰 입고 옛날보다 좋은 집에서 살고 처음 본 사람에게도 또박또박 천천히 말하고 싶은 브랜드의 차를 타지만, 그것은 그저 반짝이는 허울일 뿐이고 그럴듯한 껍데기에 지나지 않았던 것이 아닐까. 그리고 그 반질반질한 향유의 대가로 나는 무엇을 잃었을까. 알량한 껍데기를 얻고 소중한 알맹이를 잃어버린 것은 아닐까. 나는 거대한 허망함을 느꼈다. 지금의 나는 나에게만큼은 절대 오지 않을 것만 같았던 마흔이라는 어엿한 나이가 되었지만, 십여 년의 세월동안 너무도 가벼이 치부하고 있었던 진정한 삶의 문제에 대해 지금까지 시간을 들여 숙고한 적이 한번도 없었던 것이다.

나는 이미 알고 있었는지도 모른다. 떠나온 시간이 이처럼 길고 멀었던 것처럼, 돌아가는 시간도 그만큼 길고 멀 것이라고. 하지만 이번이 마지막 기회일지도 모른다.

순간, "올 거지?"라고 자신 없게 묻던 어머니의 말이 귓가에 맴돌기 시작했다. 견딜 수가 없었다. 자신 없이 흔들리며 내 귓가에서 자리를 찾지 못한 채 사그라지던 어머니의 목소리는 마치 "넌 내 장례식에도 오지 않을 거구나."라고 체념하듯 말하는 것만 같았다. 나는 세차게 고개를 저었다. "아니! 그런 게 아니라니까요!"

나는 무언가 작심한 듯이 벌떡 일어나 행주를 싱크대에 던져 버리고 욕실로 들어가 황급히 몸을 씻기 시작했다. 샤워기에 머리를 적시고 샴푸를 두세 번 신경질적으로 눌렀다. 길죽한 샴푸통이 미끄러지면서 욕실 바닥으로 둔탁한 소리를 내며 나가떨어졌다. 머리에서부터 내려오는 진한 거품으로 온몸에 비눗기를 묻힌 다음 다시 헹구어 내기까지 단 몇 분밖에 걸리지 않았다. 안방으로 물을 뚝뚝 떨어뜨리면서 달려와 대충대충 물기를 닦았다. 어머니의 "올 거지?"라는 말이 거짓말쟁이 아이를 경멸하는 선생님의 날카로운 눈초리처럼 내 뒤통수를 계속 기분 나쁘게 쿡쿡 찌르는 것만 같았다.

붙박이 장롱 구석에서 찾아 맨 검은색 타이에서 꿉꿉한 냄새가 물씬 풍겼다. 현관 벽에 걸려있는 차 열쇠를 습관처럼 꺼내 들었다가 천천히 도로 걸어 놓았다. 간만에 부모님 집에 간 그녀에게 전화를 걸어 놓을까도 했는데 것도 내키지 않았다. 떨어지지 않는 걸음을 한 걸음 한 걸음 터벅터벅 무겁게 떼며 어둑어둑 노을이 지고 있는 찻길로 나와 택시를 탔다. 택시 안에서 어머니에게 전화를 걸어 주소를 받아 적었다.

장례식장은 의정부였다.

토요일 저녁의 서울역 앞 4차선 대로는 수많은 차량들로 가득 차 있었다. 느릿하게 움직이는 차량들은 잘 훈련된 웅장한 퍼레이드의 일사분란한 행진인 것 같았다. 마치 언제나 자연의 법칙대로 앞으로

만 흘러가는 우직하고 고집스런 시간의 힘에 이끌리는 것처럼 거대한 상물을 이룬 듯 일제히, 그리고 무겁게만 흐르고 있었다.

꽤 막히는 듯한 하행선과는 달리 상행선인 이쪽은 한산한 형편이었다. 혼잡한 도심지를 벗어나자마자 택시는 한번에 확 열려버린 수채 구멍을 향해 회오리치며 거침없이 빨려 들어가는 무기력한 설거지 물처럼 빠르게 내달리기 시작했다. 비가 오는 것도 아닌데 차창 밖의 알록달록한 불빛들이 빠르게 일그러져갔다. 축하해야 할 일말의 이유를 찾을 수 없는 크리스마스와 연말연시를 위해 한껏 들뜬 네온사인 빛들이 살아있는 진짜 불꽃처럼 차창 밖에서 세차게 흔들렸다. 목적을 찾지 못해 갈 곳 없는 욕망들이 현란한 불빛들에 섞여 아스라이 타오르는 것만 같다.

나는 그제서야 안심이 되어 눈이 지긋이 감겼다. 알 수 없는 안정감이 몰려와 푹신한 새 잠자리에 누운 것 같이 마음이 아늑해졌다. 그렇게 나는 천천히, 아주 오래전 내가 자라고 컸지만 나에겐 너무도 빨리 고대의 유적지가 되어버린 그곳으로 점점 거슬러 올라가고 있었다. 시간이 거꾸로 흘러가는 것만 같았다. 거꾸로 거꾸로 마치 타임머신을 탄 것처럼. 왠지 지금과 같은 모습으로는 다시 돌아오지 못할 것만 같은 느낌이었다. 내가 과연 이걸 감당할 수 있을까. 혓바늘이 따갑게 돋는 것 같았다.

택시는 어느새 혼잡한 도시의 혼잡한 도로를 벗어나 한적한 의정부 외곽 도로를 매끄럽게 달리고 있었다. 주소지에 도착하자 어둠이 짙게 깔려 있었다. 눈앞엔 넓은 공간을 정확하게 재단해 통째로 올려놓은 듯한 맨질한 표면의 육중하고 거대한 흰색 콘크리트 덩어리가 압도적인 모습으로 서 있었다. 이 지역의 대표적인 랜드마크인듯 했다. 나지막한 주위 건물들에 비하면 상당한 규모였다. 심지어 정문을 지나 입구까지 심어진 앙상한 가지의 정원수들마저 유려하게 정돈되어 있었다. 추운 겨울 바람 속에서 을씨년스럽게 윤기 나는 건물 표면이 뻣뻣할 정도로 새하얗게 반짝였다. 마치 죽은 지 얼마 안 된 시체의 창백한 피부같아 보이는 냉랭함은 멀쩡하게 잘생긴 사람의 습관적인 위선처럼 보였다. 어떤 환자든 당연히 낫게 해줄 것만 같은 이렇게 크고 좋은 병원이 왜 큰어머니의 병은 고치지 못한 걸까. 고치지 않은 걸까.

장례식장인 병원 별관은 본관에서도 멀찍이 떨어진 주차장 외곽에 있었다. 뺀질한 병원건물과는 상반된 장례식장은 이 병원에서도 버려진 듯 했다. 빛바랜 간판이 초라해 보였다. 지하 장례식장으로 내려가는 좁은 통로의 계단을 몇 계단 내려가자 큰어머니의 낯선 이름이 떠 있는 대형 TV화면이 보였다. 순간 부자연스럽게 발끝이 멈칫했다. 지금 발을 돌려 돌아가도, 장례식에 참석하지 않아도 나에게 아무도 무어라 책임을 물을 사람은 존재하지 않는다. 나는 단지 왕래가 별로 없었던 친척 중 한 명으로 기억될 뿐이다. 하지만 큰어머니의 죽음은 나도 모르게 한 걸음 한 걸음 계단 밑으로 발을 내딛게 만들었다. 오늘은 모든 것들을 한 순간에 잃어버린 그녀를 위로할 수 있는 마지막 날이 아닌가.

빈소에 들어서자 사촌형이 검은 상복을 말쑥하게 입은 채 조문객을 맞이하고 있었다. 큰어머니의 아들이 말쑥한 검은 정장을 입고 있는 모습을 본 것은 그때가 처음이었다. 나는 사촌형에게 꾸뻑 머리 숙여 인사를 했다.
"왔구나. 밥은 먹었니?"
기억 속 어딘가에 미세한 흔적만 남아있던 사촌형이 나에게 옅은 미소를 지으며 인사를 했다. 고등학생이던 사촌형이 마흔이 훌쩍 넘은 나이가 되어 내 앞에 서 있다. 고등학교 때 이후로 보지 못했던 그의 얼굴에는 세월이 남긴 시간의 흔적이 주름이 되어 군데군데에 진하게 새겨져 있었다. 하지만 나는 그를 잘 모른다. 그저 친척사이일 뿐이다.

잘 알지 못하는 낯선 사람 앞에 선 낯선 나. 친척의 죽음으로 인해 마주쳐야만 하는 의무적이고 생소한 느낌. 마치 어릴 때 해외에 입양되어 자란 사람이 자기를 닮은 친부모와 갑자기 마주친 것 같이 어색하고 불편한 자리였다. 사촌형도 나처럼 어색해 하며 멀뚱히 서 있었다. 낯선 사람의 얼굴에 두껍게 묻어있는 지난 시간들 속에 얼핏 보이는 내 어린 모습을 부정하기엔 이미 너무 늦은 듯 했다. 나는 그들을 너무 닮아 있었고, 우리의 닮음 속에는 짧지만 서로가 공유하는 기억들이 존재했다. 그러나 그 짧은 기억과 우리의 닮은 생김새는 오랜 시간동안 떨어져 있던 우리를 이상하게 끌어당기고 있었다.

사촌형이 큰어머니의 영정에 묵묵히 절을 하고 일어서는 나를 물끄러미 바라보다가 조문객들이 한가해진 틈을 타 밖에 나가자는 눈짓을 했다. 사촌형은 의정부로 이사한지 좀 되었다고 했다.

"일전에 미리 찾아뵀었어야 했는데… 죄송합니다."

절로 말끝이 흐려졌다. 나도 모르게 두어 살밖에 차이나지 않는 사촌형에게 극존칭이 쓰이고 머리가 다시 꾸뻑 숙여졌다.

조용하고 어둑어둑 한적한 장례식장 뒷골목에 훤칠한 남자 둘이 멀찍이 서서 말이 없다.

사촌형이 익숙하게 담배를 꺼내 물었다.

"오랜만이네…. 새벽에 돌아가셨어."

사촌형의 건조한 말들이 자욱하고 짙은 담배연기와 함께 금세 포자처럼 흩어져버렸다.

"아… 네…"

어머니를 잃은 아들에게 무언가 위로의 말을 해야 하는데 좀처럼 말이 나오지 않았다.

명절 때 아버지들 뒤에서 나와 나란히 수줍은 절을 하던 그는, 이제 어엿한 상주가 되어 검은 상복에 삼베 완장을 차고 부자연스러운 손으로 담배를 길게 빨아들인 뒤 긴 연기를 내뿜고 있다. 사촌형의 입가에 주름이 깊게 파였다.

나는 저 멀리서 아까부터 나를 따라온 알록달록 일그러진 불빛들에 멍하니 시선을 두었다. 머리카락 한 올 한 올에까지 스며들었던 지난 여름의 끈적한 습기와 유난히 매서웠던 더위는 흔적도 없이 어느새 한 겨울 저녁의 매서운 냉기로 바뀌어 있었다. 저 멀리서 누군가 동태전을 부치고 있는 것 같은 기름진 냄새가 어렴풋이 풍겨오는 것만 같았다.

5년 전쯤이었나. 대학로 호프집 어딘가에서 생맥주를 마시다가 우연히 지나치듯 만났던 것이 사촌형이었지 싶었다. 그리고 몇 년 전 전화 속 어머니로부터 어렴풋하게 들었으나 그냥 지나쳐 버린 사촌형의 결혼식 날짜. 그리고 지금, 큰어머니의 장례식. 성인이 된 뒤로는 두 번째 만남이다. 여전히 사촌형은 붙임성이 없다. 얼마간의 침묵과 목적 없는 시선들이 몇 차례나 빗나가고 사촌형이 먼저 담담하게 입을 열었다.

"내려가서 밥 먹자."

접객실에 들어서자 검은 상복을 입은 작은 여자가 머리에 삼베리본을 달고 어색한 미소를 지으며 나에게 공손히 인사를 했다.

"이리 앉으세요."

사촌형의 아내라고 했다.

"아… 안녕하세요."

유달리 흰 피부 때문인지 검은 상복이 유난히도 새카맣게 느껴졌다.

장례식장의 나머지 빈소는 텅 비어있었다. 썰렁한 분위기가 감돌았다. 빈소를 마주보고 있는 접객실은 사촌형과 큰어머니의 외가 쪽 어르신들이 듬성듬성 앉아 계신 것 외에는 앉아 있는 사람이 몇 사람되지 않았다.

잠시 후 계단을 내려오는 사람들의 분주한 발소리가 들렸다. 우리 가족들이었다. 접객실에 들어선 아버지는 멀쑥한 표정의 아들이 의외라는 듯이 놀란 눈으로 언제 왔어? 라고 툭- 던지듯 묻는다. 아버지의 힘없는 목소리는 이제 그의 것이 아닌 듯 쉬어지고 가늘어져 있었다. 나는 배가 점점 불룩하게 나와 가고, 반대로 아버지는 점점 깡 말라간다. 늙은 아버지의 뭐라 설명하기 힘든 고릿한 냄새가 참 낯설다. 나는 쓰라린 소외감을 느낀다. 밥을 맛있게 먹다가 갑자기 모래를 왕창 씹은 듯이 입안이 불쾌하게 까끌까끌하다. 이제 더 이상 아버지를 미워해서는 안 되는 것인가.

나는 장례식이라는 것을 잠시 잊은 듯 벌떡 일어나 가족들을 접객실에 자리 잡아 앉히기 바빴다.

"음식 좀…"

사촌형이 형수님에게 손짓을 했다. 어느새 정적만 감돌던 접객실이 사람들로 분주해졌다.

"삼촌 다녀가셨어요."

사촌형이 기다렸다는 듯이 아버지와 마주 앉으면서 말했다.

친삼촌은 아버지의 4형제 중 막내다. 흰 피부에 큰 코, 움푹 들어간

이국적인 눈매를 가진 삼촌. 삼촌은 우리 집안에서 유일하게 풍채가 넉넉한 분이셨다. 삼촌이 당뇨병이 심해 한쪽 눈을 잃으셨다는 이야기를 언젠가 들은 것만 같다.

중동 건설현장에서 휴가를 받아 귀국할 때마다 귀하다는 빠나나를 한 송이나 사오던 삼촌. 식구들이 옹기종기 모여서 빠나나 파티를 하고 나면 어린 나를 안방에 몰래 데리고 들어가 주머니에 숨겨 놓은 작은 빠나나 하나를 몰래 내어주던 삼촌. 삼촌이 가져온 새하얀 산호와 맨질맨질 윤기가 나는 큰 나팔고둥들은 어김없이 어머니의 화장대에 장식되어 있기 마련이었다. 나는 오래된 레이벤 썬그라스를 쓰고 하얀 바지를 멋스럽게 차려입은 젊은 삼촌을 떠올렸다.

이제 몸이 성한 친척 어르신은 한분도 안 계신 것일까. 바로 갔어? 아버지는 삼촌이 접객실에서 보이지 않는 것을 알면서도 자꾸만 횅한 접객실을 두리번거리신다.

어느새 침묵이 감돌고 있었다. 어머니와 누나는 접객실 한 켠에 옹기종기 앉아 일회용 접시에 담긴 음식을 멀뚱히 바라보고만 있고, 이 수줍은 일가를 마주보고 있는 상주 역시 말없이 데면데면하게 앉아만 있다. 명절날 큰어머니댁 아버지들의 모습이 데자뷰처럼 눈앞을 스쳐 지나갔다. 문득 사촌형의 모습에서 큰어머니의 모습이 겹쳐보였다. 콧잔등 위에 비스듬히 쓰고 있는 동그랗고 두꺼운 안경 너머로 부리부리한 두 눈이 도드라져 보였기 때문이었다.

"눈매가 큰어머니를 닮으셨어요."

나는 침묵을 깨고 사촌형을 보고 말했다.

사촌형은 그래? 하는 듯이 다시금 안경 너머로 눈만 치켜 떴다. 이 사람들은 원래부터 늘 이런 식이었을까.

또 한 번 장례식장으로 내려오는 계단에서 사람들의 발소리가 들렸다. 둘째 큰아버지였다. 둘째 큰아버지는 다리가 불편하신 듯 한 발 한 발 더듬거리며 걸어내려왔다. 둘째 큰아버지의 큰딸인 사촌누나가 큰아버지의 팔을 익숙하게 부축하고 있었다. 둘째 큰아버지가 접객실에 들어서자 조용하던 장례식장이 다시 시끄러워졌다. 그 옛날 차례를 지내기 위해 첫째 큰아버지 댁에 온 가족들이 모이던 명절날 같았다. 조용하던 장례식장이 가족모임의 장소가 되어 버렸다. 친척들은 한데 둘러앉아 조용조용히 서로의 건강과 생활을 물었다. 어릴 적 똑부러지는 말만 하던 새침한 사촌누나 역시 풍성한 체형의 중년여성이 되어 있었다. 시간은 모든 사람들의 얼굴에 스며들어 그들을 나로부터 낯설게 만들어 버렸다. 그렇게 시끌벅적한 와중에도 아버지의 카랑카랑한 목소리는 노인의 그것이라고는 믿기 힘들만큼 날이 서 있었다. 아버지는 명절날에 한자로 지방을 쓸 때부터 차례상을 물릴 때까지 조용한 이 집안의 만물 박사였다. 지금은 사촌형을 앞에 두고 장례 절차와 상속문제에 대해 이야기를 하시고 계시는 모양이었다. 그렇게 얼마간의 시간이 흘러 사람들의 이야깃거리가 동이 날 무렵 둘째 큰아버지가 먼저 일어섰고 장례식장에는 또 다시 싸늘한 정적이 감돌기 시작했다.

침묵 속에서 아버지의 시선이 나에게로 향했다. 그래, 요즘 일은 잘되어 가냐? 아버지의 말은 마치 택시기사에게 일상적이고 의미 없는 말을 뜬금없이 건네는 것 같았다. 나는 순간적으로 시선을 피했다. 여태 몇 년이 지났는데… 꽤 되었지 않아? 아버지는 그런 나를 외면한 채로 다른 가족들에게 눈을 돌리며 힐난하듯 말했다. 예전 명절날 아버지들의 두서없는 이야기에 한 마디씩 보태곤 했던 쾽한 말이었다. 그리곤 "이 새끼는 올빼미니까 여기서 자고 가라."라며 아버지는 아주 재미있는 말을 했다고 생각한 듯이 혼자 껄껄 웃으셨다. 갑자기 심장이 무겁게 철컹 내려앉았다. 마치 무언가에 순간적으로 빠르게 베이고 나면 잠깐의 시간이 지난 뒤에야 뒤늦은 쓰라림이 느껴지듯, 한차례 아버지의 건조한 웃음이 지나가고 나서야 가슴이 쓰라리기 시작했다.

나는 벌떡 일어나 아버지의 앙상한 어깨를 두 손으로 강하게 부여잡고 아버지의 두 눈을 내 두 눈으로 똑바로 쳐다보며 "아버지! 그래 내가 여태껏 그 몇 년 동안 어떻게 살아왔는지 아버지는 관심도 없잖아요. 내가 그 오랜 시간동안 얼마나 힘들었는지 알지도 못하면서 아버지가 나한테 해준 게 뭐가 있다고 그래요!"라고 외치고 싶었지만, 목젖을 세차게 건드리던 이 말들은 누군가 갑자기 목을 꽉 움켜쥔 것처럼 한 마디도 밖으로 나오지 못했다.

친척들 앞에서, 그것도 큰어머니의 장례식에서 내게 힐난하듯 툭 던지듯 묻는 아버지의 말은 아버지로서는 가볍고 무의미한 농담이었다. 그래서인지 내 가슴에는 더욱 커다란 구멍이 뻥 뚫려 휑한 찬바람이 들락날락 했다. 아버지에게는 나라는 존재가 친척들이 모인 자리에서 적적함을 달래기 위한 안주거리에 지나지 않는 것만 같았기 때문이다.

어린 시절 아버지의 절망은 아버지 자신에게 우호적이지 않았던 비정한 세상을 향하고 있었으나, 현재 아버지의 절망은 나에게 향하고 있었다. 굳은 믿음이 미래를 만들어 가듯 굳은 절망도 마찬가지다. 단 한 번도 부자로 윤택하게 살아보지 못한 아버지. 어느새 보잘 것 없고 깡마른 노인이 되어버린 아버지. 탄력 없이 늘어진 얼굴은 마치 태어날 때부터 그런 것처럼 안쓰러운 주름이 완고하게 파여 있다. 힘 없이 내려가고 있는 처진 눈꼬리에 마른 피부 때문에 툭 불거져 더 커

보이는 탁하고 퀭한 두 눈동자에는 쓸쓸하고 외로운 허망한 빛이 감돌고, 힘주어 말하는 밀끝마다 발음과 함께 밭은 숨결을 습관적으로 뱉고 있는 이 남자. 그의 몸속에서는 이제 남자가 거의 다 빠져나가버려 흔적만 남아있는 것만 같았다. 아직도 내 정신의 일부를, 아니 몸의 일부를 지배하고 있는 세상에서 단 한 명뿐인 뒷모습이 거대했던 남자는 그렇게 변해 있었다. 그는 한 아이의 듬직했던 절대자를 세월에 떠나보내고 이제 껍데기로만 남아 있었다. 세월이 그에게서 남자를 앗아간 것이다. 내가 미워한 그 남자는 어디로 갔을까. 깊은 시간은 뿌리 깊은 증오와 분노조차도 안타까운 연민으로 바꾸어 버리는 것일까.

늙은 아버지의 의미 없는 농담에 나도 모르게 순간적으로 미간이 찌푸려졌다는 것을 깨닫고 나는 적잖이 당황했다. 그는 아직도 나에게 범상치 않은 절대적 존재로 군림하고 있었다. 그는 나에게 무엇일까. 무슨 존재일까. 이 예민한 반응의 기저에는 무슨 일들이 있었던 것일까. 그리고 이제 와서 무얼 어쩌자는 것인가. 왜 갑자기 이런 것들이 궁금해진 것일까. 그는 정말 나에게 그 십여 년의 세월동안 힘들지는 않았냐는 안부조차 물어보고 싶지 않은 것일까. 아니면 그렇게 말하고 싶지만 차마 하지 못하는 것일까.

마지막으로 남자대 남자로 그와 대화를, 아니 아주 격한 감정의 교류을 나누었던 것도 내가 내학교 합격통지서를 받았던 스무 살의 어느 추운 겨울날이었다. 재수를 거쳐 2지망으로 지원한 집 근처 대학에 당당히 합격했다는 기쁨도 잠시, 그날 나는 새로운 문제에 직면했다. 1지망으로 지원한 다른 대학의 국문과에는 불합격한 것이다. 우리 집안에서 최초로 대학생이 나왔다고 어머니는 친척들에게 기쁨의 전화를 여기저기 하기 바빴지만 나는 그 자리에서 일대 선언을 하고 말았다.

"1년만 더 기회를 주세요."

합격한 대학의 학과는 말 그대로 점수에 맞춰서 써넣었을 뿐이었기 때문이었다. 국문과에 가기를 간절히 원하고 원한 것은 아니었지만, 그것은 나에게 오랜 예감과도 같은 것이었다. 언제부터, 얼마나 간절히 원했느냐 원하지 않았느냐는 의미가 없었다.

역시나 완고한 반대에 부딪혔다. 언제나처럼 그는 내가 하고 싶은 것을 하겠다고 할 때마다 내가 해야 하는 것이 우선이라고 말한다. 내가 하는 모든 말들은 그에게 늘 말 같지도 않은 말일 뿐이었다. 어렵게 대학교에 합격했는데 또 재수를 한다는 말이 무슨 말이냐. 집에서 가까운 대학교에 입학하면 통학하기도 편하고 얼마나 좋으냐. 왜 쓸데없는 재수를 하려고 하느냐. 그의 말은 너무도 당연하고 그 외의 모든 이유들은 일고의 가치도 없다는 듯 취급되고 말았다.

나는 차갑게 돌아서는 아버지의 뒷모습을 멍하니 바라보다가 다리에 힘이 풀려 풀썩 무릎이 꿇어졌다. 양 손바닥이 거실바닥에 쩍하고 들러붙었다. 갑자기 바보처럼 눈물이 줄줄 흘러내렸다. 두 팔이 수많은 손아귀에 힘껏 잡혀 있는 듯이 저려오고 오한에 부들부들 떨려서 나도 모르게 절로 어깨가 들썩였다. 목이 간지럽고 벌겋게 부어올랐지만 얼굴은 점점 창백해졌다. 공포에 압도되어 말이, 목소리가 제대로 나오지 않았다.

하지만 나는 이제 더 이상 물러설 수가 없었다.

"이… 이… 제야… 제가… 하하고… 싶은… 게… 생겼단… 말예요… 왜 아빠는… 왜왜… 아빠… 하고… 싶은대로… 만만… 하려고… 해요…."

나도 모르게 바보처럼 말을 더듬기 시작했다.

속으로는 있는 힘껏 크게 소리를 지르고 있었지만 입 밖으로 나오는 말은 섬섬 삿아들어가고 있었다. 힘들게 꺼낸, 내 안에 숨어있던 절규와도 같은 그 말이 끝나갈 때쯤엔 이마가 거실바닥에 거의 닿을 것만 같았다. 쪼그라드는 목구멍 때문에 숨이 점점 막혀왔다. 누가 일부러 쥐어짜고 있는 듯 심장이 고통스럽게 아파왔다. 제 멱살을 두 손으로 가까스로 부여잡고 풀무질을 하듯이 옷깃을 가파르게 열고 닫았다.

아들의 갑작스러운 울음에 당황한 아버지는 내 말을 전혀 알아듣지 못하는 모양이었고, 이 상황 자체를 아예 이해하지 못하겠다는 듯 황당한 표정을 짓고 있었다.

하지만 그건 나 또한 다르지 않았다.

"도… 대체… 왜… 그러냐… 구요! …왜!"

나 스스로도 놀랄 만큼의 큰 소리가 마침내 내 몸 속 깊은 곳으로부터 기다렸다는 듯이 비명처럼 뿜어져 나왔다.

울음은 절규로 바뀌고 슬픔은 분노로 바뀌었다. 잦아들던 목소리는 고함으로 바뀌고, 세상은 가슴을 찢어버리고 터져 나온 단 한 가지 감정인 원망으로 가득 쌓여갔다. 무섭도록 검은 원망은 위태하게 버티던 나를 점점 끈적한 거실바닥 아래로 깊숙이 끌고 들어가기 시작했다. 나는 아득히 멀어지고 있는 어리둥절한 부모님의 표정들을 뒤로하고 깊은 어둠 아래로 점점 빨려 들어가고 있었다.

지인들에게 전화를 하며 아들의 대학 합격소식을 들뜬 말투로 전하던 어머니가 안쓰러운 표정으로 달려왔다.

"아이고, 얘가 왜 이럴까…"

어머니는 부들부들 떨리는 내 양어깨를 껴안으며 어쩔 줄을 몰라 했다.

한참을 그렇게 울고 있었을까. 당신을 향해 원망의 절규를 늘어놓던 아들을 외면한 채 표정 없는 얼굴로 아무것도 없는 먼 곳을 응시하던 아버지의 목소리가 들려왔다.

"그냥 놔둬!"

아버지의 냉정한 말이 마지막으로 가슴에 쑤셔 박혔다.

"내가 너를 잘못 키웠구나…. 잘못 키웠어…."

슬픈 표정의 아버지가 돌아서며 한탄하듯 말했다.

그렇게 의식을 잃어가는 와중에도 기어이 내 귓가를 파고드는 아버지의 회한 가득한 마지막 말은, 나로 하여금 이 현실을 매몰차게 외면하고 더욱더 깊숙한 절망의 나락으로 깊이깊이 빠져 들고만 싶게 만들었다.

'아니, 지금 그 얘기가 아니잖아요. 지금 당신의 아들이 왜 이렇게 슬퍼하는지 정말 모르시겠어요?'

나는 말을 하고 싶었지만 그 순간 완전히 진이 빠져 그대로 거실 바닥에 쓰러져버렸고, 결국 한마디 말도 하지 못했다.

그날 나를 사로잡았던 아버지에 대한 그토록 강한 원망과 슬픔이 도대체 어디에서 왔는지 나는 아직도 이해하지 못하고 있다. 그날 나는 왜 그렇게 많은 눈물을 흘리며 절망했을까. 하지만 그 감정들은 전혀 이질적인 것이 아니었다. 우리 모두를 당황케 했던 그 감정들은 오랜 세월동안 땅속 깊은 곳에서 있는지 없는지 아무도 모르게 잠자고 있다가 어느 순간 갑자기 표면으로 올라와 기어이 모습을 드러내고야 마는 고집스러운 화석처럼 까마득히 먼 과거로부터 온 것이었다.

그날 이후 나는 다시 입을 굳게 다물어 버렸다. 일상에서 아버지는 혼자 말하고 나는 으레 흘러듣는다. 다시 그 검은 원망에 사로잡혀 집을 뛰쳐나갈 때까지. 그리고 십여 년 만에 큰어머니의 장례식장에서 아버지와 마주 앉은 지금도, 우리는 전혀 달라지지 않은 모습이다.

자성이 지나고 사촌형의 회사사람들이 우루루 몰려와 장례식장을 회식자리 삼아 시끌벅적할 정도로 거나하게 술을 마셔대고, 회사에서 있었던 일을 맞난 안주삼아 접객실이 울리도록 큰소리로 옥신각신하다가 소떼가 목초지를 찾아 떠나듯이 우루루 나가버리자 장례식장에는 우리 가족과 사촌형, 그리고 접객실 구석에서 널브러져 자고 있는 큰어머니의 외가 쪽 어르신 몇 명만 덩그러니 남겨졌다.

또다시 싸늘한 정적이 흘러왔다. 사촌형의 아내가 어디선가 소리도 없이 나타나 희고 작은 손으로 사람들이 사용한 일회용 접시들이며 술잔들을 하나 둘 씩 천천히 쟁반에 담기 시작했다.

우리 가족 역시 늦은 귀가를 서둘렀다. 우리 가족은 아버지의 몇 십 년 된 낡고 작은 승합차를 타고 즐거운 곳으로 놀러가기 위한 드라이브를 하듯이 신나게 의정부 길을 달려 나갔다. 후덕한 아줌마가 되어 있는 누나는 운전이 꽤 능숙했다. 경기도 남양주시의 작은 마을인 삼안리에 있던 우리 집은 몇 년 전에 있었던 신도시 개발로 팔리고, 가족들은 의정부 외곽의 어엿한 아파트로 이사해 있었다. 아들이 오랜만에 집에 왔기 때문인지 신이 난 가족들의 상기된 부산스러움 속에서 현관이 열리고, 집안으로 들어서자 매형이 반색을 하면서 조카를 안고 우뚝 서 있었다. 새 아파트로 이사한 뒤로는 처음 와보는 집이었다. 이 집이 낯설기만 하다. 이 집에는 내 흔적이 전혀 없기 때문이다. 당연하다. 나는 이 집에서 살았던 적이 없었으니까. 내 흔적이 전혀 없는 곳에 내 가족과 함께 살고 있는 매형. 매형이 어린 조카를 마치 인생의 역경을 통해 얻은 값진 트로피인양 자랑스럽게 안고 있는 모습이 자꾸만 눈에 밟혔다.

늙은 어머니는 오랜 여행을 마치고 돌아온 아들을 누가 훔쳐가기라도 할까봐 언제나 그랬듯이 계속해서 확인하듯 보고는 연신 신이 나서 싱글벙글이다. 더운 기운이 얼어붙은 몸을 녹이고 어머니의 익숙한 반찬 냄새와 달콤한 아이 분유냄새가 마음을 녹였다. 아늑한 분위기와 갑자기 부유한 집이 된 듯한 넓디넓은 아파트의 거실과 깔끔하고 깨끗한 상아색 벽지. 그리고 소중한 추억들을 가득 품고 있는 소품들이 놓여 있는 방들은 나로 하여금 마치 치열한 전쟁에서 이기고 돌아온 개선장군처럼 거들먹거리며 온 집안을 천천히 어슬렁거리게 만들었다.

나는 뚱뚱한 대감처럼 뒷짐을 지고 팔자걸음으로 왼쪽으로 오른쪽으로 몸을 씰룩거렸다. 나는 혹시나마 아직 남아있을지 모르는, 아니 그러기를 바라는 오래된 가구들에서 내 오랜 손때 같은 흔적을 수색하듯이 찾고 있었다. 모든 집안의 풍경들과 가족들에게 질투심이 치솟았다. 마치 쓴 생강을 우연히 씹은 듯이 앙다문 입 꼬리가 오른쪽으로 저절로 올라갔다.

하지만 나는 이 집안의 유일한 아들이다. 그 사실은 그 누구도 부정하지 못하겠지. 설사 아버지라도.

주방에는 꽃무늬가 유려하게 그려져 있는, 문이 양쪽으로 묵직하고 부드럽게 열리는 유명 브랜드의 큼지막한 냉장고가 눈에 띄었다. 매끈한 냉장고 옆에는 역시 큼지막한 장식장이 서 있었다. 천장까지 닿을 듯한 장식장은 그릇들로 그득했다. 장식장엔 맨 위 칸부터 맨 아래 칸까지 깨끗한 그릇들이 마치 팔기 위해 그런 것인 양 예쁘게 진열되어 차곡차곡 가지런히도 쌓여 있었다. 그렇게 쭉 그릇들을 따라 시선이 아래로 향하던 중 맨 아래 칸에 있는 접시들에 눈이 멈칫했다. 새하얀 바탕에 앙증맞은 빨간색 장미 꽃봉오리들을 정교하게 그려놓은 도자기 접시 세트. 작은 빨간색 장미 꽃봉오리들은 접시 외곽의 둥근 모양을 따라 동그랗게 그려져 있었다.

고등학교 때까지 어머니는 그 접시에 매일 아침 달걀 프라이를 해주시곤 했다. 그 접시들은 종류가 다른 여러 모양의 그릇들과 한 세트로 포함되어 있는 것으로, 찻잔이며 주전자며 온통 작은 빨간색 장미 꽃봉오리들이 그려져 있었다.

그 그릇들은 어머니로 하여금 행복한 가정에서의 풍족한 식사의 향연을 펼치기에 꼭 필요하다고 믿게 했을 것이다. 그 그릇들이 얼마나 어머니를 유혹했을까. 어머니는 그 그릇 세트로 크리스마스에 늘 방영되던 TV영화처럼 눈 내리는 창가를 배경으로 따뜻한 벽난로가 켜져 있는 목조주택에서 가족들이 옹기종기 모여 즐거운 대화를 하며 미소띤 식사를 하는 행복한 상상을 했을 것이다.

하지만 당시에는 그 그릇 세트가 상당히 비싼 가격에 판매되었던 것 같다. 그 이유로 아버지가 어머니에게 며칠 동안 호된 잔소리를 해댔지만 어머니는 그저 말없이 다른 그릇은 절대 쓰지 않고 그 그릇에만 줄기차게 음식을 담아냈다. 그리고 한때 그릇 세트를 포장했던 골판지상자마저 버려지지 않고 계속 무언가가 담겨져 빨간색 장미 꽃봉오리 그림을 자랑한채 주방 한 켠에 놓여 있었다.

"엄마, 저 그릇세트 샀다고 아빠한테 혼났던 거 기억나?"

나는 문득 예전처럼 어머니를 어머니보다 엄마로 부르고 싶어졌다. 하지만 내가 말을 처음 했을 때부터 몇 십 년 동안 버릇처럼 발음했던 엄마라는 단어가 이제는 너무 낯선 말이 되어버렸다. 엄마라는 말이 목구멍을 타고 올라오다가 목이 메어지는 것만 같다. 나는 언제나 그래왔던 것처럼 익숙하게 과일을 예쁘게 깎아서 빨간색 장미 꽃봉오리 접시에 하나씩 담고 있는 어머니를 바라보았다.

"얘가 또 무슨 소리야…."

머리가 희어지고 휑한 늙은 어머니는 마치 우리 네 식구가 예전처럼 아무 일 없이 모두 같이 잘 살고 있는 중이라는 듯이 앙다문 입술을 하고 모든 게 걱정 없다는 듯한 퉁퉁한 얼굴로 과일을 깎고 있다.

거실 바닥에는 뽀로로 캐릭터가 그려진 고무 매트가 넓게 깔려있었다. 낯선 나를 보고도 신이 나서 천둥벌거숭이처럼 정신없이 뛰어다니는 어린 조카가 갑자기 머리부터 풀썩 고꾸라져도 한 군데도 다치지 않을 푹신한 매트다. 어린 조카는 누나를 닮은 듯 나를 닮은 듯 눈 사이가 멀고 눈이 참 작다. 주방에 위압적으로 서 있는 대형 냉장고의 꽃무늬 문 위에 붙어있는 폴라로이드 사진에는 알록달록한 고깔모자를 쓰고 조카의 첫 생일상에 빙 둘러앉아 행복하게 웃고 있는 가족들의 함박웃음이 고스란히 담겨 있었다.

냉장고만이 아니었다. 주방 장식장이며 거실, 소파, 협탁 등 집안 여기저기 가족들의 사진들이 놓여있거나 붙어있지 않은 곳이 없었다. 젊은 어머니와 젊은 아버지가 찍힌 아주 오래되고 빛바랜 흑백 사진에는 단풍이 만연한 승마장에서 말을 탄 채 손으로 V자를 그리며 햇살을 머금은 미소를 짓고 있는 어머니와 말의 고삐를 잡고 겸연쩍이 웃고 있는 아버지의 모습이 담겨 있었다. 붉은 노을이 지고 있는 베란다에서 만삭의 배를 자랑하고 있는 누나의 멋스러운 사진이나 화창한 봄날 이름 모를 잔디밭에서 돗자리를 깔고 앉아 있는 가족사진도 있었다.

하지만 행복의 시간을 기록한 수많은 사진들 그 어디에도 내 모습은 존재하지 않았다. 이 가족들의 시간 속에서 나라는 존재는 사라져 있었다.

십여 년의 시간동안 내가 이룬 것은, 내가 지금 누리고 있고 부여잡고 있는 모든 종류의 안락함들은 이 행복한 사진들 속에서 가족과 같이 느꼈을 행복보다 더 가치 있는 것이었을까. 먼 훗날에도 나는 그 것들을 가졌으니 여기 이 사진들 속에 내가 없어도 될 만 했다고 말 할 수 있을까.

외딴 작은 집이 아니라 번화한 아파트에서 살게 되었다는 것뿐. 가 구들과 전자제품들이 조금씩 커졌다는 것뿐. 소박한 가족의 생활은 크게 달라지지 않았다. 하지만 이 가족으로 하여금 힘들고 지리한 삶 을 지속가능하게 했던 것은 가족들의 사진 속에서 생생히 느껴지는 작은 행복들이었다는 것을 나는 본능적으로 느낄 수 있었다. 그 사진 들 속에서 그들은 가족으로서의 깊은 유대감과 서로에 대한 무언의 사랑을 공유하고 있었다.

무심한 사람들. 아니 왜 가족이 모여서 사진을 찍을 때만이라도 잠 깐 이리 와서 사진이라도 한 장 찍고 가는 게 어때? 라고 말하지 않은 것인가. 집안 가득한 가족사진들을 돌아보는 내 얼굴에서는 어느새 표정이 사라져 있었다. 하지만 할 말은 없었다. 가족이 나를 버린 것 이 아니라 내가 이 가족을 버렸기 때문이다. 나는 그들로부터 나 자 신을 철저하게 이방인으로 만들어 버리고 말았다. 나는 내가 가족들 과 함께 찍은 사진이 보고 싶었다. 불현듯 우리 집에서 내 가족과 함 께 살고 있는 매형을 향한 질투심이 마치 불이 붙는 것처럼 화르륵 일었다. 엉뚱한 사람이 내 자리를 차지하고 있다는 불쾌함이 엄습했 다. 갑자기 나의 잃어버린 십여 년의 시간들을 원래대로 되찾고 싶어 졌다.

"엄마, 앨범 어디 있어? 두꺼운 거 있었잖아. 왜 나 어렸을 때 사진 들 있는 가족 앨범 말야."

나는 거실 소파에 앉아서 결혼은 언제할 거며 돈은 잘 벌고 있냐고 근심 가득한 표정으로 묻고 있는 어머니 옆에 앉아서 채근하듯 물었다.

"앨범은 또 왜…."

어머니는 귀찮은 듯 무거운 무릎을 짚고 일어나 거실 책장 맨 밑에서 먼지가 뽀얗게 앉아 있는 큼지막한 가족 앨범을 꺼내보였다. 가족 앨범은 긴 시간동안 구석에 처박힌 채 먼지와 습기에 완전히 방치되어 있었다. 거실 바닥에 앉아 세월과 함께 쌓인 지저분한 먼지와 머리카락들을 손바닥으로 툴툴 털어내고 첫 표지를 펼치자 첫 장의 사진을 고정하는 접착식 앨범의 비닐이 접착력을 잃고 너덜거렸다. 오랜만에 집에 돌아와 가족 앨범을 한 장 두 장 자세히 넘겨보는 아들의 모습에 신이 나셨는지 어머니는 잇따라 두세 권의 앨범을 더 꺼내보인다.

"와- 우리 사진 진짜 많네."

나는 주위를 돌아보며 누가 들으라는 듯이 큰 소리로 말했다.

내가 이 가족을, 다시 나를 우리라는 말로 부른 것도 참 오랜만이었다. 나는 앨범의 오래된 사진들 중에서 내가 등장하는 사진이 등장하지 않는 사진보다 훨씬 많다는 사실에 안도감을 느꼈다. 그럼 그렇지. 아까 현관을 들어설 때 여유롭게 웃고 있던 매형의 얼굴에 대고 말하고 싶었다. 이것 봐. 보이지? 나 이런 사람이라고. 당신이 차지하고 있는 그 자리는 원래 내 것이었다고.

"그럼. 너 어렸을 때부터 찍은 사진이 몇 장인데."

어머니의 얼굴에 뿌듯한 미소가 환하게 번졌다. 그도 그럴 것이다. 가족 앨범 속 대부분의 사진들은 어머니의 작품들이기에.

가족과 세월을 함께 하면서 지난 모습들을 그 순간 그대로 조용히 담고 있는 유일한 기록자. 잊혀진 기억들을 다시 살려낼 수 있는 마법의 알약. 누군가에게는 흔하지만 누군가에게는 갑자기 절실해진 그 것. 그것이 내 눈앞에 몇 권이나 쌓여 있었다. 하지만 이 사진들은 말 그대로 방치되어 있었다. 가족들에게 이 사진들은 평범하고 당연한 가족의 하루하루처럼 일상의 것으로 취급되고 있었다.

나는 이 가족 앨범들을 갖고 싶어졌다. 당장 문방구에 달려가 새 앨범을 사서 오래된 시간을, 기억을, 마치 성능 좋은 마법의 냉장고처 럼 오랜 시간동안 변치 않도록 고스란히 간직하고 있는 이 고마운 사 진들에게 새 옷을 입혀주고 싶었다.

"엄마. 이 사진들 내가 가져가서 깨끗한 앨범에 새로 넣어서 가져올 게. 지금 너무 지저분하잖아."

나는 꼭 그래야만 한다는 듯한 진지한 표정으로 어머니를 보며 말 했다.

지금 이것들을 가져가지 않으면 어렴풋한 기억들을 영원히 잊게 될 지도 모른다. 집에 가져가서 보고 또 보리라. 어머니는 의아해 하면서 도 주방 구석 싱크대 밑 서랍을 열어서 꽤 큰 종이가방을 가져오신 다.

"흠. 저 액자와 냉장고에 붙어 있는 사진들은 새로 복사해서 앨범에 정리해 놓을게. 그리고 따로 인화해서 가져올 테니까 이것들도 줘."

나는 집안 곳곳에 놓여 있는 작은 액자들을 왼손 가득 주섬주섬 쥐면서, 그리고 냉장고 문에 스카치 테이프로 어지럽게 붙어있는 사 진들까지 떼며 말했다.

나는 어느새 욕심쟁이 어린이가 되어 뭐 하나라도 더 가져갈 것이 없는지 눈에 불을 켜고 집안을 샅샅이 살펴보았다.

"그거면 됐지 저걸 다 왜…"

어머니의 얼굴에서 당황스러움과 난처함이 느껴졌다.

어머니는 안 된다고는 차마 말하지 못하고 말을 흐렸다.

그냥 놔둬…. 그때 안방에서 아버지의 목소리가 들렸다. 아버지의 목소리는 안방의 저쪽 벽에 흡수되어 이쪽 거실로 새어나온 모양으로, 굴절되어 거의 들리지 않을 정도로 나직해져 있었다. 벽을 통과한 아버지의 들릴 듯 말 듯한 말은 혼잣말인 것처럼 퉁명스럽기만 했다. 내 속에서 갑자기 누군가가 고개를 치켜들고 소리를 질렀다. 왜요! 또 안 된다고 말해보시죠! 갑작스러운 공허한 외침이 사라진 뒤에 얼마간의 침묵이 흘렀다. 아버지는 가족의 오랜 기억들이 소중하게 담긴 사진들을 또 언제 돌아올지 모르는 비정한 아들에게 선뜻 내주고 싶었던 것일까. 아니면 그 사진들이 늙은 아버지에게는 이제 더 이상 중요하지 않게 되었기 때문일까. 그 십여 년의 세월은 나를 이상하고도 깊은 혼란 속에 빠뜨려 버린 것이 분명했다.

꿈

집에 다녀온 날, 나는 심한 몸살을 앓았다. 뜨거운 몸살기운은 안에서부터 몸을 태울 듯이 강렬하게 타올랐지만 나는 오히려 한 올의 얇은 피부조차 입고 있지 않은 것처럼 오한에 이가 부딪치고 온 몸이 소스라치게 떨려왔다. 죽는다는 것이 이런 것일까. 그렇게 차가운 불 속에서 아무도 모르게 얼어죽는 것만 같았다. 나는 난생처음 아주 오래 전부터 이미 죽어가고 있었음을 비로소 온 몸으로 깨달았다. 죽어간다는 것을 느낀다는 것은 반대로 아직 살아있음을 처절하게 느끼는 일이다. 모든 생명체가 태어남과 동시에 서서히 혹은 빠르게 죽어가지 않은가. 그 당연한 사실을 이제야 깨달았다는 것은, 그만큼 이 생생한 살아있음에 대해 나 스스로가 너무도 무관심했던 탓이 아닐지.

연 사흘을 그렇게 이불 속에서 끙끙대었다. 타오르는 불은 온 몸을 태우다 이불을 땀으로 흠뻑 적셔 놓았다. 나는 온 몸을 관통하는 고통을 견뎌내느라 지쳐서 녹초가 되어갔다. 팔과 다리는 뜨거운 열기에 못 이겨 이내 노곤노곤 녹아내렸다. 귓가에는 노숙을 하는 것처럼 차들이 쌩쌩 지나가는 소리가 웅웅거리며 들려오고 멀리서 세차게 부는 바람소리가 휘파람처럼 들려왔다.

그러다가 일순간에 영원처럼 깊은 잠에 빠져 들었다. 마치 흐르는 물에 둥둥 떠내려가는 것처럼 어디론가 영원 속으로 편안히 흘러갈 수 있기를. 영원히 깨지 않기를. 그 상태로 아무것도 생각하지 않을 수만 있다면.

하지만 뇌가 머릿속에서 탱탱볼처럼 이리저리 튀어다니며 두개골 내벽 이곳저곳을 부딪치는 와중에 나는 기어이 미뤄오던 그 꿈을 꾸고 말았다. 그 꿈은 오랜 시간동안 짐작은 했지만 막상 닥쳐오면 너무 두려워서 고개를 돌려버릴 그런 꿈이었다. 그 꿈은 알지 못하는 의식의 깊숙한 저편 어딘가에 숨어 있다가 살과 뼈가 있는 실체가 되어 다른 공간에서 다른 시간을 흘러내고 있던 것이었다.

나는 겨울이 한껏 세력을 확장해 나가고 있을 무렵, 바닥에 쏟아진 밀가루처럼 새하얀 눈으로 가득하고 주위엔 아무도 없고 아무도 지나가지 않을 낮은 언덕을 걷고 있다. 나는 한겨울에 입기에는 너무 얇고 촉감이 벨벳처럼 보들보들한 환절기용 노란색 사파리를 입고 있지만 그렇게 춥지는 않다. 나는 습관처럼 잔딱지가 깨알처럼 내려앉은 여리고 작은 손등이 쓰라리게 간지러워 짓무르는 것도 모르고 무심히 긁적이고 있다. 형광빛으로 푸르게 반짝이고 있는 눈 바닥에 한 발 한 발 내디디면 살얼은 눈 표면이 부서지면서 아삭아삭 소리를 낸다. 끈적한 눈은 신발 바닥에 잘도 엉겨 붙는다. 멀리서 백색 왜성矮星처럼 창백한 햇빛이 비쳐온다. 눈에 강하게 반사된 햇빛에 눈이 부셔 나는 자꾸만 눈을 꿈뻑인다. 생크림 케이크처럼 새하얀 눈이 두껍게 쌓인 설원 저편에서 흩날리며 불어오는 세찬 눈발이 안경에 부딪쳐 녹아 시야가 점점이 흐려진다. 나는 잠시 멈추고 눈을 지그시 감고서 내가 태어날 때 쉬었던 첫 숨결처럼, 무섭도록 차가운 공기를 가슴을 부풀려 있는 힘껏 들이마신다. 나는 실눈을 뜨고 간신히 다시 걷기 시작한다. 계속 걷다보니 숨소리가 점점 가빠져 귓가에는 내 거친 숨

소리밖에 들리지 않는다. 그리고 얼마나 지났을까. 걷다가 문득 정적으로 가득한 곳에 멈춰 선다. 의식은 언덕 저편 능선을 넌지시 바라본다. 능선 꼭대기에는 가쁜 콧김을 뜨겁게 내뿜으며 무심한 관찰자들의 입을 순간적으로 떡 벌어지게 만들 만 한, 비현실적으로 넓은 뿔을 곧추 세우고 있는 거대한 수컷 무스의 검은 실루엣 덩어리가 보인다. 거대한 덩치는 그림자만으로도 나를 압도해버리고 만다. 못생긴 무스는 이쪽을 무심하게 바라보다가 푹푹 빠지는 눈바닥을 소리도 없는 두툼한 털발굽으로 몇 걸음 내딛는다. 무스가 이내 고개를 돌려 저쪽으로 사라져버리자 남태평양 바누아투의 토카 축제에서나 들려옴직한 원시부족의 메아리 같은 축제리듬이 길고 낮은 진동으로 익숙하게 울려온다.

어느새 어둑어둑한 밤을 지나 이른 새벽이다. 이른 새벽이지만 눈이 달빛을 환하게 반사하기에 주위가 모두 희고 맑다. 보는 자의 눈은 마치 공중에서 카메라가 내려다보듯 어떤 집을 천천히 바라본다. 밤 사이 아무도 모르게 사뿐하고 깨끗하게 빈틈없이 내려앉은 새하얀 눈에 뒤덮인 나지막한 집. 집의 저쪽 끝에는 가느다란 T자 모양의 양철 굴뚝이 안테나처럼 위태하게 불쑥 솟아있고, 굴뚝 양쪽으로 하얀 연기가 폴폴 새어나오고 있는 모습이 아늑하기만 하다. 그리고 나는 누가 시킨 것처럼 여태 아무 소리도 나지 않았다는 것을 알아차린다. 카메라는 어느새 따뜻한 곳에 들어와 있다. 김이 뿌옇게 서린 카메라 렌즈 때문에 아무것도 보이지 않는다. 느닷없이 무언가 크고 뭉툭한 것이 느껴졌다. 낯선 그것은 무섭도록 크고 이질적이다. 나는 그것을 볼 수는 없지만 느낄 수는 있다. 그것이 무엇인지 궁금해서 얼굴을 그쪽으로 돌리는데 그것이 갑자기 내 입을 벌리고 몸 안으로 쑥 비집고 들어온다. 나는 어쩔 수 없이 그것을 받아들인다. 나는 처음으로 답답한 공포를 느낀다. 아무것도 보이지 않으니 도망칠 데가 없다. 나는 이리저리 몸부림을 친다. 이질적인 그것은 한동안 내 몸 구석구석을 불안하게 휘젓다가 갑자기 쑥 사라진다. 나는 이 뭉툭하고 커다란 불청객이 불편해서 소리 없는 비명을 한참동안 빽-하고 지른다.

비스듬하게 굴절된 시간이 얼마나 흘렀을까. 렌즈에는 촌스럽지만 보들보들하게 윤기 나는 노란색 밍크담요 속에서 새끼 고양이처럼 동그랗게 몸을 웅크리고 새근새근 세상모르게 자고 있는, 나를 닮은 작은 아기가 현실감 없이 들어와 있다. 나는 그 평온함과 안락함을 생생히 느낄 수 있다. 그렇게 영원 같이 긴 시간이 지나고 나자 아기는 무언가 알아차렸는지 눈을 동그랗게 번쩍 뜬다. 아기가 나를 보고 꺄르르 웃기 시작한다.

나는 그 순간 잠에서 깼다. 그 집은 과연 내 꿈이 만들어 낸 허상의 것인가. 아니면 오랜 과거에 진짜 있었던 사실인가. 내가 정말 그 나지막한 집에서 살았을까. 그 집은 정말 존재했을까. 모든 것이 혼란스러웠다. 그렇다면 내가 정말 분명하게 기억하고 있는 기억이 있을까. 지금까지 까맣게 잊고 있던 이야기가 있었을까. 기억이 나지 않는다. 정말 아무것도 모르겠다. 기억은 우리의 순진한 예상과는 달리 언제나 다른 모습을 하고 있을 것이었다. 하지만 그 꿈이 사실인지 아닌지는 중요하지 않았다. 중요한 것은, 광채처럼 분명한 사실은, 단 일초의 순간을 원하는 그 모진 간절함 만큼이나 감히 내가 그 꿈을 간절히 원하고 있다는 것이다.

꿈속에서 본 모든 것들은 모두 내 머릿속에 있을 것이었고, 나는 낡았지만 아직 온전한 내 머리를 가지고 있다. 두 눈으로 확인해 보는 수밖에 달리 도리가 없지 않을까. 그것은 추억으로 남겨 놓아야 아름다울 첫사랑의 두근거림처럼 환상의 허울을 벗겨내는 순간 허무하게 바스라질 수도 있는 것이었다. 나는 그 바스라짐이 소스라칠 정도로 두려웠다. 나는 확인하고 싶지 않았다. 그냥 그때처럼 죽도록 아픈 채로 영원처럼 계속 그대로 꿈속에만 있고 싶었다. 나는 그 평온함을, 그 안락함을 내 마음대로 통제하고 싶었다. 또다시 그 꿈을 꾸기를 수동적으로 기다릴 게 아니라 내가 원할 때 온전한 그것 그대로를 느낄 수 있도록.

　그로부터 몇 주, 몇 달이 흘렀지만 그 집은 내가 알지 못하는 머릿속 어딘가에서 얄밉게 또아리를 틀고 있다가 아주 가끔씩 머리를 불쑥 쳐들었다. 그럴 때마다 나는 잠깐잠깐씩 망연해졌다. 해가 바뀌어도 하나 다를 게 없었다. 이제까지 셀 수 없이 많은 날들과 똑같은 회사업무를 버릇처럼 하다가도, 점심시간에 구내식당에서 매번 차례대로 돌아가는 메뉴로 지극히 일상적인 식사를 하다가도, 퇴근 후 집에 돌아와 소파에 앉아서 언제나 와자하게 웃고만 있는 텔레비전을 보다가도, 불만 가득한 얼굴로 미루던 고양이 화장실 청소를 하다가도, 그녀와 굽이굽이 아기자기하게 잘 정돈되어 있는 벚꽃이 만발한 축제길을 노란 솜사탕을 들고 걷다가도, 사람들이 북적대는 백화점 소파에 앉아서 상기된 얼굴로 분주하게 봄 쇼핑을 하는 그녀를 한가롭게 기다리다가도 그 집은 문득문득 내 눈앞에 나타나 나를 당황스럽게 만들었다.

　내 삶이 시작될 무렵, 마침 맞게 걸음마를 시작했을 내가 살던 그 집에 대한 기억이 나를 계속 괴롭히고 있다는 것은 내 몸과 내 마음이 마치 연어가 죽음의 산란을 위해 고향으로 돌아가듯 이제 그만 그 집으로 돌아갈 때가 되었어. 라고 정중히 말하는 것만 같았다. 그 집은 2미터나 되는 긴 몸이 사람의 몸속에서 다 자라고 나면 참을 수 없는 뜨거운 고통과 함께 살을 뚫고 머리를 드러내며 스멀스멀 기어나온다는 끔찍한 메디나충(기생충)처럼 내 뇌를 뚫고 고통스럽게 튀어나오는 중이었다. 마치 무슨 할 말이 있다는 것인 양 그 집은 자꾸만 나를 재촉했다. 나름 잘 살고 있는데 왜 지금 그런 기억들이 나타나서 나를 괴롭히는 것일까.

이 세계는 이제 꽈배기처럼 배배 뒤틀리기 시작했다. 이 세계는 더 이상 내게 익숙하던 세계가 아니었다. 나는 미지에 대한 공포와 낯선 불안감에 절로 몸서리가 쳐졌다. 그 꿈을 꾼 뒤로 내 생활은 점점 뒤죽박죽이 되어갔다. 도통 일이 손에 잡히지 않았다. 마치 절대 잊지 말아야 할 중요한 것을 잊어버린 채 평생을 뻔뻔하고 태연하게 살아왔고, 시키는 대로 움직이며 그저 그렇게 숨 쉬는 시체 같은 존재로 살아만 있는 것이 아닐까 하는 불안감이 자꾸만 엄습했다. 수 년 간 맞지 않는 옷을 입고 억지웃음을 지은 채, 그저 살기 위한 삶을 위해서 아득바득 일상을 버텨온 것이 아닐까.

과연 어떻게 하면 잘 살 수 있을까 하는 궁리 끝에 거짓말처럼 잘 살게 되었지만… 그래서 더 좋은 사람이 되었는가. 살기에 급급한 나머지 그동안 어떻게 살아왔는지 아무것도 생각나지 않았다. 인생의 길가에 피어있던 꽃들에서 무슨 향기가 났는지 신경 쓰지 못하고, 무엇을 잊었는지조차 기억하지 못하고, 무엇을 잃어버렸는지 알지 못해서, 그래서 찾으려는 노력도 하지 않은 채로, 왜 그렇게 무심했는지, 무엇을, 왜 잊고 왜 잃어버렸는지를 길가 구석에 아무렇게나 던져진 불룩한 검은 쓰레기봉투 속 내용물마냥 전혀 궁금해 하지 않은 채 지내왔다. 어느새 나는 내가 할 수 있는 모든 것들을 다 쏟아 부었다고 말할 수 있을 만큼 돈을 차곡차곡 모아서, 남들은 평생 하나도 쓰지 않고 모아야 겨우 살 수 있을까 말까한 집과 외제차를 빚을 보태 겨우겨우 마련했지만 그렇게 만들어진 삭막하고 각박한 회색빛으로 물든 마음은 점점 삶에 찌들어만 갔다.

나는 결국 두 손 두 발을 다 들고 아무것도 할 수 없어 무기력하게, 휘황찬란한 금고 열쇠를 쥐고 영혼의 무덤을 지키고 있는 화려한 물.질.이라는 문지기들에게 머리부터 발끝까지 육체의 터럭 한 올 한 올부터 영혼의 한 숨 한 숨까지 내가 가지고 있는 모든 것들을 저당 잡힌 채 한없이 낮은 자세로 머리를 기꺼이 조아리며 굴복해 있었다.

　그래도 나에게는 모아 놓은 얼마간의 돈이 있었다. 이 세상에서 시간이 흘러도 변하지 않는 제일 중요한 가치는 돈이 아닌가. 성공하면 돈을 많이 벌 수 있고 돈이 많으면 행복해질 수 있다는 것은 불변의 명제가 아닌가. 그녀와 행복하게 살기 위해서는 돈을 더 모아야 한다! 돈을! 돈을 위해서라면 무엇이든 참을 수 있고 무엇이든 버릴 수 있어야 한다. 그래야 돈을 모을 수 있다. 하지만 언제까지일까. 언제쯤이면 돈 버는 일을 멈춰도 된다는 거지? 안타깝게도 내 나이는 벌써 마흔이다. 목표했던 돈을 모으기 위해 내 인생을, 신이 허용한 시간들을 전부 소모해버린다면 그게 무슨 소용이란 말이지? 그렇게 모든 것을 다 바쳐 행복을 찾았다면 그 다음엔 무엇을 위해 살아가야 하는가. 다행히 돈으로 튼튼하게 받쳐놓은 행복을 영유하게 되었다고 해도 늘어난 가족의 소비수준을 유지하기 위해 계속 돈을 많이 벌어야 한다는, 먹고 사는 문제에서는 벗어날 수 없지 않은가? 나에겐 정말 꿈이 없었을까. 반드시 이루어야 할 궁극적인 목표는, 인생의 숭고한 가치와 보편적인 의미는 모두 어디다 홀랑 팔아먹은 거지? 모두 2순위 3순위로 미루고 미루다 언젠가 꼭 다시 한 번 꺼내보리라 약속하고 치워두었던 오래된 시집처럼 어디에 두었는지 영영 잊어버리게 되는 것이다. 사는 것이야말로 사람에게 첫 번째로 중요한 것이지만 어떤 삶이냐고, 어떤 삶을 살고 있느냐고 묻던 소크라테스의 후예들을 싸그리 땅속에 산 채로 묻어버린 돼지들의 세상은 언제나 배가 불러야 행복하며 인간이 배부른 행복을 추구하는 것만이 최고의 보편적인 가치라고 세뇌시킨다.

오늘이 끝나기 전에 딱 한 건만. 아니 두 건이라고? 땡큐 베리 감사. 끝도 없이 계약을 맺어야 한다. 끝도 없이. 끝도 없이. 끝도 없이. 끝도 없이. 젠장할. 사람들을 더욱더 불안하게 만들면 만들수록 나는 유능해진다. 이 공포와 불안에 덜덜 떨 수밖에 없는 삐뚤어진 세상에서 나는 유일하게 세상의 위험에서 사람들을 지켜주는 수호천사다. "빨리빨리"로 상징되는 이 불안한 세상에서 안전을 파는 게 이렇게 쉬운 줄 진작 알았더라면 얼마나 좋았을까.

우리는 누구나 갑자기 실직하는 예비 퇴직자. 한창 일할 때 재수 없이 한순간에 공중분해 당하는 사람이 어디 한두 명인가요? IMF때 못 보셨나요? 지금부터라도 쪼개고 쪼개서 나중에 생활비라도 안정적으로 따박따박 챙기셔야죠.

우리는 누구나 갑자기 암에 걸릴 수밖에 없는 예비 암환자. 대한민국 1년 사망자 4명 중 1명이 암으로 죽습니다. 정말 기본부터 준비가 안 되어 있으시네. 암보험은 애들 국영수처럼 필수인 거 아직도 모르세요? 초기에 발견되면 다행이지만 병원비는 또 어쩌시려구요.

우리는 누구나 갑자기 자식보다 먼저 죽게 되는 예비 사망자. 외람된 말씀이지만 어느 날 갑자기 교통사고라도 당해서 돌아가시면 가족들은 뭘 먹고 살죠? 우리나라 보행 중 교통사고 사망자 수는 세계1위입니다. 길가다 언제 혹 갈지 몰라요. 토끼 같은 자식들은 또 무슨 죕니까? 에휴.

그러니까 죽을 때까지 종신으로 계약을 하도록 해! 이것도 경쟁이예요! 알았으니까 빨리 사인부터 합시다. 자세한 설명은 방금 드린 안내책자에 있으니 시간 나실 때 천천히 읽어 보시라니까요. 아, 그런데 당신이 거기에 적혀 있는 끝없는 말들이 무슨 말인지 이해할 수 있을지는 솔직히 모르겠네요.

계약서는 불안과 공포로부터 벗어날 수 있는 유일한 티켓! 종신토록 인생의 평안을 돈 주고 사란 말이다. 암요. 남들이 후딱 다 사가서 품절되기 전에 빨리 사야 합니다. 이번에 한정판으로 잘 빠진 상품이에요. 사장님만 알고 계셔야 합니다. 저희 회사도 무리인 거 알지만 가끔은 이런 상품도 내봐야 고객님께 신뢰를 받을 수 있으니까요. 보장율이 너무 파격적인 상품이라 기한이 얼마 안 남았습니다. 지금 준비하셔야 합니다. 그래야 남들보다 더 빨리 편안해 질 수 있지요.

나의 사랑스러운 욕망의 꽃을 얄밉게 피워줄 찰지고 비옥하고 냄새나는 거름덩이들에게 영원한 복종을! 충성을!

나는 다시 한 번 세차게 고개를 저었다.

전혀 하고 싶지 않았을 이 일을, 돈이 된다는 이유로 기꺼이 영혼을 바쳐서 열심히 하다가 일밖에 모르게 되어 결국 일의 늪에서 빠져나오지 못해 늘상 이렇게 주객이 전도되어 버리고 만다. 열심히 번 돈으로 지어놓은 견고한 성에서 돈으로 누리고 있는 안락함에 취해 이렇게 일생을 돈에만 집중하다 보면 다른 것들은 아무것도 신경 쓰지 못하고, 새로운 그 무엇을 꿈꿀 여유도 없고 현재를 위한 삶을 살 수밖에 없는 상태로 죽을 때까지 계속 이렇게 폭주하는 기관차처럼 일에 매달려 살아야 하는 것이다. 결국엔 짧은 일생이 너무 뻔해서 궁금하지도 않고 궁금할 수도 없는, 드넓은 남태평양 어디에나 흔하게 있는 투명한 갑각류 같은 의미 없는 삶을 이렇게 아등바등 살다가 결국 서서히 죽어가겠지.

하지만 내 마음을 갈기갈기 찢어놓을 만큼 더 비극적인 것은, 이런 내 고민을 주위사람들에게 진지하게 말할 때마다 오히려 내가 이상한 사람 취급을 받는다는 사실이다. 어떤 사람들은 내게 진심어린 말투

꿈 51

로 정신과 치료를 권하기까지 했다.

정말 솔직히 말하건대 지금까지도 내 주위 모든 사람들 중 지금까지 나와 똑같이 생각하고 있는 사람을 단 한 명도 발견하지 못했다. 단 한 명도. 그래, 성공이란 게 그런 단점도 있지. 정도조차도 맞장구 쳐주는 사람이 없었다. 불행인지 다행인지, 그들은 모두 순응하고 있었다. 비정상적인 세계에서 나만 정상인지, 지극히 정상적인 세계에서 나만 비정상적인 것인 것인지 나는 도통 알 수가 없다.

황금으로 만든 이 이데아의 세계만이 지친 내 영혼을 구원하리라. 하지만 구원받으려면 도대체 얼마나 많은 돈이 필요할까? 몇 년 전에 만난 그녀를 빼고 나면 십여 년 동안 살아온 내 젊은 날의 수많은 시간들은 어느 날 한순간에 잃어버린다 해도 하나도 아깝지 않고 아쉽지 않을 시간들이 아니었을까. 그 시간들은 그저 욕망의 노예가 되어 끊임없이 불타오르는 욕망의 불꽃을 돈을 태워 유지시켜온 시간들이었다. 지폐 한 장 한 장의 물리적 무게보다 가볍고, 단지 그것들이 연소하는 순간에만 느낄 수 있는 말초적이고 순간적인 행복감들.

이 작은 집을 샀을 땐 얼마나 행복했을까. 조용한 후암동 남산자락에 지어진지 오래된 빌라의 5층이었지만 깔끔하고 아기자기한 구조가 매력적이고 남쪽으로 탁 트인 베란다가 특히 매력이었다. 내 이름으로 된 최초의 집에 처음으로 이사하던 날, 고시원에서 꺼내온 많지 않은 짐상자들을 정리하던 중 넓은 창밖으로 펼쳐지는 아름다운 서울의 야경을 멍하니 바라보다가 얼마나 서럽게 울었는지 모른다. 하지만 지금은 늘 보는 컴퓨터 바탕화면 같은 일상적인 풍경일 뿐이다. 그토록 아름다운 야경을 몇 번이나 감상했을까. 단지 그때뿐이었다.

집에 북유럽스타일의 엔틱 수입가구들을 세트로 사서 채워 넣었을 때는, 묵직한 문이 양쪽으로 열리는 대형 냉장고에 보기만 해도 마음이 상쾌해지고 5000년 이상 된 빙하수를 녹여 만들어서 인간이 구할 수 있는 세상에서 가장 깨끗한 물이라는 연한 하늘색의 이즈브레 Isbre 생수를 가득 채워 넣었을 때는, 은은한 하늘색 내등이 아름답게 켜지고 소음과 진동이 거의 없는 디오스 81칸 와인셀러에 소장용 와인 81병중 마지막 한 병을 채워 넣었을 때는, 처음으로 클래식한 조르지오 아르마니Giorgio Armani 정장과 과감한 디자인의 지방시Givenchy 평상복으로 온몸을 감쌌을 때는, 중고지만 기스 하나 없이 정말 새 것 같은 검은색 벤츠Benz E클래스 카브리올레를 건네받고 설레는 발끝으로 액셀러레이터를 밟았을 때 마치 하나의 생명체처럼 부드럽게 열리는 스로틀에서부터, 미세하게 시작해 낮은 옥타브로 귓속을 진동하며 세상에서 가장 아름다운 여인의 부드러운 숨결보다도 황홀하고 베토벤 교향곡의 끊임없이 반복되는 제 1 주제처럼 반복해서 가슴을 울리는 묵직한 엔진소리는 나를 얼마나 행복하게 했을까. 소유를 확인함과 동시에 사라지는 깃털보다 가벼운 행복. 그 행복의 상실을 견딜 수 없어 조막만한 손에 가득 쥔 색색의 무지갯빛 구슬치기 구슬들을 세상의 전부인 양 자랑하고 으스대던 오만한 어른아이.

한방에서 여자들을 바꿔가며 즐길 땐 또 얼마나 행복했을까. 카브리올레를 청담동 나이트클럽 정문에 보란 듯이 주차한 다음 단골 웨이터에게 능숙하게 키를 맡긴다. 제일 비싼 양주를 시켜놓고 나와 같은 뇌 속 쾌감회로가 발갛게 발정 날 준비를 하고 있는 되바라진 여자들을 저돌적으로 유혹하는 것은 어느덧 주기적으로 하지 않으면 안 되는 삶의 필수요소가 되어 버렸다. 여자들을 만족시키기 위해 돈을 펑펑 쓰던 환락의 시간들이 내가 미친 듯이 돈을 버는 이유였다. 섹스와 술에 취한 밤들이 무덤덤한 일상이 되어 끝도 없이 이어졌다.

나는야 밤의 황태자. 나는야 유망하고 잘나가는 청년사업가. 언제나 술집에서는 VIP로. 여자들에게는 놓치면 아까운 돈 많고 나이 많은 쿨한 오빠로. 관계의 시작은 준비되어 있는 알록달록한 루이비통 Louis Vuitton 멀티컬러로. 지갑은 언제나 빳빳한 신사임당 누님으로 두둑히. 카브리올레를 타고 항상 똑같은 거리를 특별하다는 듯이 드라이브하다가 분위기 좋은 맛집을 찾아서 밥을 먹고 미리 예약한 호텔까지 딱 하루 코스. 코스들은 매번 중복되지 않게. 모에&샹동Moet & Chandon은 여자의 자존심까지 홍분시키는 결정적인 마스터키. 고품격 와인에는 고품격 이빨을. 고품격 이빨은 비린내가 좀 나더라도 언제나 실망시키지 않는 아이템인 달팽이와 푸아그라와 함께. 방에 올라가면 어떤 타입의 여자라도 안달하며 매달리게 할 수 있는 절대 축축하지 않은 깔끔한 혀놀림. 여느 여자들은 있는 줄도 모르는 지점을 정확한 각도로 현란하고 빠른 속도로 공략해 가쁜 숨소리와 함께 자기도 모르는 맑은 침을 질질 흘리게 만들 수 있는 정교하고 강렬한 허리움직임. 몸으로 시작되어 몸으로 끝나는 비린내 나는 가짜 사랑. 매일 하지 않으면 건딜 수 없을 정도로 절대 마르지 않는 철철 넘치는 욕구. 여자들의 빨간 입술에서 돈 얘기가 나오면 빠르게 수신차단. 어리고 예쁜 여자들은 똑같은 공식으로 유혹하면 매번 똑같은 방법으로 아닌 척하며 넘어온다. 어리면 어릴수록 맛있는 한입거리. 나처럼 허상을 꿈꾸며 환락을 즐기는 불나방 같은 여자들은 언제나 강남바닥에 깔리고 깔렸다.

하지만 그렇게 지폐 한 장보다 더 얇은 감정으로 맺어진 육체관계와 말초적인 욕구를 충족시킨 뒤 머지않아 한꺼번에 혹 밀려오는 블랙홀보다 깊은 허무감들은 언제나 날 구역질나게 만들었다. 육체를 마지막 한 방울까지 남김없이 탐닉한 뒤에 스멀스멀 몰려오는 것은 익숙하게 검붉은 공허였다. 이 미치도록 끔찍한 공허가 두려워 재빨리 다른 여자를 찾아 이제까지 한번도 해보지 않은 색다른 방법으로 내 마음을, 내 육체를 채워 넣어야 한다. 채워도 채워도 채워지지 않는 욕구는 욕구가 아니라 욕망이었다. 섹스에 중독되었다고 비난해도 괜찮아. 매 순간순간 육체를 확인해야 한다. 빳빳하고 딱딱하게 발기하는 것은 단순한 성기가 아닌 내 자존심과 사내로서의 강한 자아 그 자체다. 섹스는 아직까지 내가 살아있다는 것을 내부로부터 확인하는 확실한 자기 증명의 수단이었고 공허로부터 도망치는 유일한 수단이었다.

하지만 용케도 빈틈을 비집고 기어이 스며들고 마는 그 끔찍한 공허 앞에서 나는 더 이상 견딜 수가 없었다. 새빨간 불꽃처럼 강렬하고 화려한 욕망은 개구리를 한번 물면 죽을 때까지 절대 놓지 않고 산 채로 정신없이 갉아먹다가 결국 등딱지가 터져버린다는 끔찍한 큰노랑테 먼지벌레처럼 내가 죽을 때까지, 아니 내가 피 같이 모은 돈을 모두 탕진할 때까지, 내가 더 이상 같은 규모의 돈을 벌지 못할 때까지 놓아주지 않을 것이었다. 단 한 푼도 없이 집을 뛰쳐나와 뭐라도 좀 해보기 위해서, 그저 혼자서 단 한번이라도 잘 살기 위해서, 돈이 없어 아무것도 할 수 없다는 무기력하고 못난 자신이 정말 부끄럽고 한심하고 미워서, 어디에서도 환영받지 못하는 가난한 내 아까운 젊음이 싫어서, 이제껏 무작정 정신없이 뛰어왔던 것이다.

힘든 시간들을 견디기 위해, 아니 아픈 자격지심을, 부끄러운 열등감을, 이 모든 깊은 절망을 위로하기 위해 기형적인 욕망에 기댈 수밖에 없었다. 그래서 의심할 수조차 없는 욕망에 조금씩 취해서 비틀거리다가 욕망에 완전히 중독이 되어 나는 내 삶의 이유가 되어버린 이 욕망을 채울 수 없어지면 어쩌나 하는 만성적인 두려움에 빠지고 말았다. 두려움은 공포를 만들어 냈다. 공포는 또 이유 없는 불안감을 만들어 냈다. 결국 기형적인 욕망이 기형적인 불안감을 만들어 버린 것이고, 불안감에서 벗어나기 위해 더욱더 커지는 욕망을 채워나갔고, 나는 더욱더 일에 빠져야만 했고, 더욱더 돈에 집착할 수밖에 없었다.

나는 검붉은 피에 굶주린 벌거벗은 짐승처럼 철저하게 욕망만을 좇았다. 하지만 사람들은 이런 나를 언제나 성실하고 믿을 수 있는 사람, 이 사회가 원하는 바로 그 사람, 말 그대로 성공한 사람, 야망 있는 사람으로 수완이 좋은 남자 중의 남자로 평가했다. 사치와 섹스와 술에는 빠졌지만 도박과 마약에는 빠지지 않았으니 다행이라고? 안타깝지만 사치와 섹스와 술과 도박과 마약의 본질은 모두 같다. 도박과 마약도, 할 수만 있었다면 역시나 정신없이 탐닉했을 것이다. 하지만 이 모든 것들을 해본 다음엔? 그 다음엔 무엇을 해야 할까. 새로운 중독을 찾는 일에 중독되어야 할까? 중독은 단지 절망의 또 다른 얼굴일 뿐인데.

산다는 것은 도대체 무엇이란 말인가. 나는 어디에서 왔고 무엇을 해야 하며 또 어디로 가야 하는가. 나는 도살장에 짐승을 자동으로 밀어 넣는 냉정한 기계 속 고깃덩이들처럼 초점 없는 눈으로, 이제까지 늘 그래왔다는 듯이 스스로를 익숙하게 떠밀며 끔찍한 공허 속으로 걸어 들어가고 있었다.

왜 우리의 삶은 이미 도식처럼 정해져 있다고, 그리고 나는 삶의 구조를 완벽하게 알고 있다고 자만했는가. 우리의 삶은 종교에서처럼 어느 하나만 독실하게 추구해도 될 만큼 그렇게 단순하고 1차원적인 것이 아닌 것이다. 그럼에도 불구하고 나는 어찌하여 돈만을 추구했는가. 나는 어찌하여 생명도 죽음도 아닌 짙은 회색의 삶을 자청해서 떠받들고 있는가.

우리는 인류가 이제껏 늘 영원을 추구했듯이 영원하리라 믿어 의심치 않는 최신문명을 만끽하는 영원한 삶을 꿈꾼다. 하지만 인간의 삶은 영원하지도 않을 뿐더러 46억년이라는 지구의 까마득한 나이에 비하면 극히 미미하고 차마 짧다고 하기도 민망한, 말 그대로 찰나의 순간일 뿐인 것을 왜 아직도 나는 깨닫지 못하고 있는가. 한겨울 난롯가 옆에 누워서 하품하며 자고 있는 안전하고 편안하고 안락하지만 더 이상 지루할 수조차 없는 토실토실 살이 오른 늙은 고양이 같은 무료한 삶은 고양이 같은 하등동물에게나 줘버리라고. 나는 고등하게 진화한 인간이라고. 자신 있게 외쳐 보지만 무엇을 읽고 있는지 무엇을 보고 있는지도 모르면서 하루 종일 스마트폰에서 눈을 떼지 못하며 보고 있다는 사실조차 인식하지 못하는 매일매일이 끊임없이 반복된다.

이런 상태로 기어이 오고야 말 심판의 날(죽음)을 기다릴 순 없다. 사람은 누구나 죽는다는 사실을 알고 있다. 그럼에도 아무런 의미도 없는 소모적인 삶을 살아가다 서슬이 퍼런 마지막 집행의 날이 오면 가슴을 쥐어짜는 답답함 속에서 힘겹게 자신의 지친 폐에 강제로 풀무질하듯 고통스럽게 헐떡이며 숨을 들이쉬고는, 멀어져 가는 기도소리를 아련하게 듣다가 일순간 허망하게 죽어 있는 그런 식은 절대 아니어야 한다고. 50이 넘어서라도, 그때라도 삶을 제대로 살아낼 수만 있다면 아무도 내 죽음을 슬퍼하지 않아도 상관없으리라.

나는 아직 살아있다. 염치없이 젊기까지 하다. 언젠가, 아니 어느 순간에는 반드시 없어질 이 삶의 시간들을 가치 있게 만드는 것이 무엇일까. 세상과 함께 호흡하며 세상의 일부가 되는 것은 어때? 지겹도록 고질적으로 반복되는 사회문제들을 해결하기 위해 고민하고 절대 깨지지 않는 특권층의 견고한 카르텔 구조를 깨뜨릴 방안을 지속적으로 모색하려 다른 생각을 가진 사람들과 치열하게 토론하는 것은? 작은 목소리와 영향력에 갇혀 신음하는 사회적 약자의 편에 서서 목소리를 높여 호소하며 기꺼이 광장에 나아가 말을 할 권리를 보장하기 위해 경찰과 몸싸움을 하면서 여태까지 외면해 왔던 민중이라는 단어와 진정으로 연대하는 것은?

아니면 욕망의 노예로서가 아니라 내가 자유로운 나 자신으로서 한순간이라도 존재하는 것은 어때? 한순간만이라도 진정으로 살아있음을 느끼기 위해 빈틈없이 빽빽한 군중 속에서 입을 틀어막아도 참지 못할 정도로 자지러진 웃음을 웃는 것은? 진정한 자신과 조용히 대면하기 위해 홀로 훌쩍 계획 없는 여행을 떠나는 것은? 늦은 새벽 술자리에서 갑자기 "바다 보러 가자!"라며 분위기를 띄우고 택시를 타고 서해바다로 떠나는 그런 거 말야. 여자에게 즐거움과 성취감, 우월감을 위한 수단으로써 작업을 거는 것이 아니라 사랑하는 여인의 품속에서야말로 결국 완전해지는 남자됨을 위해 진실된 고백을 하는 것은?

나는 가슴이 떨리는 삶이 절실해졌다. 나는 이제야 드디어 제대로 살고 싶어졌다. 진실된 삶에서 진짜들은 비싼 가격으로 포장한 위선적인 가짜들보다 비싸지 않다는 사실을 실제로 느껴보고 싶었다. 돈으로 만들어진 허상만을 좇았던 시절의 반대쪽으로 넘어가 가난하더라도 의미를 찾는 삶을 사는 것. 그것이 커피숍에서 체크 카드를 긁었는데 예금통장에 잔고가 똑 떨어졌다는 것을 그제서야 알아차리고 민망하게 그냥 나오는 창피한 일이라도 괜찮다고. 아마도 괜찮을 거라고. 나는 숨 쉬는 시체와도 같은 무료한 일상의 무덤을 박차고 일어나 그 꿈속에서 생생하게 느꼈던 것처럼 무섭도록 차가운 공기를 가슴을 부풀려 있는 힘껏 들이마시고 싶었다. 어둠을 향해 서로 견고한 스크럼을 짜고 전진하는 영혼을 상실한 무리에서 벗어나고자 하는 진정한 용기만 있다면 가능하리라. 어두운 절망 속에서는 희망이라는 빛이 더 밝게 보이는 법이다.

아름답지만 불편한 그 빛은 엉뚱하게도 내 머릿속에서 끝없이 밝게 빛났다. 빛은 낮 동안은 물론이고 밤에도 꺼지지 않았다. 나는 기어이 불면증에 걸리고 말았다. 허연 빛이 너무 밝아 속에 뭐가 들어있는지 도통 알 수가 없었다. 안을 들여다보려고 하면 할수록, 고장 난 스위치를 끄려고 하면 할수록 창백한 빛은 나를 응징이라도 하려는 듯이 더 밝게 타올랐다. 허옇고 밝은 빛은 머릿속을 하얗게 만들고 또 세상을 하얗게 만들어 버렸다. 나는 며칠씩 잠을 자지 못했고 며칠을 하얗게 새고 나면 마라톤을 완주한 선수처럼 피곤에 지쳐 곧장 침대로 곤두박질쳤다. 그러고는 며칠씩 늦잠을 잤다. 잠이라는 것이 이렇게 달콤했었나. 마지막 날엔 똑같은 꿈을 기어이 꾸었고 촌스러운 노란색 밍크담요에서 자고 있는 장면에서는 늘 놀래서 허겁지겁 식은땀을 뒤집어쓰고 잠에서 깨어났다. 그러면 그 다음엔 또 며칠을 하얗게 새고 만다. 그것은 마치 그 꿈을 꾸지 않기 위해 기를 쓰고 버티려는 것만 같았다. 하지만 그 꿈이 나에게 무얼 말하려는 것인지. 나는 한없이 무기력해져갔다.

용기를 내어 집 근처 신경정신과를 찾았다. 로라제팜 0.몇몇 퍼센트라고 적힌 알약을 처방받고 나서 며칠 동안 나는 익숙한 일상으로 돌아와 예전처럼 잠을 잘 수 있었다. 하지만 약효는 그다지 길지 않았다. 잠이 들면 중간중간에 깨는 것이 문제였다. 중간에 깨서는 다시 잠들지 못하고 허망하게 또 며칠 밤을 연속으로 꼬박 새버리는 것이다. 나는 다시 신성정신과를 찾았다.

알프라졸람은 로라제팜보다 효과가 있었다. 중간에 깨는 부작용 없이, 아무 꿈도 꾸지 않는 깊은 잠을 잘 수 있었지만 다음날까지 계속 졸리고 무기력해졌다. 하지만 불면증약은 먹을 때마다 효과가 점점 줄어들어 나중에는 약을 몇 알 더 먹어도 잠이 오지 않았다. 더 이상

의사를 찾아가는 것은 의미가 없어보였다. 그 대신 며칠마다 한 번씩 의사에게 애원하며 끈질기게 괴롭힌 끝에 로라제팜은 물론이고 트라조돈, 아미트립틸린까지 종류별로 꽤 모을 수 있었다.

그렇게 뒤죽박죽으로 엉망이 된 날들이 얼마나 흘렀을까. 나는 그 허연 빛에 짙게 그을린 다크써클을 보고 때가 왔음을 짐작하고 그동안 모은 수면제들을 종류별로 한꺼번에 입에 털어 넣고 안도의 한숨을 쉬고는 미친 사람처럼 히죽이며 잠자리에 들었다. 자야한다는 생각조차 나지 않았다. 회사도 그녀도 돈도 다 필요 없다. 그리고 당장 죽을 것처럼 아팠던 그때처럼 다시 한 번 영원 같은 깊은 잠에 빠져 들었다.

신기하게도 내 몸은 마치 몇 달 동안이나 계획한 아주 유명한 여행지로 떠나는 것처럼, 지독한 몸살이 났던 그때와 같은 깊은 잠을 잘 준비가 되어 있었다.

잠아. 이제 어서 나를 그곳으로 데려다 주렴.

어린 시절을 추억하고 잃어버린 기억을 재발견하는 일은 분명 즐거운 일일 것이다. 언제인지 기억도 나지 않는 젊음의 완성이 절정에 치달은 다음 마지막을 향해 빠르게 늙어감을 뒤늦게 깨닫게 된 사람에게는 더더욱. 우리에게 자신의 과거를 기억하지 못하거나, 혹은 일부러 거짓으로 꾸미려는 것보다 인생에 있어 더 큰 상실감을 주는 것은 없다. 인생은 과거를 채워감으로써 만들어 가는 과정이며, 과거는 우리가 누구인지 겸허하게 알 수 있게 해준다. 그래서 우리는 과거를 제대로 살아내야 하고 또 그를 기억해야 한다. 과거를 기억한다는 것은 우리를 자기소멸로부터 스스로 구원할 수 있는 가장 강력한 용매이기 때문이다. 우리가 과거의 기억이라는 토대 위에 기꺼이 두 발을 올려놓고 과거의 삶을 제대로 기억하는 것이야말로 삶의 시간이라는 양

적변화의 축적이며, 그 결과는 미래로 나아가는 진정한 질적변화를 초래한다. 그러므로 우리는 보다 나은 미래로 나아가기 위해, 아니면 소극적이나마 미래에서 길을 잃지 않기 위해서라도 과거를 제대로 기억해야 한다.

불암동

　서울에서 동북쪽 끝. 서울과 경기도의 경계를 바로 넘으면 멀리서 봐도 험상궂게 생긴 바위산이 보이는데 바로 불암산이다. 불암산佛巖山은 부처를 닮은 부처바위가 있는 산이라는 뜻이다. 실제로 불암산을 멀리서 보면 불룩 튀어나와 한 덩어리로 보이는 거대한 통바위가 꼭대기에 자리를 잡고 있는데, 마치 살찐 부처님이 떡하니 앉아 있는 것처럼 되게 근엄해 보이는 바위였다. 특히 노을이 질 무렵 한동안 황금빛으로 물드는 통바위는 진짜 황금으로 만든 거대한 부처상처럼 밝게 빛났다. 크다면 크고 작다면 작은 불암산은 대체로 나무보다 민둥바위가 많은 산으로 머리가 시원하게 벗어진 교장 선생님처럼 듬성듬성 서 있는 나무들이 거대한 바위들을 간헐적으로 덮고 있다.

　산 중턱에 자리 잡고 있는 절 또한 불암이라는 이름이 붙어있다. 묵은 향냄새를 온 산에 풀풀 풍겨대는 불암사는 신라시대에 지어져 천년이 훌쩍 넘었다고 했다. 불암사는 더할 나위 없이 고즈넉하고 사람이 뜸한 작은 절이다. 깊은 시간동안 무겁게 내리깔린 묵은 고요함을 산새들의 높은 음자리 지저귐만이, 불현듯 울려오는 낮은 목탁소리만이 깨울 수 있는 곳. 마을의 자랑거리인 불암사가 신라시대 때부터 불암사였다고 하니 불암산도 신라시대 때부터 불암산이었을 것이다.

　불암산이 마치 팔을 양쪽으로 둥그렇게 벌리고 있는 것처럼 감싸고 있는 산 바로 밑 남쪽 마을의 이름도 불암동으로, 산 하나 때문에 절

미용이

과 마을과 그 마을로 흐르는 하천, 그리고 소박한 거리의 상점들에도 모두 일관되게 불암이라는 말이 붙어있다. 하지만 불암동은 중학교 때 서울 저쪽 편에 사는 우리 반 아이들이 나를 보고 "얘는 불알동에 산대!"라고 깔깔대며 놀려대던, 철없는 아이들에게는 한낱 놀림거리가 되기 쉬운 동네이름이었다. 최불암 씨도 어렸을 땐 이름가지고 놀림을 많이 받았을까. 나는 언제나 궁금했다.

불암산 첩첩산중 어디선가 아주 깊은 계곡에서부터 남쪽으로 굽이굽이 흘러내려와 불암동의 딱 가운데를 세로지는 불암천은 꽤 넓은 하천이기에, 불암동 중앙에는 일차선 도로가 가로지르며 시원하게 넘어가는 불암교라는 꽤 넓은 다리가 있다. 불암천을 중심으로 왼쪽, 완만하게 올라가는 불암산 산등성이를 따라 형성된 마을은 주소지로는 화접1리와 화접2리였지만 보통은 안동네로 불렸다. 불암천의 오른쪽에 있는 평지인 이쪽과 불암천 왼쪽에 있는 아랫마을 역시 주소지로는 화접3리였지만 보통 바깥동네라고 불렸다. 불암교 사거리엔 불암동의 작은 번화가가 형성되어 있는데, 마을의 단 하나뿐인 버스 정류장을 비롯해 중국집이며 정육점 등 각종 상점들이 다리를 중심으로 오밀조밀하게 모여 있다.

불암동 사거리 오른편에는 불암산의 오른쪽 능선 안쪽으로 깊숙이 자리 잡은 군부대가 있다. 늘 한산하지만 꽤나 넓은 정문 입구 때문에 불암산 산속 어딘가에 아주 거대한 탱크부대를 숨기고 있을 거라고 아이들은 언제나 입을 모았다. 그리고 이 군부대 입구 맞은편에는 불암교 사거리부터 이어진 작은 집들이 옹기종기 붙어 있었고, 주택가 담벼락이 끝나는 지점과 아무도 관심 갖지 않아 공터로 비어있는 낮은 언덕 사이에는 그 나직한 집으로 이어지는 넓은 길이 있다.

길가에서 보이는 그 집이 나직하게 보였던 이유는, 남쪽으로 내려

갈수록 조금씩 낮게 이어지는 이 길과 길 옆의 완만한 언덕 때문이었다. 꿈에서 본, T자 양철굴뚝 양쪽에서 하얀 연기를 풀풀 내뿜던 그 나직한 집이 바로 내가 어릴 적 살던 집이다. 우리 집을 마지막으로 불암동 주택가는 끝이 나고 언덕부터 끝없는 배밭이 이어졌다.

남쪽으로 이어지는 길을 따라 쭉 내려오면 학교 대문처럼 굵고 검은 철창으로 되어 있는 큰 대문이 보인다. 바로 우리 집이 들어있는 불암 가구의 대문으로 우리 집은 가구공장 안에 자리해 있다. 불암 가구의 대문은 언제나 무거운 빗장쇠로 잠겨있다. 굵은 철창은 작은 돌멩이를 던져서 맞히면 댕-하는 종소리가 날 만큼 안은 텅 비어있고 양쪽 대문 아래 구석부분은 안쪽부터 조금씩 주황색으로 녹이 슬며 바스러지고 있다. 아이들이 철 바퀴가 달린 대문 가운데 부분에 매달려 발을 구르면 기이익-기이익 하는 기이한 소리가 났다. 이런 대문은 다른 아이들의 집에서는 보지 못하는 흔치 않은 것이었기 때문에 친구들이 놀러오면 나는 그 큰 대문이 참 자랑스러웠다. 어린 나는 넓은 가구공장 전체가 다 우리 집이라고 생각했기 때문이다. 그때까지만 해도 우리 집보다 큰 집에서 사는 아이는 단 한 명도 보지 못했다. 어린 나에겐 참 높은 대문이었기에 밥을 많이 먹고 나중에 키가 커지면 대문 양쪽 기둥 꼭대기를 꼭 한번 올라가리라 다짐했지만 한번도 그렇게 하지 못했다.

대문 담벼락 안쪽에는 빨간 벽돌을 삼각형 모양으로 땅에 비스듬히 박아서 경계를 지어놓은 조그만 화단이 양쪽으로 조성되어 있다. 따뜻한 빛의 환희로 몸을 감싼 봄의 요정이 숨결을 불어대는 계절이 오면 어머니는 겨우내 황폐하게 방치되어 있던 이곳에 정성을 들여 꽃씨들을 심곤 했다. 귀부인이 보드라운 자줏빛 벨벳 치마를 입고 있는 것 같이 생긴 맨드라미며, 보라색 빨간색 분홍색 색색의 작은 들국화 같은 과꽃이며, 새빨간 꽃들이 줄줄이 열매처럼 열리는 사루비아와 작고 투명한 꽃잎이 가벼운 나비 날개처럼 예쁜 채송화며, 길게 자라난 굵은 녹빛 줄기들 안쪽으로 수줍은 여자아이처럼 부끄러운 듯이 몸을 숨긴 채 피어나는 봉숭아꽃들은 날씨가 따뜻해지기 시작하고 기분 좋은 비를 한두 번 머금으면 금세 쑥쑥 자라났다. 그러면 마법을 부린 것처럼 꽃들이 줄줄이 피어, 그냥 놔두었다면 아무도 관심가질 일이 전혀 없을 이 보잘 것 없는 작은 공간을 봄의 여신 플로리스가 강림했다고 해도 누구나 인정할 만한 축복의 정원으로 만들어버리곤 했다.

그 중에서 어머니가 제일 좋아하던 꽃은 양쪽 담벼락 제일 안쪽 구석 콘크리트 담을 타고 자라 어른 키보다 더 큰, 오래된 장미나무에서 피어난 작고 빨간 장미 꽃봉오리들이었다. 어머니는 5월에 장미나무가 첫 봉오리들을 피워내면 작고 빨간 장미 꽃망울 줄기들을 통째로 길게 잘라 멋스럽고 긴 절임병 같은 큰 유리병에 꽂아서 집안 곳곳을 장식하곤 했다. 꽃들이 만개하는 5월이 절정에 이른 화사한 날이면 양 볼이 장미 꽃망울처럼 발갛게 상기된 젊은 어머니는 화단에서 사진을 찍는다며 부산스럽게 가족들을 불러 모았다. 어머니와 누나는 특별한 날도 아닌데도 치마가 풍성한 예쁜 빨간색 한복을 차려입고 나와 봄 처녀가 되었고, 아버지도 흰 와이셔츠에 하늘색 양복바지를 깨끗하게 입고 나와 가족사진을 찍었다.

화단의 사루비아는 특히 꽃에 관심이 없는 남자아이들에게도 인기가 많았다. 빨간색 꽃송이를 따서 여물어 있는 뒷부분을 쪽쪽 빨면 달달한 꿀이 혀 끝을 살짝 적실 정도로 아주 약간 들어있었다. 꿀을 제대로 맛보려면 화단의 사루비아 꽃을 모두 따서 먹어야 했지만, 우린 늘 재미로만 사루비아 꽃을 따먹곤 했다.

어린 누나는 봉숭아꽃이 흐드러지게 피고 나면 봉숭아꽃 중에서도 잘 익은 놈으로 양손 가득 따다가 고사리 손으로 집어든 짱돌에 주황색 즙이 배일 때까지 정성껏 잘게 빻아서 새끼 손톱 위에 올려놓고는 꽃물이 새지 못하도록 미리 작게 잘라놓은 검은 비닐봉지를 칭칭 감은 후 고무줄로 꼼꼼히 동여맸다. 검은 비닐봉지를 쓰는 이유는 행여라도 햇빛에 꽃물이 날아갈까 주도면밀하게 걱정한 탓이었다. 첫눈이 올 때까지 봉숭아물이 남아있으면 첫사랑이 이루어진다는 전설은 누구나 알고 있는 것이었지만, 문제는 어린 누나가 첫사랑이라는 것이 뭔지도 모른다는 것이었고 첫 눈이 올 때 늘상 손톱에 봉숭아물이 남아있지 않았다는 것이다.

그것은 봉숭아물이 손톱에서 잘 빠지거나 봉숭아물을 손톱에 물들인 누나가 착하지 않았던 것이 아니라 어린아이의 손톱은 워낙 작고 또 잘 자라서 새로 자란 손톱이 물들인 부분을 금방 밀어내기 때문이었다. 작은 가슴을 설레게 만드는 첫사랑을 그래도 이루고 싶었던 조숙하고 집념어린 누나는 아예 늦여름에 봉숭아물을 늦게 들였다. 누나는 첫눈이 오는 날까지 끈질기게 꽃물이 들어있는 새끼손톱을 깎지 않고 길게 자라도록 참고 참아서, 끝부분에라도 아주 조금 자주색 꽃물이 남아있는 새끼손가락을 훈장처럼 소중히 쳐들며 아이들에게 아직도 봉숭아물이 남아있다는 사실을 자랑하고 싶어 했다. 하지만 누나의 길게 자란 새끼손톱을 눈치 챈 어머니는 누나가 세상모르고 잘 때 낼름 그 소중한 새끼손톱을 바짝 깎아버리기 일쑤였다. 애지중지하던 꽃물들인 새끼손톱을 잃어버린 것을 눈치 챈 누나는 다음날 아침에 서러운 울음을 터트렸다.

어머니는 첫사랑인지 짝사랑인지를 꼭 한번 이뤄 보겠다는 누나의 어린 꿈을 왜 늘 앗아 갔을까. 그것은 다름 아닌 봉숭아물이 들어있는 길게 자란 새끼손톱이 어린 누나의 작은 콧구멍에 곧잘 들어가 있었기 때문이다. 여자아이의 작은 콧구멍 속에 눌러앉은 작은 코딱지를 가장 정교하게 파낼 수 있을 만큼 길게 자란 새끼손톱은 정말 신의 한수라고 평가해도 좋을 만큼 최적의 도구였다. 실제로 나를 포함한 수많은 사람들이 어른이 되어서도, 아니 죽을 때까지 코딱지 제거를 위해 어렸을 때처럼 새끼손톱을 애용하고 있을 것이다. 하지만 아무리 겉으로 보기에 예쁜 어린 여자아이의 손톱이라고 하더라도, 손톱 밑에 그야말로 각종 때가 꼬질꼬질하게 눌어붙은 누나의 작고 긴 손톱은 지금 생각해도 끔찍할 정도로 너무 더러운 것이었다. 위생관념이 전혀 없었던 당시의 어린 누나는 무던히도, 아니 고집스럽게도 씻는 것을 싫어했기 때문에 어머니로서는 아무리 어리고 예쁜 딸래미의 순수한 동심일지라도 누나의 깨끗한 콧구멍을 위해서 더 이상 참을 수 없었던 것이다.

하지만 누나는 중학교에 들어가기 전까지 정말 줄기차게 무엇인지도 모르는 첫사랑을 이루어보겠다는 집념 아닌 집념 하나로 매년 봉숭아물을 들였고 겨울이 올 때까지, 아니 어머니가 몰래 깎아버리기 전까지 매번 그 꼬질꼬질한 새끼손톱으로 인중을 있는대로 쭉 펴고 입술을 얄밉게 오므린 채 쾌감이 오묘하게 번지는 반달눈을 하고는 시원하게 코딱지를 파곤 했다. 그 결과로 누나는 중학교에 들어가던 무렵 결국 비염에 걸리고 말았다. 누나의 목소리를 아직까지도 맹맹하게 만든 비염의 원인이 지저분한 새끼손톱 때문이라고 단정할 수는 없으나, 콧속 세균이 왕성하게 번식하도록 만들어 일 년 내내 누나의 코를 꽉 막아버린 범인으로 어머니는 늘 누나의 새까맣던 새끼손톱을 꼽았다. 나는 누나가 그렇게 공들여 판 코딱지를 나와 같이 쓰던 호마이카 책상 밑에 몰래 붙이는 버릇만 없었어도 만성 축농증 아줌마가 되지 않았을 거라고 지금도 굳게 믿고 있다. 봉숭아물 이야기는 정말 효과가 있었을까. 어린 누나는 꼭 이루고 싶은 첫사랑을 이루었을까. 내심 궁금하기도 했지만 안타깝게도 나는 누나의 첫사랑 이야기를 아직까지 한번도 들어보지 못했다.

화단이 오른쪽으로 이어지는 곳에 우리 집이 있다. 벽채는 구멍 세 개짜리 콘크리트 벽돌을 차곡차곡 쌓아서 만들어 튼튼했고, 외벽은 새하얀 페인트로 언제나 새 것처럼 칠해져 있으며, 낮은 지붕에는 요즘은 보기 힘든 하늘색 플라스틱 기와를 겹겹이 겹쳐 올린 모양새다.

우리 집은 작은 구멍가게를 했다. 중앙의 미닫이 나무문을 유리가 흔들리는 드르륵-하는 소리와 함께 열고 들어가면 과자나 사탕, 라면과 비누 등의 생필품은 물론이고 빨간 목장갑이나 못, 나사, 철사 등 가구공장에서 늘 필요한 각종 철물이 넘치지 않을까 싶을 정도로 가득 쌓여 있는 높은 선반에 둘러싸이게 된다.

집 왼쪽에는 빨간 우체통이 달려있고 우체통 앞에는 상판을 맨들맨들한 노란색 장판으로 꼼꼼히 둘러싼 넓은 평상이 있다. 우리 집의 오른쪽, 부엌 쪽창 밑에는 늘 빈병들을 가득 채운 녹색 플라스틱 상자들이 어른 키만큼 쌓여있고, 그것을 지나면 옹기종기 모여 있는 장독대와 지하수를 수동식으로 퍼 올리는 고동색 단동펌프가 우뚝 서 있다. 파란 드럼통에 미리 담아 놓은 마중물을 위에 한두 바가지 먼저 붓고 나서 쇠로 된 긴 손잡이를 잡고 위아래로 기익-기익- 있는 힘껏 지렛대 질을 하면 깨끗한 물이 콸콸거리면서 시원하게 뿜어져 나왔다. 아침이면 단동펌프가 있는 야외 세면대에서 지하수를 퍼 올려 온 가족이 줄줄이 세수를 하곤 했다. 야외 세면대라고는 해도 펌프 주위에 평평한 돌들을 욕실 타일처럼 바닥에 짜놓고 틈새를 시멘트로 꼼꼼하게 메워놓은 곳으로, 세면대 끝에 물이 빠질 수 있는 하수구가 하나 있는 것이 전부였다. 단동펌프가 있는 야외 세면대와 작은 공터 둘레의 높은 회색 담벼락 너머로는 역시나 끝없는 배밭이 바다처럼 사방팔방에 펼쳐져 있다.

화단의 왼쪽으로는 일반주택보다 두세 배 정도 넓고 우리 가구공장에서도 제일 큰 건물인 재단작업장이 있다. 80년대 초반에는 유달리 입을 크게 벌린 채 포효를 하고 있는 주먹만 한 사자머리를 팔걸이 끝부분에 원목 그대로 조각한 멋스러운 사장님 의자나, 노란색 나비 자개가 고풍스럽게 장식된 조선시대 전통 수납장이나, 두꺼운 원목으로 만들어 S자로 멋을 낸 굵은 다리를 가진 무거운 회의용 테이블이 인기였다.

재단작업장은 크게 두 칸으로 나뉘어져 있었다. 첫 번째 칸은 야외 자재창고에서 용도별로 가져온 목재들을 거대한 테이블 중앙으로 옮겨 날이 서 있는 날카롭고 둥근 톱이 쉴 새 없이 돌아가는 대형 절단기로 이리저리 돌려가면서 만들고자 하는 가구의 모양에 맞게, 마치 묘기를 부리듯 재단하고 가구의 각 부분들을 이가 딱 맞게 조립해서 원하는 가구의 기본적인 모양을 만드는 곳으로 바닥에 깔리는 톱밥 때문에 눅눅한 톱밥냄새가 높은 천장까지 진동했다. 반면 나무먼지로 가득한 두 번째 칸은 원하는 모양으로 조립된 가구들에 들어가야 하는 장식과 모양들을 예리한 조각칼로 정교하게 조각한 다음 거친 가구의 표면들을 부드럽게 다듬는 작업을 하는 곳이었다. 이중에서도 가구의 넓은 표면과 곡선에 정교하게 조각되어 오목하게 들어간 부분 모두를 매끈하게 손질하는 작업은 기계로 할 수 없는 부분이었기 때문에 사람이 손으로 일일이 꼼꼼하게 사포질을 해야 했다. 사포를 길게 잘라 맨 끝을 한손에 휘감고서 탄력 있는 고무를 손과 사포 사이에 끼고 가구전체를 하루 종일 문지르는 작업인 사포질은 단순하지만 체력소모가 제일 심한 일이었다.

공장에서는 사포질을 흔히들 '뻬빠를 친다.'고 했다. 뻬빠는 영어로 Paper인 사포를 일본식 발음인 뻬빠라고 한 것이었다. 뻬빠를 치는 남자들은 모두 하나같이 비슷비슷하게 생겼다. 더부룩하고 긴 머리에는 흰 나무 가루가 뽀얗게 내려앉아 있고 얼굴은 우락부락한 데다 유독 큰 덩치에 큼지막하고 두꺼운 팔뚝을 가졌다. 평소에는 과묵하기 그지없었지만 한번 말을 뱉으면 언제나 쎈 억양의 험한 사투리로 거나하게 화가 나 있는 듯했다. 그들은 다른 아저씨들을 대하면 말을 조리 있게 하는 법이 없었고 언제나 그냥 아무렇게나 빽-소리를 지르기 일쑤였다. 하여간 뻬빠를 치는 남자들은 한마디로 모두 짐승들이었던 것 같다. 그도 그럴 것이, 철저하게 분업화 되어 있던 이 가구공장에서 뻬빠를 치는 사람들은 급하게 먹어치운 아침이 채 소화되기 전부터 자신들의 손길을 기다리고 있는 산적한 가구들의 거칠고 허연 뼈대들 앞에서 한마디도 하지 않고 저녁 늦게까지 뻬빠만 치면 되는 것이었기 때문이다. 언제나 뻬빠를 칠 때 만들어지는 나뭇가루를 뒤집어쓰고 있는 그들에게는 딱히 말이 필요 없었다. 가구공장에서는 오로지 크고 두꺼운 그들의 팔뚝만을 원했기 때문이다.

　내 아버지는 이 가구공장의 절대 권력을 가진 공장장이었다. 아버지는 칠장이라는 특별한 기술자로서의 역할도 겸하고 있었는데, 그건 가구들의 맨살에 페인트로 매끄러운 옷을 입히는 일이었다. 아버지는 재단작업장 맞은편에 있는 가구공장의 또 다른 건물인 칠 작업장에서 역시 하루 종일 칠만 하는 아저씨들을 진두지휘했다. 칠 작업장 또한 칠을 하는 칠 작업장과 칠을 건조하는 건조장, 두 부분으로 나뉘어져 있었다. 가구에 빈틈없이 페인트칠을 한 뒤 건조장로 옮기고, 초벌칠이 마르면 또다시 칠 작업장으로 옮겨와 겹겹이 덧칠을 하고 다시 건조장로 옮겨 말리는 작업이 여러 번 반복되었다. 그런 다음 또 그 위에 광택을 내는 바니시(니스)를 빈틈없이 덧칠하고 건조장으로 옮겨서 매끈하게 말리는 작업이 끝나야 드디어 하나의 가구가 완성되었다. 이 가구공장에서 햇빛이 제일 잘 드는 남쪽에 위치한 가구 건조실은 통풍이 잘 되도록 사방에 큰 창문들이 뚫려 있어서 언제나

　미욹이

눈 매운 바니시 냄새가 진동을 했다.

 칠장이 아저씨들은 늘 가로로 길고 크며 납작한 붓을 손가락이 없는 목장갑을 낀 손으로 짧게 쥐고서 갓 목욕을 마치고 나온 사람처럼 수십 번의 뻬빠질로 반질반질해진 각종 가구들에 검은색과 갈색 도료를 정성들여 꼼꼼히 칠했다. 칠 작업장에 들어가면 아버지는 언제나 건조장에서 새 옷을 입은 가구들의 칠 상태를 유심히 보며 직접 손에 붓을 들고 칠이 부족한 부분을 새로 보완하는 작업을 하고 있었는데, 아버지의 최종 검사를 마치고 건조중인 가구들은 반짝반짝 빛이 나기 시작했다. 아버지의 눈길과 손길을 거치면 새로 만든 가구들이 고풍스러운 골동품(엔틱)가구로 재탄생했다. 그것은 도료 때문이 아니라 아버지의 탁월하고 전문적인 솜씨 때문이었다. 아버지의 옷에서는 늘 코를 대고 제대로 맡으면 코가 뻥 뚫릴 것만 같은 알싸한 시너 냄새가 진하게 났다. 시너는 비누로는 지워지지 않는 피부에 튄 검은 도료를 지우는데 쓰였다. 아버지의 흰 메리야스와 빛바래고 낡은 작업복에는 마치 치열한 전쟁터에서 얻은 영광의 상처처럼 가구에 바르는 도료 자국들이 딱딱하게 굳은 채로 늘 덕지덕지 묻어 있었지만 아버지는 칠 작업장에서 일한다는 것에 언제나 자부심을 느꼈다. 아버지의 직업을 몰랐던 나는 해마다 개학식을 하면 참 자세히도 써야 했던 가정환경조사서의 아버지 직업란에 아버지의 직업을 가구 공장 공장장이라고 쓰곤 했다. 그걸 보던 아버지는 늘 말했다.

 "좌우지간 뺑끼질(페인트질)을 하는 사람은 왼종일 노상(항상) 톱질이나 뻬빠(사포)질을 하는 목수보다 훨씬 더 기술자란다. 뺑끼질을 잘해야 가구가 오래가고 멋있는 거야. 힘만 있다고 되는 게 아니고 아빠처럼 손재주가 좋아야 할 수 있는 일이란다. 가구공장에서 제일 중요한 일이지."

 아버지도 칠장이라는 세 글자로 자신의 직업을 표현할 줄은 몰랐던 것 같다. 아니면 '장이'라는 말이 기술자를 뜻하는 높임말인지 몰랐던 것 같다.

우리 집은 가구공장의 수위실과 같은 곳이었기에 아버지는 늦은 저녁 가구공장 직원들이 모두 퇴근을 하고나면 철 대문을 기이익거리며 충실히 닫고서 무거운 빗장쇠를 단단히 질렀다. 공장장인 아버지는 만에 하나 어두운 밤에 비싼 원목이나 완성된 가구들을 훔쳐가는 사람이 없는지 잘 감시하는 역할도 하고 있었다.

우리 집 맞은편에는 사무실 건물이 있다. 사무실은 가구공장의 사장님이 경리를 보던 여직원 한 명과 단 둘이서 일하는 곳이었지만 언제나 자물쇠로 굳게 잠겨 있었다. 사장님은 가끔씩 서울에서 경리만 보내 일을 보는 것 같았다. 사장님이 가구공장에 볼일이 있는 날이면 사장님을 구경할 수 있었다. 키는 멀대처럼 컸지만 밀가루처럼 새하얀 얼굴이 너무 창백해서 언제나 어디가 많이 아픈 것 같아 보였다. 사장님이 반짝거리는 검은 자동차를 타고 대문 앞에 와서 운전석 창문을 열고 2:8 가르마로 잘 정돈되어 있는 머리를 창밖으로 빼꼼히 내놓은 채 "어이~김씨!"라고 외치면 언제나 바쁘게 일을 하던 아저씨들 중 한사람이 거짓말처럼 바로 달려왔다. 아저씨들 중 김씨 아저씨가 제일 많아서 그 아저씨도 김씨 아저씨였던 걸까. 아니면 사장님의 반짝거리는 검은 자동차가 언제 올지 미리 연락을 받은 김씨 아저씨가 문을 열어주기 위해서 대문 근처에서 일을 하고 있었던 것일까.

하지만 언제나 사장님의 부름을 받은 김씨 아저씨는 매번 다른 아저씨였다. 김씨 아저씨는 너무 바쁘고 시간이 없는 나머지 이름을 일일이 외우기 힘든 사장님이 그냥 아저씨들의 호칭으로 편하게 부르던 이름이었다. 아무튼 김씨 아저씨가 하던 일을 멈추고 득달같이 달려와 무겁게 잠겨있는 빗장쇠를 길게 빼고 무거운 철창대문을 양쪽 모두 시원하게 열어젖히면 사장님은 그야말로 위풍당당하게 반짝거리는 검은 자동차를 천천히 몰고 가구공장에 입성해 사무실과 우리 집 사이에 멋들어지게 주차를 했다.

80년대 초 불암동에서 파리가 앉으면 미끄러질 듯이 반짝거리는 검은 승용차라니, 상상이 되는가? 자가용을 가지고 있는 사람은 눈 씻고 찾아봐도 전혀 없었던 불암동이었기에, 어린 나에게 그 검은 자동차는 차종과 브랜드가 중요하지 않았다. 그래도 착한 독자의 상상을 돕자면, 요즘 결혼식 때 한번 탈까 말까한 리무진 정도였다고 짐작하자. 그 검은 자동차는 나의 순진하고 순수한 눈동자에 그저 반짝이는 우주선으로만 비춰졌다. 그 우주선이 우리 집 앞에 주차되어 있었던 것이다. 그 검은 자동차는 그야말로 부의 상징이자 가구공장에 있는 수많은 아저씨들을 아무나 그윽한 눈길로 바라보다가 무턱대고 "어이~ 김씨!"라고 불러도 하나도 이상할 것이 없는 절대 권력의 상징이었다. 우주선에는 언제나 사장님의 아들이 동승해 있었는데, 사장님의 밀가루 같은 창백한 얼굴빛을 꼭 빼닮은 아이였다. TV광고에 나오는 브랜드 아동복 세트를 통째로 구입해 그대로 입혀 놓은 듯한, 아니 그 광고의 모델이었다고 해도 믿을 만한 모습을 한 채 우주선에서 사뿐히 내리는 그 아이는, 밀가루만 먹었는지 밀가루로만 이루어져 있는 것처럼 토실토실한 젖살이 볼떼기에 한껏 올라있던 그 아이는, 나에게는 범접할 수 없었던 존재인 사장님과는 달리 늘 질투의 대상이었다. 왜냐하면 그 애가 하필이면 나와 동갑이었기 때문이다. 공장장의 아들과 우주선을 타고 다니는 사장님 아들이 동갑이라니. 그러고 보니 당시의 사장님은 꽤 젊었던 것 같고 내 젊은 아버지의 나이도 사장님의 나이와 거의 비슷했던 것 같다. 언제나 칠이 묻은 작업복을 훈장처럼 아들 앞에서 자랑스럽게 여기던 아버지 또한 그 검은색 우주선이 가끔씩 우리 집 앞에 떡하니 세워질 때 얼마나 가슴이 아팠을까.

　아버지는 그래도 공장장이라서 사장님이 아무렇게나 부르지는 않았다. 그런 사람들의 마음을 전혀 헤아릴 줄 모르는, 아무 생각 없는 사장님은 우주선에서 내리면 반짝거리는 검은 구두를 외계의 먼지 하나라도 묻을 새라 조심조심 사뿐히 걸으면서 사무실로 직행해 일을 본 뒤 돼지새끼 같이 토실토실한 아들과 함께 우리 집에 들러 믹스커피를 한 잔씩 하곤 했다. 아무 생각 없는 사장님은 언제나 우리 집에 들러서 커피를 마실 때면 자기 아들과 내 나이가 같다는 것을 마치 새롭고 엄청난 사실을 발견한 것처럼 매번 줄기차게 이야기했다. 그리고는 자기 아들과 나를 번갈아 보면서 서로 친하게 지내라며 매번 부추기기까지 했다. 그럴 때마다 그 애의 토실토실하고 빵빵한 밀가루 볼때기를 송곳으로 빵! 터트리고 싶어 얼마나 속을 태웠는지 모른다. 지금까지도 그때의 내 모습이 생생히 기억나는 것을 보면, 그때의 나는 그 아이 역시 지 아빠처럼 나를 수많은 김씨 아들 중 하나로 생각해서 나를 "어이~김씨 아들!"이라고 아무 생각 없이 부르지 않을까 걱정되어 무던히도 노심초사했던 것 같다. 그 아이는 내가 한 번도 타보지 못한 멋진 우주선을 타고 내가 한 번도 입어보지 못한 브랜드 아동복을 세트를 갖춰 입을 만한 충분한 자격이 있었을까. 나는 그럴 자격이 왜 단 하나도 없었을까.

　무더운 여름 해가 지던 어느 날이었다. 노을이 긴 황금빛 꼬리를 늘어뜨리던 그날은 아마도 초복 저녁이었지 싶다. 단동펌프가 있는 야외 세면대 옆 공터에 일을 마친 아저씨들이 먼지를 툴툴 털어내며 차례차례 시원하게 등목을 하고 퇴근을 준비하던 여느 때와 달리 벌 떼처럼 시끌벅적 모여서 서로 자기에게 좋은 방법이 있다며 옥신각신 실랑이를 하고 있었다. 아저씨들이 등밖에 보이지 않을 정도로 하도 옹기종기 모여 있어서 거기서 무엇을 하는지 무슨 일이 있는지 작디작았던 나는 알 길이 없었다. 그때였다. 아침마다 바다처럼 펼쳐진 배밭 저쪽에서 목청껏 우렁찬 꼬끼오를 외치던 익숙한 수탉의 찢어질 듯한 비명소리가 오싹하게 들렸다. 그리고 나는 갑자기 머리가 댕강 잘린 목에서 피를 툭툭 튀기며 무작정 달리고 있는 거대한 수탉을 보았다.

그 수탉은 정말 덩치가 커 보였다. 수탉은 무시무시한 칼을 처들고 있는 우락부락한 아저씨의 억센 손아귀에서 벗어나고자 마지막 힘을 다해 미친 듯이 버둥거리다 머리가 잘리는 순간, 이제 되었겠지 하며 긴장이 풀린 아저씨의 손아귀에서 잽싸게 벗어나 자신을 둘러싼 군중의 다리 사이로 뛰어나온 것이었다. 머리가 없는 수탉은 마치 머리쯤이야 없어도 끄떡없다는 듯이 넓은 공터를 이리저리 정신없이 뛰어다녔다. 수탉은 소리 없는 비명을 지르며 한동안, 아니 정말 오랫동안 끈질기게 살아 있었다. 수탉은 자신에게 마지막으로 남은 그 몇 초간의 사그라드는 불꽃 같은 생명력으로 자기 머리를 애타게 찾고 있었다. 그 엄청난 수탉의 생명력 앞에 모두가 순간적으로 압도되어 어느 누구도 달려가 이 끔찍한 질주를 멈추게 할 엄두를 내지 못했다. 아저씨들은 입을 떡하니 벌리고 멍하니 그 기괴한 장면을 넋을 잃고 바라보고만 있었다. 정말 소설책에서나 나올 법한 일이었다. 머리 없는 수탉은 방향을 잃고 미친 듯이 뛰어다니다가, 저쪽 재단작업장 건물 벽에 퉁하고 부딪혀 튕겨 나와 맨 바닥에 벌러덩 꼬꾸라졌는데, 큰 날개와 긴 다리를 에라 부러져버려라 퍼덕거리며 흙먼지를 날리면서 버둥거리다가 거짓말처럼 벌떡 일어나 거대한 덩치를 바로 세웠다. 그리고는 이쪽을 향해서 독수리처럼 커다란 날개를 있는 힘껏 펴고 미친 듯이 돌진하기 시작했다. 나는 순간 너무 무서워서 눈을 질끈 감고 비명을 지르며 울음을 터뜨려버렸다.

하지만 불현듯 주위가 조용해졌다. 수탉이 나를 향해 달려오다가 갑자기 힘이 빠져 버렸는지 넓은 공터 중간쯤에서 픽 쓰러져 마지막 경련을 멋지게 일으키고는 소리 없이 죽어 버린 것이다. 그 찰나의 시간동안 나에게 자기 머리를 찾아달라며 구조의 손길을 뻗쳤던 것일까. 왜 하필이면 수많은 사람들 중에서 나에게 달려들었을까. 지금도 그때 생각을 하면 기분이 오싹해진다. 그 미친 수탉으로 짐승 같은 아저씨들은 기어이 닭백숙을 끓여서 맛있게도 먹었겠지. 힘이 좋은 닭이었으니 정력에도 좋다고 좋아하면서 그 강인한 수탉의 튼튼한 뒷다리 살점을 맛소금에 살짝 찍어 한 입 한 입 군침을 흘리며 맛나게 뜯어 먹었을까.

요즘도 복날에 삼계탕을 먹고 잠이 들면 가끔씩 꿈속에서 머리 없는 거대한 수탉이 나를 향해 미친 듯이 뛰어오곤 한다. 사실 나는 어른이 되기까지 그 수탉이 자꾸 떠올라 닭의 노골적인 윤곽을 그대로 드러낸 닭이 통째로 끓여져 있는 삼계탕을 먹지 못했다. 그릇에 다소곳하게 담겨진 약닭의 모양새가 꼭 그 수탉 같았기 때문이다. 삼계탕 속에서 윤기 있게 잘 익혀진 머리도 없고 발도 없는 닭이 원망스럽다는 듯 잘린 모가지를 나를 향해 돌린 채로 엉겁결에 그릇을 박차고 나와서 발도 없는 잘린 다리로 식당 구석구석을 미친 듯이 뛰어다닐 것만 같았다.

그 뒤로 아저씨들은 재미가 들렸는지 자꾸만 단동펌프 세면대 뒤 공터에 우르르 모여서 옥신각신 실랑이를 벌이곤 했다. 어느 가을날 아침에는 그 공터에 사장님 아들처럼 뽀얗고 토실토실한 새끼 돼지가 주황색 빨랫줄로 묶여 있었는데, 저녁에 일을 마친 아저씨들이 수탉의 머리를 자를 때처럼 웅성웅성 옹기종기 모여들더니 새끼 돼지가 끼익-끼익- 하는 소름끼치는 비명을 지르기 시작했다. 그러더니 픽!하는 둔탁하고 무거운 소리와 함께 비명소리가 홀연히 사라졌다. 아저씨들이 지닌빈의 실수를 만회하고자 돼지를 단 한방에 혹- 하고 보내버린 것이다. 주위가 조용해지자 돼지 비린내가 은근히 퍼지기 시작했다. 갓 죽은 돼지로부터 풍기는 정체 모를 노린내는 너무 매스껍고 역겨워서 구역질이 날 것만 같았다. 어쨌든 내 속이 매스껍거나 말거나 아저씨들은 역시 서로 자기가 잘 안다는 듯 옥신각신하며 끈질긴 추격 끝에 사냥감을 잡은 며칠 굶은 늑대들처럼 득달같이 우르르 달려들어 돼지를 부위별로 능숙하게 해체하기 시작했다. 뜨거운 김을 뿜으며 철철 쏟아지는 검붉은 피는 빨간 고무대야에 홍건하게 쏟아졌고, 날을 한껏 세운 예리한 식칼에 슥 하고 부드럽게 갈라진 배에서 쏟아진 창자는 양은대야에 야무지게 따로 담겨 차가운 지하수에 깨끗하게 빨렸다.

한쪽에서는 미리 모은 마른 톱밥들을 나무 조각들을 쌓아놓은 곳 위에 뿌린 뒤 멋지게 타오르는 모닥불을 피워냈다. 마른 톱밥들은 모닥불에 뿌려질 때마다 탁-탁-탁-하는 폭죽 같은 소리를 내며 약해지는 불을 금방금방 활기차게 피워냈다. 아저씨 하나가 활활 타오르는 모닥불 속에서 타고 있는 긴 장작개비 하나를 꺼내 돼지털을 쓱쓱 그슬리기 시작했다. 끔찍한 냄새가 났다. 돼지는 원목이 가구가 되기 위해 재단되듯이 사람에게 먹히기 위해 착착 부위별로 재단되어 깨끗하게 씻겨지고, 때마침 공수되는 동그랗고 넓은 양은쟁반들에 가득 담긴 채 도마로 직행해 한입 크기로 먹기 좋게 썰린 다음 그대로 석쇠 위로 올라가 바로바로 모닥불에서 지글지글 구워졌다. 평상에 둘러앉은 아저씨들은 모두들 워낙 게걸스러워 돼지의 살점들이 없어지는 속도를 굽는 속도가 따라잡기 힘들었다.

가구공장은 금세 축제의 한마당이 되었다. 이웃집 아줌마 아저씨들도 멀찍이서 한둘씩 구경만하다가 이내 축제에 동참했다. 어머니와 이웃집 아줌마들은 둥근 쟁반에 상추며 깻잎이며 마늘이며 밥 등을 평상으로 분주하게 날랐다. 줄줄이 앉아 있는 아저씨들 머리 위로 막 걸리며 소주들이 획-획- 오고갔다. 얼굴에 울긋불긋 취기가 오른 우락부락한 아저씨가 갑자기 일어나서 대야에 쏟아놓은 검붉은 피를 대접으로 퍼서 벌컥벌컥 마셨다. 뜨끈한 새끼돼지 피는 정력에 좋다느니 소주를 같이 마시면 기생충 염려도 없다느니 하는 만취한 아저씨의 호탕한 말들을 듣고 얼씨구나 하면서 따라서 퍼 마시는 아저씨들 때문에 금세 돼지 피도 동이나 버렸다.

아저씨들의 껄껄대는 웃음소리가 쉴 새 없이 이어졌다. 술자리가 길어지자 누군가 젓가락으로 트로트 장단을 치기 시작했고 누군가가 또 자리에서 일어나 숟가락 마이크를 대고 트로트를 구성지게 부르기 시작했다. 평소에는 묵묵히 자기가 맡은 일만 하는 조용하고 온순한 표정의 김씨 아저씨들이 그렇게 말을 많이 하며 많이 웃는 것을 본 것은 그때가 처음이었다.

가구공장의 왼쪽 맨 끝에는 후문이 있고 후문부터 작업장 건물까지는 야외 자재창고다. 이 야외 자재창고에는 아름드리 통나무를 그대로 세로로 잘라 예술적인 무늬를 지닌 거대한 원목들과 크기, 두께, 길이, 넓이, 모양 등이 모두 제각각인 목재들이 노란색 밴드에 종류별로 묶인 채 넓고 두꺼운 청색비닐을 뒤집어쓰고 길 양쪽으로 빽빽이 쌓여 있었다. 때문에 오래되어 향긋하고 그윽한 나무들의 하얀 속살냄새가 가득했다.

옹기종기 쌓인 목재들 사이사이에는 빈 공간들이 정글처럼 많았다. 공간들이 만들어내는 신비로운 그림자들은 어린 아이들의 넘쳐나는 호기심과 엉뚱한 상상력을 자극하기에 모자람이 없어서, 나는 일 년 내내 이곳에서 친구들과 숨바꼭질을 하며 놀곤 했다. 아저씨들은 매일 아침에 그날 작업해야할 가구감들을 작업장에 미리 모두 옮겨 놓고 가구들을 뚝딱뚝딱 만들었으므로 이 야외 자재창고는 하루 종일 우리 차지였다. 이 목재정글의 빈 공간들은 숨바꼭질을 하기 위해서 일부러 만들었다고 해도 과언이 아닐 정도로 그늘지고 어두운 천연요새였다. 취학 전의 작은 아이가 쏙 들어가 숨으면 찾을 길이 전혀 없었다. 그리고 목재더미들 중 제일 높게 쌓여 있는 목재덩이 꼭대기로 올라가서 머리카락조차 보이지 않게 바짝 누워있는 것은 나만의 비밀 방법으로, 자기들 키 높이에서만 찾을 수 있는 어두운 틈들에만 정신이 팔려 당최 어디에 숨었는지 죽었다 깨어나도 모르는 바보 같은 술래들을 알쏭달쏭하게 골려먹기 좋았다. 술래가 목재덩이 꼭대기로 올라오지 않는 이상 나를 찾는 것은 불가능했으므로, 골탕을 제대로 먹은 술래는 나를 찾다가 지쳐서 시무룩한 표정을 하고 털레털레 자기네 집으로 휙 가버리기 일쑤였다.

하지만 숨바꼭질 때문이 아니더라도 나는 자주 그곳에 올라가서 누워 있곤 했다. 제일 높은 목재덩이 꼭대기의 평평한 곳에 자리를 잡고 누워서 보는 선선한 가을 하늘은 정말 특별했다. 정오의 따뜻한 햇살이 나를 위해 한껏 데워놓은 나무바닥은 추운 겨울날의 뜨끈한 아랫목 같았다. 햇살을 온 몸으로 맞아서 노곤노곤해진 졸린 눈을 반쯤 뜨고 파랑색의 순수한 결정체 같은 하늘을 바라보면 그림 같다는 표현으로는 미처 다 표현하지 못할 정도로 아름답고 높은 하늘이 영원의 시간처럼 한없이 평온하게 흘러갔다. 그 누구도 상상할 수 없을 정도의 아주 먼 세계가 거기에 있었다. 그렇게 한동안 하늘에 빠져 있다 보면 내 시선은 점점 더 멀어져만 갔다.

어디라고 짐작조차 할 수 없는 아주 먼 곳에서부터 두루뭉술하게 피어오른 뭉게구름은 바람이 많이 부는 날이면 무한히 허락된 자유 속에서 빙글빙글 잘도 돌았다. 천천히 움직이는 구름들을 따라 하늘을 여행하는 것은 정말 신비로웠다. 바람은 입김을 세게 불어 구름을 밀가루 반죽처럼 자유자재로 반죽해 자신이 원하는 모양들을 만들어 냈다. 코끼리 모양, 양 모양, 산 모양, 물고기 모양, 새 모양 등 못 만드는 모양이 없었다. 그러다 실증이 나면 솜사탕을 손으로 찢어서 먹을 때처럼 흩어지는 모양을 만들어 내어 지루함을 표현하기도 했다. 바람은 자기 마음 가는 대로 하늘이라는 도화지에 그림을 그렸지만, 그 그림들은 모두 나의 감탄을 자아내기에 충분했다. 목재덩이 꼭대기에 누워서 멋진 하늘을 가슴에 한껏 품는 날이면 나는 바람이 하늘에 그린 멋진 그림을 도화지에도 담아놓고 싶어서 안달이 나 집으로 냉큼 달려와 색색깔의 크레파스를 들고 그림을 그렸다. 우선 하늘에 떠 있는 뭉게구름을 하얀색 크레파스로 윤기 나게 뭉실뭉실한 모양으로 그린다. 동그랗게 동그랗게 계속 나선형으로 그리다 보면 크레파스가 두껍게 칠해져 더 이상 하얄 수 없는 멋진 하얀구름이 완성된다. 나머지 공간은 새파랗게 채웠다. 그 밑에 누워있는 나는 아주 작게 그리고 우리 집은 아버지가 가구에 칠을 하듯 새까만 색으로 칠한다. 나머지 공간들은 끝없이 펼쳐지는 배밭들이다. 저마다 찬란했던 가을을 고스란히 담은 아름드리 배나무마다 주렁주렁 열려있는 큼직큼직한 배들도 샛노랗게 그린다. 도화지 왼쪽 위 구석에서 아무도 몰래 입만 내어 놓고 구름들이 지구의 천장을 빙글빙글 돌아가도록 입바람을 후- 불고 있는 바람아저씨도 빼놓으면 안 된다.

그 뒤로 나는 틈만 나면 뭉게구름을 그렸다. 한없는 자유로움이 무한했던 그곳이 나는 지금도 그립다. 하늘을 본 적이 너무 오래되어서 잘은 모르겠지만, 짐작하건대 그때 크레파스로 그린 하늘과 지금의 하늘은 똑같이 아름다운 하늘일 것이다. 하늘은 그대로인데 보는 사람만 변했을 뿐이다. 나는 언제부터 하늘 한번 보지 않고 시커먼 군인들이 묵묵히 행군하듯 고개를 숙인 채 앞사람의 발뒤꿈치를 보며 걷기만 했단 말인가. 아니, 보았다 해도 무심히 지나쳤을 것이다. 그리곤 그게 내 인생에서 덜어내지 못할 아주 큰 부분을 차지하고 있었다는 것과 그렇게나 좋아했다는 기억마저도 깡그리 잊어버렸겠지.

가구공장에는 두 종류의 작업장 건물과 우리 집과 우리 집 맞은편 사무실, 이렇게 4개의 건물이 있다. 각각의 건물이 꽤나 멀리 떨어져 있으므로 중앙에는 작은 크기의 운동장이라 가늠해도 될 만큼 넓은 공터가 있다.

가구공장의 건물들 사이에 있는 넓은 공터는 내가 자전거를 처음 배운 곳이기도 했다. 사장님 아들이 실증이 나서 버리고 간 것인지도 모르는 그 작은 자전거는 공장 구석에서 방치되어 있다가 세 발 자전거를 더 이상 타려고 해도 타지 못할 정도로 훌쩍 커버린 우리 남매에게 턱하니 주어졌다. 작은 자전거는 반짝거리는 새 것은 아니었지만, 우리 남매 뿐 아니라 어른이 타도 될 만큼 튼튼한 철로 만들어진 묵직한 자전거였다.

자전거 뒷바퀴에는 보조 바퀴가 양쪽으로 하나씩 달려있었기에 작은 키 때문에 자전거를 타지 못하는 어린아이도 쉽게 탈 수 있었다. 그 작은 보조바퀴가 자전거 운전자에게 얼마나 탁월한 안정감을 주었었는지. 보조바퀴가 있는 한 자전거는 절대로 넘어지지 않는다. 하지만 보조바퀴가 있는 자전거는 아무리 크더라도 애들용일 뿐이었다. 세상 모든 아이들이 하루 빨리 어른이 되고 싶어 하듯이, 나도 그랬다.

처음으로 보조바퀴를 위로 돌려놓고 아버지에게 진짜 자전거 타기를 배우기로 한 저녁이었다. 아버지가 뒤에서 자전거를 힘차게 밀어주면 자전거가 빠른 속도로 쭉-하고 신나게 나아갔지만, 이내 속도가 현저하게 줄어들어서 나는 균형을 잡으려고 손잡이를 이리저리 위태

위태하게 흔들다가 옆으로 힘없이 픽- 쓰러져 나동그라지기 일쑤였다.

"속도가 느려지면 겁내지 말고 용기내서 힘차게 페달을 밟아야 해. 그러면 옆으로 쓰러지기 직전에 앞으로 나갈 수 있어. 넘어지기 싫으면 계속 앞으로 달리면 되는 거야."

아버지는 등 뒤에서 자전거를 천천히 밀어주며 내게 자전거 타는 법을 신이 나게 설명했다.

하지만 어린 나는 아버지의 말이 무슨 말인지 몰랐다. 쓰러지려고 하면 아버지가 잡아줄 테니 걱정 말라고 말해야 하는 거 아닌가? 쓰러질 때 페달을 밟으면 곧바로 넘어질 것 같은데?

빈 공터를 빙-빙- 크게 돌다가 아버지가 마지막으로 자전거를 힘껏 밀면서 순간적으로 손을 놓아버렸다. 신나게 달리던 자전거는 이내 속도가 줄어들어 앞바퀴가 휘청거리며 균형을 잃고 쓰러지기 바로 직전이었다.

"페달! 페달!"

멀어지던 아버지가 양 옆으로 휙휙 비틀거리는 내 뒷모습에 대고 다급하게 외쳤다.

겁에 질린 찰나에 아버지의 외침이 메아리처럼 멀리서 들려왔다. 나는 깜짝 놀라서 에라 모르겠다 눈을 질끈 감고 자전거가 기우는 찰나에 페달을 있는 힘껏 쑥- 밟았다. 페달을 밟을 때마다 자전거가 거짓말처럼 균형을 잡고 앞으로 쭉- 쭉- 힘차게 나아갔다. 드디어 진짜 자전거를 제대로 탈 수 있게 된 것이다. 처음 자전거를 탄 느낌을 아직도 기억할 수 있는 사람이라면 기억할 수 있을 것이다. 자신의 힘만으로 자전거의 균형을 잡은 그 순간은 찰나에 불과했지만 짜릿한 성취감만은 영원과도 같이 길게 느껴지더라는 것을. 그냥 자전거를 타는 것일 뿐이었지만 순풍을 맞으며 맘대로 하늘에 붕 떠서 자유롭

새 활공하는 기분을 느낄 수 있어서 정말 뿌듯했다.

그랬다. 넘어지지 않기 위해서는 용기를 내서 있는 힘껏 페달을 밟고 앞으로 쭉-쭉- 나아가야 하는 것이었다. 그게 자전거를 타는 방법이었다. 인생을 항해하는 방법도 크게 다르지 않으리라. 자신을 믿고 페달을 열심히 밟는 동안은, 계속해서 앞으로 나아가는 동안은 절대로 쓰러지지 않을 것이라고.

무심한 방문자로 하여금 우리집이 한겨울을 지내고 있음을 한눈에 알 수 있게 하는 것. 그것은 바로 고드름이었다. 한겨울 우리 집 처마에는 슬금슬금 자라난 고드름이 어린아이 팔뚝보다도 굵게 맺혔다. 멀지만 강렬한 정오의 황금햇살에 표면이 살짝 녹아서 물방울이 맺힐 때면 고드름 내부의 얼음결정들은 마치 다이아몬드처럼 결정들마다 색다른 빛을 사방팔방으로 반사하며 더욱 다채롭게 빛났다. 고드름이 한여름의 비닐하우스 속 긴 수세미들처럼 주렁주렁 열리면 누나와 나는 고드름을 상대방보다 길게 따는 사람이 딱밤을 때리는 놀이를 했는데, 늘 고드름 끝부분을 잡고 따서 가운데가 뚝하고 부러져 버리는 누나와 달리 나는 처마 쪽의 굵은 고드름 뿌리를 잡고 바깥쪽으로 꺾는 방법으로 따서 늘 누나를 이겨먹었다. 내가 딴 대왕 고드름에는 가끔 지붕 위에서 녹은 눈이 그대로 얼어붙은 얼음 덩어리가 고드름과 같이 딸려있는 경우도 있었다.

우리 집이 대왕 고드름이 맺힐 정도로 추운 한겨울에도 따뜻했던 이유는, 겨울이 오기 전 쌀쌀한 바람이 불 때쯤 아버지가 미리 집안의 모든 나무창틀마다 찬바람이 들어오지 않도록 비닐로 꼼꼼히 덧대 놓아서 그런 것 같았다. 유리 창문에 두어 겹으로 덧댄 비닐과 유리 사이에 낀 습기 때문에 햇빛은 아이보리 빛으로 방안을 은은하게 비췄고, 창밖 풍경은 늘 뽀샤시하고 영롱하게 보여서 방안에서 바라본 창밖의 겨울풍경은 늘 동화 속 세상처럼 느껴졌다.

젊은 아버지는 손재주가 참 좋았다. 가게 물품 진열장 한가운데 떡하니 자리를 잡은 연탄 두 장짜리 난로 또한 아버지가 직접 만든 작품이었다. 아버지는 난로에 연결된 T자 모양의 양철굴뚝을 움직이지 않게 천장에 철사로 고정시켜 집 오른쪽 굴뚝에 딱 맞게 뚫어 놓은 구멍을 통해 양철 연통이 밖으로 잘 빠져나가도록 설치했지만 연탄난로에서 나오는 무서운 연기는 조금도 집안에 새지 않게 모든 틈들을 청테이프로 정교하게 막아 놓았다. 아버지는 집안의 모든 가재도구들이며 가구들을 고치거나 수리하거나 어느 날 갑작스레 새 것처럼 만들어내는 묘한 재주가 있었고 집안일들뿐 아니라 세상의 모든 일들에 대해 물어보면 모르는 것이 없는 만물박사였다. 어릴 때는 세상의 모든 아버지들이 당연히 그런 줄만 알았다.

겨울에 눈이 오면 신나게 자전거를 타던 넓은 공터는 새하얀 눈으로 가득했다. 눈이 오면 강아지와 아이들이 제일 좋아한다고 했던가. 나 역시 추운 줄도 모르고 노란색 잠바 하나만 입고서 성경 속에서 여호와가 날마다 내려주었다는 새하얗고 달콤한 만나manna가 가득 내린 것마냥 신비로운 눈 세상을 강아지처럼 신나게 뛰어다니면서 누나와 눈싸움을 하기에 바빴다.

눈이 많이 오는 한겨울은 동물들에게도 힘든 시간이었다. 하지만 도톰하게 살이 오른 참새들은 겨울에도 평소와 전혀 다르지 않게 활기차게 날아다녔다. 가구공장과 배밭을 경계 지어 놓은 높은 회색 담벼락 가까이 늘어진 전기줄은 참새들이 자주 애용하던 곳이었다. 햇살이 좋은 날에는 담벼락 반대편 너머의 끝없는 배밭에서 참새들이 떼로 날아와 사이좋게 촘촘히 앉아 있곤 했다. 참새들은 작은 머리를 쉴 새 없이 갸우뚱 거리고 작은 눈을 깜빡깜빡 하면서 내가 모르는 말로 자기들끼리 신나게 재잘거렸다. 심지어 어떤 참새는 그 추운 날 씨에도 눈을 감고 앉은 채로 졸고 있기도 했다. 인형처럼 작고 갈색 얼룩이 예쁜 참새들은 일 년 내내 이른 아침마다 참 잘도 찾아왔다. 참새들이 지저귀는 소리는 어린 여자아이들이 시간가는 줄 모르고 즐겁게 수다를 떠는 소리처럼 즐겁게만 들렸다.

아버지는 참새 잡는 방법을 알려주었다. 내가 들어가도 될 만큼 커 다란 대나무 소쿠리를 뒤집어 놓은 다음 짧은 막대를 세워서 동그란 소쿠리 한쪽을 괴어 놓는다. 소쿠리 밑에 쌀알을 뿌려 놓고서 참새들 이 반짝거리는 쌀알을 쪼아먹기 위해 소쿠리 밑으로 들어가기를 기 다렸다가 막대 밑쪽에 묶어놓았던 실을 잽싸게 잡아당기면 되었다. 운이 좋으면 신기하게도 소쿠리 안에서 파닥거리는 작은 참새를 잡을 수 있었다. 지나가던 아저씨들은 내 손아귀에서 겁에 질린 까만 눈을 뻐끔거리는 불쌍한 참새를 보고 군침을 흘리며 참새를 맛있게 구워먹 은 무용담을 늘어놓았다. 어휴, 야만인들. 그들이 먹지 못하는 것은 뭘까. 내가 잡은 참새는 한 손으로 꼭 쥘 수 있는 조약돌 정도로 참 작았다. 겨울에 먹을 것이 없어서 많이 굶은 어린 참새였나 보다. 하 지만 통통하게 살이 오른 대부분의 영악한 참새들은 고개를 갸우뚱 거리면서 어떻게 하면 소쿠리에 들어가지 않고 쌀알을 빼먹을까 궁리 하며 소쿠리 주위를 총총걸음으로 방정맞게 돌아다녔지만 음흉한 소 쿠리 밑으로는 쉽사리 들어가지 않았다.

날씨가 풀려서 햇살이 따뜻해진 날, 나는 다시 한 번 담벼락 밑에 서 쌀알 한줌으로 배고픈 참새들을 유혹할 참이었는데 담벼락 위에 서 이 광경을 지켜보는 누군가의 싸늘한 눈초리가 느껴졌다. 끝이 꺾 여 있는 두툼한 꼬랑지를 담벼락 밑으로 여유롭게 살랑거리며 다소 곳하게 앉아서 소쿠리 밑에 뿌려진 쌀알을 먹을까 말까 고민하는 참새들을 주시하는 이 생명체는 바로 노란색 줄무늬가 선명한 덩치 큰 들고양이였다. 들고양이는 내 소쿠리 쪽 높은 담벼락 위에서 마치 예민한 감독관처럼 움직이지도 않고 파충류 같이 징그럽고 날카로운 뾰족한 눈동자를 하고서 이 모든 상황들을 침묵 속에서 빤히 지켜보고만 있었다. 담벼락 위에 늘어진 전선 위에 촘촘히 앉아있는 참새들을 잡아먹기 위해 기회를 엿보는 중이었을까. 아니면 내가 참새를 잡나 못 잡나 흥미진진하다는 듯이 구경하고 있었던 것일까.

그런데 어느새 들고양이가 소쿠리 바로 뒤편에 바짝 낮은 자세로 웅크리고는 쫑긋한 귀와 날카로운 시선을 참새들에게 고정시킨 채 무언가를 준비하는 것처럼 뒷발을 살짝살짝 구르고 있었다. 들고양이는 마치 순간이동을 한 것처럼 그곳에 웅크려 있었다. 나 역시 참새가 소쿠리 밑으로 들어가면 얼른 실을 잡아당기기 위해 숨을 죽이고 있었기 때문에 아무 소리도 듣지 못했다. 그런데 그 순간 들고양이가 맛좋은 쌀알에만 정신이 팔려 총총거리는 참새들을 향해 꺾인 꼬리를 힘차게 휘저으며 순간적으로 뛰어들었다. 그러더니 들고양이는 마치 권투선수가 양 주먹으로 재빠르게 잽을 퍼붓듯이 두툼한 두 앞발의 날카로운 발톱을 있는 대로 쫙 펼치고 허공에서 참새들을 향해 획-획- 휘저었다. 들고양이가 빠르게 움직일 때마다 들고양이의 거친 근육들이 선명한 노란색 줄무늬 위로 불끈불끈 튀어나왔다. TV에서나 보던 한 마리의 잔혹한 포식자를 보는 것 같았다. 날쌘 참새들은 순식간에 모두 날아가 버렸지만, 통통하게 살이 오른 참새 한마리가 흠칫 겁을 집어먹어 늦게 날아오르는 바람에 들고양이의 두툼한 앞발에 맞고 공중에서 균형을 잃더니 방향을 잃고 휘청거렸다. 들고양이는 그 틈을 놓치지 않고 긴 송곳니를 날카롭게 세운 무시무시한 입을 마치 독사처럼 쩍 벌린 상태로 가볍게 훌쩍 도약해 공중에서 참새를 텁- 하고 물어버렸다. 바닥에 멋지게 착지해 순간적으로 다시 웅크린

들고양이는 자기도 놀랐는지 참새를 물고 있는 앙다문 입을 재차 확인하며 눈을 크게 뜨고 잔뜩 긴장한 표정으로 사방을 두리번거렸다. 오물거리던 들고양이의 송곳니가 입속에서 퍼덕이던 참새의 척수를 꿰뚫은 모양인지 참새는 이내 들고양이의 입에서 축- 하고 늘어져버렸다. 들고양이는 주위에 아무도 없다는 것을 확인하고는 담벼락과 사무실 건물 틈새에 있는 상자들을 계단삼아 획획 뛰어오르더니 높은 담벼락 꼭대기로 솜사탕처럼 가볍게 도약한 뒤 담벼락 너머 배밭으로 순식간에 사라져버렸다. 아직도 내 오른손에는 미처 당기지 못한 실이 묶여 있었다. 나는 엉망이 되어버린 소쿠리 덫과 망쳐버린 참새잡이는 까맣게 잊고서 그 멋지고 매혹적인 사냥장면을 아무 말도 하지 못한 채 그 들고양이처럼 눈을 동그랗게 뜨고 바라보고만 있었다. 차마 말이 나오지 않았다.

그 후로도 햇살이 따뜻한 날이면 가끔씩 담벼락 위에서 햇살을 쬐며 여유롭게 앉아있는 들고양이를 볼 수 있었다. 멀리서 보면 담벼락과 전기줄은 꽤 가까웠다. 하지만 들고양이는 단 한번도 참새를 잡기 위해 그때처럼 멋지게 도약하지 않았다. 담벼락이 꽤 높았거니와 전기줄에 앉아 있는 참새들 역시 민첩하게 전기줄 위를 종종거리며 들고양이의 행동을 예의주시하고 있었기 때문이다. 들고양이는 자린고비가 밥상 위에 달아놓은 절인 조기를 반찬삼아 쳐다보듯이 군침을 흘리며 앉아 있다가 싫증이 나면 몸을 꼼꼼히 핥으며 털을 정리하기도 하고 그대로 누워서 낮잠을 자기도 했다. 담벼락 꼭대기에 앉아있는 들고양이는 자기가 제일 높은 곳에 있었기 때문인지 지나가는 김씨 아저씨들이 전혀 무섭지 않은 모양이었다.

"나비야 이리온."

젊은 어머니는 그 들고양이를 '나비'라고 불렀다.

들고양이는 이쪽을 냉큼 바라보더니 빨간 헛바닥으로 자기 입술을 한번 할짝거리고는 고개를 돌려 사뿐사뿐 건너편 배밭으로 휙 사라져 버렸다. 뚱뚱한 몸집이었지만 꽤 날쌘 몸짓이었다.

"엄마, 저 고양이 이름이 나비야?"

나는 사라진 들고양이가 못내 아쉬워 어머니에게 물었다.

"그럼, 나비지."

젊은 어머니는 익숙하게 말했다.

나도 어머니처럼 들고양이를 나비라고 예쁘게 부르기로 했다.

나중에 안 사실이지만 들고양이를 '나비'라고 부르는 것은 애칭이었다. 동네 아줌마들도 그 들고양이가 아닌 다른 고양이를 그냥 '나비야'라고 불렀던 것이다. 누가 처음으로 고양이에게 나비라는 예쁜 이름을 붙여주었을까. 나는 나비란 이름이 좋았다. 퉁퉁한 나비의 얼굴에는 흰 수염이 길게 나 있어서 나이가 많은 것 같았고, 얼굴이며 몸여기저기에 긁히거나 할퀴어진 상처들이 많아서 그런지 엄청 험상궂게 보였다. 나비는 덩치도 커서 마치 재단작업장에서 삐빠치는 우락부락한 아저씨들과 닮아있었다. 심지어 "야옹-" 하고 울지도 않았다. 담벼락 위에서 일광욕을 하고 있다가 아저씨들이 고양이는 재수가 없다며 장대를 들고 휙휙 쫓아내도 귀를 뒤로 젖힌 채 날카롭게 "캬옹-"하며 멋진 발톱과 송곳니를 드러내며 오히려 아저씨들에게 성을 내기 일쑤였다.

나비는 한밤중에 저 멀리 배밭에서 가끔씩 들려오는 날카롭게 "키야옹-" 하며 싸우는 소리의 주인공이었다. 나비는 담벼락 위에서 언제나 날카로운 눈빛을 하고 있었다. 알 수는 없었지만 기분이 썩 좋다는 표정이 아닌 것은 분명했다. 노란색 줄무늬에 하얀 배를 하고 있는 고양이는 야생고양이가 아니라고 아저씨들은 입을 모았지만 나비는 더 이상 단순한 고양이가 아니었다. 담벼락 너머 바다처럼 펼쳐진 배밭. 그 넓은 세계에서는 호랑이가 밀림의 제왕인 것처럼 나비가 배밭

의 제왕이었다. 가구공장 주위를 어슬렁거리는 고양이들 중 나비보다
크고 험상궂게 생긴 고양이는 한번도 본적이 없었기에.

　고드름조차 녹을 새가 없고 연탄난로를 계속 피우지 않고는 잡화
와 철물들마저 꽁꽁 얼어버릴 것만 같은 엄청 추운 날씨였다. 밤이
되자 혹한의 날씨는 더 심해져 아버지가 이중 삼중 비닐로 꽁꽁 봉해
놓은 창문에서조차 횡-횡- 하는 바람소리가 거칠게 들려와, 마치 오
즈의 마법사처럼 집이 회오리바람에 휩쓸려 날아갈 것만 같았다. 나
는 따뜻한 건넌방에서 자고 있었는데 어디선가 나무를 박박 긁는 소
리가 들려왔다. 소리가 들리는 쪽은 현관문이었다. 이불에서 나와 문
을 살짝 열어보니 그 노란 줄무늬를 한 나비가 노란색 털뭉치를 물고
이쪽을 날카롭게 노려보고 있었다. 나는 화들짝 놀라서 문고리를 놓
쳐 버렸다. 그러자 나비가 겁도 없이 가게로 쑥 들어왔다. 현관문을
다급히 닫고 돌아보니 나비가 따뜻한 난롯가에 다소곳하게 웅크리고
앉아서 제 옆에 밤톨만한 털뭉치를 내려놓고는 구석구석 핥아주고 있
었다. 그 노란색 털뭉치에서 "미용! 미용!"하며 참새가 짹짹대는 소리
가 났다.
　털뭉치는 새끼 고양이였다.
　방에서 자고 있던 부모님과 누나도 일어나서 아주 뻔뻔하지만 특별
한 손님을 바라보고 있었다. 먹다 남은 생선반찬과 물을 담아서 멀찍
이 떨어져 나비에게 쭉 밀어 주니까 나비는 배가 엄청나게 고팠는지
찹-찹- 거리면서 허겁지겁 게걸스럽게 먹어 치웠다. 아버지가 밥 먹는
데 정신이 팔린 나비의 꼬리를 살짝 들어서 뒤를 유심히 보았다. 나비
는 거짓말처럼 온순하게 가만히 있었다. 아버지에 의하면 나비는 집
나온 집고양이인데 눈 쌓인 배밭이 너무 추워서 우리 집으로 들어온
것이라고 했다. 그리고 새끼 고양이는 나비가 낳은 것이라고 했다. 밥

소사, 이 험상궂게 생긴 나비가 엄마 고양이였다니. 그러고 보니 나비의 눈은 정오의 날카로왔던 눈빛은 어디로 갔는지 구슬같이 새까맣고 착한 눈으로 바뀌어 있었다. 그리고 지난번 눈여겨보았던 나비의 불룩한 배도 어디로 갔는지 모를 정도로 쑥 들어가고 큰 덩치도 한껏 야위어 있었다.

새끼 고양이의 노란 줄무늬도 나비의 노란 줄무늬와 똑같이 생긴 것이었다. 새끼 고양이에게는 밤톨이라는 이름이 제격이었다. 나비는 밥을 맛있게 먹었는지 가시 같은 돌기가 돋아난 혓바닥을 연신 낼름거리면서 온 몸을 구석구석 핥고 털뭉치까지 핥아주다가 꺾여 있는 두툼한 꼬리를 바짝 세운채로 사뿐사뿐 이쪽으로 걸어오더니 "그르렁-그르렁-" 거리는 숨소리를 몸 전체를 사용해 거칠게 울리면서 내 다리에 자기 뺨과 옆구리를 차례로 부드럽게 비벼대기 시작했다. 어머니는 고양이가 기분이 좋으면 그런 소리를 낸다고 했다. 그리고 뾰족한 바늘 같이 징그러운 나비의 눈동자는 나비가 화가 나서 그런 게 아니라 밝은 대낮에는 고양이의 눈동자가 원래 가늘어지는 것이라고 했다.

결국 그날 이후로 나비와 밤톨이는 겨우내 우리 집 난롯가에서 살게 되었다. 고양이는 낮에 자고 밤에 돌아다닌다고 했는데 들고양이는 그냥 집에만 계속 있었다. 어머니는 날씨가 너무 추워서 잡아먹을 쥐를 찾기 힘들기 때문이라고 했다. 나비는 내가 먹다 남긴 우유를 넙죽넙죽 잘도 받아먹었다. 새해가 오자 아버지는 고양이는 재수가 없다면서 이제 내쫓으라고 입버릇처럼 말했지만 겨울에 얼어 죽으면 어떻게 하냐고 억지를 부려서 겨우 같이 지낼 수 있었다. 그리고 언제나 난롯가에서 밤톨이와 함께 늘어지게 자다가 내가 등을 쓰다듬으면 별안간 숨이 넘어갈 것처럼 세차게 "갸르릉-갸르릉-" 거리곤 했다.

그렇게 힘든 한 계절을 나자 기다리던 봄이 왔다. 사람들의 눈을 감쪽같이 속이고 땅속부터 따뜻한 바람으로 녹인 플로리스는 양쪽 화단에 예쁘고 앙증맞은 꽃봉오리를 한가득 피워내기 시작했다. 나비도 따뜻해진 날씨에 설레었는지 훌쩍 커버린 밤톨이와 함께 나가서 더 이상 집안으로 들어오지 않았다. 하지만 예전처럼 높은 담벼락 위에서 전선 위 참새들을 구경하는 나비를 가끔씩 멀리서 볼 수 있었다. 나비는 언제나 밤톨이와 함께였다. 나는 생선반찬이 밥상에 올라오는 날이면 몰래 휴지로 감싸놓았다가 참새를 잡던 담벼락 밑 가까운 상자 위에 가져다 놓곤 했다. 그러면 언제 획하고 몰래 먹어버렸는지 상자 위가 하얀 휴지만 남겨진 채 말끔하곤 했다. 나는 그제야 안심할 수 있었다. 나비는 잘 지내고 있었던 것이다. 다행히 시키지 않아도 아무거나 잘도 잡아먹던, 식성이 좋은 아저씨들조차 고양이만은 잡아먹지 않았기 때문에 나비는 가구공장을 제 집처럼 편하게 들락날락했다.

4월의 어느 쥐 잡는 날이었다. 가구공장에서는 쥐들이 값비싼 원목들을 갉아 먹는다고 하고 TV에서는 쥐가 끔찍한 병을 옮기는 해로운 동물이니까 반드시 잡아서 없애야 한다고 했다. 우리 집 마루 밑에서도 가끔씩 찍찍거리는 간지러운 소리가 들리곤 했는데, 내가 우연히 목격한 회색 집쥐의 크기는 내 팔뚝만 했다. 아저씨들은 새빨갛고 샛노랗고 새파란 쥐약을 저마다 하나씩 들고 공장 곳곳에 신나게 놓기 시작했다. 붙으면 절대 떨어질 것 같지 않은 찍찍이와 철망처럼 생긴 쥐덫도 구석구석에 놓았다.

나비를 다시 만난 날은 쥐 잡는 날 바로 다음 날이었나 그랬다. 아저씨 한 명이 야외 자재창고에서 술래잡기를 하며 열심히 놀고 있는 나에게 얼른 이리 와보라며 급하게 손짓을 했다. 아저씨의 손끝은 대문 오른쪽 화단을 향하고 있었다. 나비는 봄꽃들이 화사하게 피어 있는 화단의 구석, 빨간 장미 봉오리들이 흐드러지게 피어날 준비를 하고 있는 장미나무 밑에서 흰 거품 같은 침이 홍건한 채 밤톨이와 함께 죽어있었다. 나비 옆에는 나비가 보자마자 군침을 흘렸을 것 같은 뚱뚱한 회색 집쥐가 나비에게 옆구리를 물어뜯긴 채 죽어있었다. 아저씨는 금방 쥐약을 먹고 비틀거리는 쥐를 고양이가 잡아먹다가 죽은 것이라고 했다. 나비의 윤기 나던 노란색 털은 어느새 힘없이 가라앉아 사그라들고 있었고, 예쁜 알구슬 같던 눈망울은 퀭하니 쪼그라들어 있었다. 나비의 우람한 근육과 늘 버릇처럼 살랑거리던 끝이 꺾여 있는 두툼한 꼬리는 생명이 훅- 하고 빠져나가 힘없는 가죽만 남아있었다. 나는 그 자리에 그대로 다리가 풀린 채 주저앉아 세상이 다 끝난 듯이 얼마나 서럽게 펑펑 울었는지 모른다. 못된 아저씨들은 나비에게 기회를 주지 않았다. 쥐덫을 놓지 말고 밤톨이가 쥐를 잘 잡을 정도로 클 때까지만 단 며칠만 기다려 주었다면, 다 자란 밤톨이와 나비가 합심해서 찍찍거리며 정신없이 돌아다니는 큼직한 쥐들을 잘만 잡아먹었다면, 우리 가구공장에서는 그 나쁜 쥐를 한 마리도 보지 못할 것이었고 나비와 밤톨이는 그렇게 허망하게 죽지 않았을 것이다. 나는 나비와 밤톨이를 젊은 어머니가 제일 아끼던 장미나무 밑에 함께 묻어주었다. 나는 죽은 나비와 밤톨이의 몸을 장미나무가 말끔히 먹고, 또 그래서 나비가 새빨간 장미꽃들이 되어 다시 피어주기만을 빌었다. 그렇게라도 다시 태어난 나비와 밤톨이를 볼 수만 있다면, 아니면 날아다니는 진짜 노란 나비로 예쁘게 태어나서 우리 집 화단에 신나게 펄펄 날아오기를 간절히 빌고 또 빌었다.

나비가 그때 내 앞에서 작은 참새를 앙 물었을 때처럼 먹음직스럽게 살이 탱탱하게 오른 회색 집쥐를 앙 물었을 때, 그 순간 얼마나 기분이 좋았을까. 콧노래가 "훙-훙-" 하면서 절로 나왔을 것이고 목에서는 "갸르릉-갸르릉-" 거리는 소리가 저도 모르게 연신 나왔을 것이다.

나비는 밤톨이에게 살을 발라주기 위해 틈만 나면 무던히도 갈아두어서 제법 날이 선 오른손 발톱으로 맛좋은 살코기를 샅샅이 발라주고는 자기도 신이 나서 맛나게 "참-참-"거리면서 살점을 핥다가 한입 크게 베어 물었겠지. 밤톨이는 어미가 주는 그 맛있는 살코기를 냉큼 잘도 받아먹었으리라. 그러다 약한 새끼가 먼저 의식을 잃고 쓰러지고 나비는 그 모습을 보자마자 무언가 잘못된 것을 깨닫고 가슴이 덜컹 내려앉으면서 갑자기 숨이 턱하고 막혀왔을 것이다. 밤톨이를 애타게 부르면서 다가가려다 서 있지도 못할 만큼 강한 어지러움을 느끼고 심장이, 팔이, 다리가 경련을 일으키면서 순식간에 고통스럽게 조여 왔으리라. 그제야 나비는 그렇게나 많은 허연 침을 질질 흘리는 줄도 모르고 빈 뱃속을 게워내기 위해 있는 힘을 다해 "꺽-꺽-" 거리다가 머릿속을 잔인하게 후벼 파는 날카로운 현기증 속에서 의식을 잃고 바닥에 쓰러졌겠지. 그리고는 먼저 쓰러진 밤톨이를 빈 눈동자로 물끄러미 보며 눈물을 흘리면서 직감한 죽음을 의연히 기다렸을 것이다. 나비는 그때 그 순간 나를 떠올렸을까. 나를 한번이라도 불렀을까. 나비는 그렇게 아저씨들이 놓아둔 쥐약 때문에 죽어버렸다. 하지만 그 때문만은 아니었다. 나비가 죽은 것은 내가 그때, 집이 날아갈 것 같이 유난히 센 바람이 불던 그 추운 겨울날 나비에게 문을 열어주었기 때문이다. 그때 만약 내가 문을 열어주지 않았더라면, 아저씨들이 그렇게 싫어하는 나비가 우리 가구공장을 자기 집처럼 맘 놓고 활보할 수 있었을까. 나비가 그렇게 갑자기 죽게 된 것은 결국 나 때문이었다.

나비는 원래 끝없이 펼쳐지던 배밭이 온통 자기 것인 양, 야생의 눈빛을 온전히 담은 눈을 반짝거린 채로 거친 바람 냄새를 풀풀 풍기며 드넓은 배밭을 호령하며 자유롭게 누비고 살던 고양이였으며 자기가 본래 누구인지를 따뜻하고 안락한 난로가에서도 절대 잊지 않았던 멋진 들고양이였다. 하지만 그런 나비를 봄이 올 때까지 내 품에서 놓아주지 못한 주제넘은 욕심이 결국 나비에게서 들고양이다움을 앗아간 것이었다. 내 옆에서 사는 것이 편했기 때문이었을까. 나비는 너무 쉽게 다시 나에게로 왔다. 막상 기다리던 봄이 왔음에도 넓은 가구공장에서 멀리 떠나지 않았다. 그때 조금 불편하고 힘들지라도 미련을 버리고 제 영혼이 오롯이 숨 쉬고 있는 드넓은 배밭으로 다시 돌아갔더라면, 하루하루가 배고프고 춥고 위험한 전쟁 같은 야생의 삶이지만 그곳에서야 말로 들고양이로서의 자긍심을 지킨 채 죽을 수 있지 않았을까. 최소한 그렇게 허망하게 죽지는 않았을 것이다. 나비는 죽는 순간 드넓은 배밭을 호탕하게 누비던 꿈을 꾸었을까. 나는 나비에게 "나에게는 네가 어디에서나 볼 수 있고 언제나 엉뚱한 생각만 하는 보통 고양이라고 생각하지 않아."라는 말을 마지막으로 꼭 해주고 싶었다.

나는 그날 이후로 길에서 고양이만 보면 저리 가라고 신경질적으로 소리를 질러댔다. 고양이가 나에게 오면 나비처럼 또 그렇게 죽게 될까봐, 나는 고양이가 나에게 오는 것이 너무 싫었다.

불암동은 그냥 어디를 가나 온통 배밭 뿐이었다. 어른 키보다 더 큰 아름드리 배나무들은 불암동 작은 번화가와 우리 집으로 끝이 나는 주택가를 제외하고 온 동네를 일제히 뒤덮고 있었다. 어른들이 배나무 과수원을 왜 배밭이라고 부르는지는 알 수 없었지만, 배나무가 텃밭에 심어진 야채보다 흔한 동네라서 그런 것이 아닌가 했다.

봄이 오면 아이들의 개학과 함께 성격 급한 배꽃이 새잎보다 먼저 흐드러지게 피는데 마치 안개꽃이 온 동네에 피어난 것처럼, 혹은 밤새 은밀하고 아무도 모르게 늦은 함박눈이 내린 것처럼 온 동네가 새하얗게 변해 버린다. 그렇게 다시금 가을이 오면 아이들의 양손으로는 한가득 잡아도 모자랄 만큼 알이 큰 샛노란 배들이 단물을 가득 머금은 채 나무마다 한가득 열리고 또 열렸다. 일손이 모자라서, 혹은 배가 너무 많이 열려서 미처 수확을 하지 못하면 해충을 막기 위해 감싼 누렇게 빛바랜 신문지와 함께 아까운 배들이 나무에 달린 채로 곪아 썩어가기 일쑤였다. 늦가을엔 썩어가는 배들의 단내를 맡고서 어디선가 날아든 꿀벌들의 윙윙 거리는 소리가 메아리처럼 들렸다.

불암동을 가로지르는 일차선 아스팔트 도로를 타고 우리 집 앞을 지나 한참 더 동쪽으로 올라가면 양쪽 도롯가는 어김없이 배밭의 물결이 이어졌다. 도롯가 듬성듬성에는 먹골배 가판장이라고 적혀 있는 누리끼리하고 먼지가 쌓인 작은 천막들이 배가 가득 담긴 하얀 상자들을 차곡차곡 쌓아두고 파는 사람도 없이 손님들을 기다리고 있었다. 유명한 관광지로 가는 길목이거나 차가 상습적으로 막히는 구간이라면 배가 잘도 팔릴 것이었지만, 언제나 주목을 받지 못하는 불암동은 서울도 아니고 시골도 아닌 목적지가 되지 못하고 지나가는 통로에 불과한 어정쩡한 곳이라서 잊을 만하면 서 있는 가판장은 장사가 늘 시원찮은 것 같았다.

이 일차선 도로를 따라 아이들 걸음으로 한참을 걷다 얼마나 왔을까 고개를 들어 확인하고 싶을 때쯤엔 완만한 언덕이 나온다. 이 언덕을 지나면 더 이상 배밭은 나오지 않는다. 언덕을 내려오는 양쪽 길가는 밤나무들이 우거진 야산이고, 도롯가 듬성듬성에는 아무도 들르지 않는 누런 먹골배 가판장 대신에 맨질한 대리석 지붕을 얹고 멋들어진 한자가 빼곡히도 적힌 비석들과 함께 무덤들이 보란듯이 한 자리씩 차지하고 있었다. 사람들이 왜 이 무덤들을 도롯가에 만들었는지는 지금도 알 수 없지만, 당시엔 으슥하고 어두운 산속이 너무 무서워서 산속에 무덤을 만들지 않은 것이 아닌가 했다. 동그란 봉분

안에 누워있는 망자들은 외려 종일 들리는 차소리며 지나가는 사람들의 말소리며 동네를 어슬렁거리는 집나온 황구들이나 들고양이들이 내는 짐승소리 때문에 잠도 제대로 자지 못했으리라.

그런 불면증에 걸린 무덤들을 몇 개쯤 지나고 나면 힘들게 여기까지 온 여행자들을 반기듯 현대적이고 번듯한 빨간 벽돌로 지어진 예쁜 담벼락이 이어져 나온다. 그리고 빨간 담벼락 중간쯤에 내 모교인 화접초등학교의 정문이 눈에 들어온다. 화접 초등학교 정문 양쪽 기둥 위에는 아치형으로 멋을 내고 흰 페인트로 칠한 철판에 꿈.과.사.랑.이.가.득.한.즐.거.운.학.교. 라는 표어가 네모난 철판 하나에 한 글자 한 글자씩 정직하게 적혀있다. 당시 이 지역에서 유일하고 제일 큰 학교였던 화접花蝶 초등학교는 그냥 우리말로 하면 더 예쁘고 특별했을 '꽃나비'라는 어여쁜 이름을 가지고 있었지만, 초등학교가 국민학교로 불리던 그때는 아무도 그 뜻을 알고 부르는 사람이 없는 것 같았다. 화접초등학교가 있는 화접5리인 이 동네도 그냥 화접리라고 불렀는데 화접이라는 이름이 학교와 동네에 붙은 이유는 화접리 어디에서나 볼 수 있었던 배추흰나비들 때문이었다. 배밭이 가득한 불암동과는 달리 화접초등학교 주위에는 널쩍한 논과 온갖 야채들이 종류별로 가득 심어진 텃밭이 참 많았다. 소규모 텃밭들에는 널쩍한 논과는 달리 농약을 잘 치지 않아서 봄이 오고 겨우내 조용했던 초등학교가 개학식으로 분주해질 때면 하얗고 작은 배추흰나비도 아이들과 같이 따뜻한 봄 햇살을 맞으며 학교주위를 신나게 날아다녔다.

배추흰나비의 애벌레는 배추만 골라서 갉아먹는 배추벌레라는 무시무시한 해충이라고 했다. 나 또한 배추를 좋아하고 배추를 좋아하는 것이 왜 이 나비의 잘못이겠냐마는 배추흰나비는 "당신이 배추를 키우신다면 이 나비는 반드시 조심하셔야 해요!"라고 날개에 큼지막하게 적혀 있는 것처럼 배추라는 단어가 앞에 떡하니 붙어 있는 경고

성 죄명을 붙이고 있는 나비인 것이다. 그래서 이 나비는 배추를 키우는 사람들이라면 손이 더러워지는 것을 감수하고서라도 기꺼이 모기 죽이듯 손바닥으로 가차 없이 찰싹 죽여 버릴, 언제나 목숨이 위태로운 해충에 지나지 않았다.

하지만 배추흰나비는 배추를 닮았으리라 연상하기 쉬운 이름과는 달리 아주 앙증맞고 작은 나비다. 검은색 반달모양의 점이 있는 배추흰나비의 새하얀 날개는 실크옷감처럼 윤기가 나고 햇살을 받으면 표면이 황금빛으로 반짝거렸다. 배추흰나비의 비행은 잠자리처럼 우아하게 공중에서 바람을 타면서 활공하지 못하고 유달리 불규칙적인 것으로, 걸음걸이가 엉성하고 또 무슨 엉뚱한 행동을 할지가 늘 궁금한 어린 여자아이가 신이 나서 깡총대며 뛰어다니는 모양새를 닮았다. 위로 날아가는가 싶으면 퍼덕이며 급강하 하고, 땅바닥에 자라난 풀잎까지 내려갔다 싶으면 한번에 불쑥 솟아오르는 것이 어디로 날아가려는지 전혀 예상할 수 없는데다가 크기도 어른 엄지손가락 정도로 무척 작았다. 배추흰나비는 천상에서 플로리스에게 초청을 받아 아주 잠깐 동안만 이 세상에 놀러온 것만 같이 비현실적으로 예뻤다. 지금이라도 봄 햇살 가득한 풀밭을 행복하게 날아다니는 이 요정 같이 아름다운 나비들을 다시 한가득 볼 수 있는 곳이 있다면 당장 그곳으로 달려가리라.

아! 그때의 그 배추흰나비들이 내 눈앞에서 하늘하늘 춤을 추듯 날아다니는 것만 같다. 왜 아름다운 것은 언제나 일시적이고 과거의 것일 수밖에 없는가. 아니면 지금 여기에 그것이 영영 없다는 부재의 사실이, 언제나 모든 것들을 아득하고 아찔한 아름다움으로 만들어 버리는 것은 아닌지. 사람으로 하여금 시간의 간극을 통해 멀리 떨어져서 미처 보지 못한 사물의 본연의 모습을 보고 느끼고 깨닫게 하는 것. 그것이 기억이 본래 하는 일이라면 현재의 모든 일들과 풍경들 또한 사실은 먼 미래의 내가 눈물로 추억할만큼 너무도 아름다운 것들이겠지만, 우리가 지금은 그런 아름다운 모습을 보지 못하고 알지 못하고 느끼지 못하는 것은 아주 심한 근시처럼 너무 눈앞의 작은 것들에만 집착한 나머지 무의미하게 허투루 지나쳐 보내고만 있는 것은 아닌지 모르겠다.

초등학교 길 건너편 논두렁이 시작되는 한적한 공터에는 문구점 겸 오락실 겸 분식집인 오래된 가게가 있다. 콘크리트 벽돌을 엉성하게 쌓아올리고 회색의 콘크리트 바탕에 색이 바랜 노란 페인트로 어설프게 칠한 낮은 천장의 이 가게는 당시 세상을 놀라게 한 획기적인 아이템이었던 짜장떡볶이를 팔고 있었다. 이 후미진 동네에도 시대를 앞서가는 식문화가 전파되어 있었던 것이다. 그때만 해도 고추장으로 맛을 낸 새빨간 떡볶이 일색인 분식 업계에 혜성처럼 나타난 짜장 떡볶이라는 신메뉴는 고추장으로 맛을 낸 빨간 떡볶이에다 춘장을 정교한 비율로 섞어서 마치 짜장면과 떡볶이를 같이 먹는 듯한 환상에 빠지게 만드는 마성의 검은 떡볶이였다. 지금으로 치면 퓨전요리의 일종인 짜장떡볶이를 아이들이 상기된 얼굴과 떨리는 마음으로 주문하면 후덕한 아주머니가 주방에서 즉석으로 강한 불에 초벌로 끓여낸 다음 끓고 있는 떡볶이를 프라이팬 째로 테이블에 내온다. 국자처럼 손잡이가 길게 서 있는 낡은 프라이팬에는 어묵과 당면이 한가득 담겨 있고, 채 썬 양배추와 삶은 계란 반토막도 잊지 않고 어김없이 꼭대기에 올라가 있었다. 프라이팬이 하도 아담해서 내용물이 정말 푸짐했다. 군데군데 고추장 국물이 언제부터인지도 모르게 덮이고 덮인 채로 그대로 눌어붙어있는 프라이팬은 엄청 지저분한 것이었지만 콧구멍을 한번에 마비시킬 정도의 마성의 매콤한 고추장과 함께 볶아진 짜장 냄새에 정신이 나가버린 아이들이 그런 걸 알아차릴 리가 없었고, 알았다고 해도 별로 중요하지 않았다. 하지만 이 최고의 메뉴는 가격이 너무 비쌌다. 낭시 100원을 수면 떡 10개가 담긴 떡볶이 한 접시를 먹을 수 있었던 것에 비해 짜장떡볶이 한 접시는 무려 500원이나 했다. 아이들은 모두 이 짜장떡볶이가 비싼 이유는 짜장떡볶이를 만드는데 꼭 필요한 까만 짜장이 비싸서라고 했다. 마찬가지로 500원이나 하던 짜장면은 특별한 날 아니면 먹기 힘든 음식이었기 때문이다. 그때까지만 해도 나에게 짜장면은 비교할 대상이 없던 절대적이고도 정말 특별해서 꿈속에서나 먹을 법한 음식이었다. 아무튼 아이들은 방과 후면 삼삼오오 모여서 주머니에 가지고 있는 용돈을 한데 모아서 이 짜장떡볶이를 사먹곤 했다. 당면과 어묵은 같이 먹었지만, 떡만큼은 몇 십 원이라도 더 낸 아이가 더 먹을 수 있는 자격을 얻게 되는 것이 불문율이었다. 아이들은 검은 빛을 내는 짜장이 고급스럽고 비싸다는 마음에 맵고 짜다는 것도 모른 채 검붉은 짜장떡볶이 국물을 눌어붙지 않고 흐르는 마지막 남은 한 방울까지 남김없이 핥아먹었다. 하루 수업이 끝나는 종이 치면 학교 앞은 마을버스를 기다리는 아이들로 늘 북적였지만 나와 내 단짝 친구들은 늘 차비를 한데 모아서 짜장떡볶이를 사먹거나, 베이컨 모양의 긴 쫄쫄이를 불에 구워먹거나, 그 고사리 같은 손으로 짤짤이를 하거나, 그것도 싫증이 날라치면 짜장떡볶이집 옆에 늘 세워져 있는 리어카에서 도톰하고 작은 화살을 돌아가는 과녁에 잘 맞출 경우 3등은 작은 노란 금붕어사탕을 주고 2등은 금붕어보다 더 큰 노랗고 긴 아더 왕의 검 사탕을, 1등은 크기가 검 사탕의 세배나 되어 한 달이 지나도 다 먹지도 못할 거대한 노란 잉어사탕을 상으로 주는 뽑기를 하곤 했다. 때문에 우리는 언제나 빈손으로 불면증에 걸린 무덤을 다시 지나고 밤나무 야산을 다시 지나고 파는 사람이 없는 배 가판장을 듬성듬성 지나 불암동 집으로 털레털레 걸어서 귀가하기 마련이었다.

불암산 왼쪽의 완만한 산등성이를 따라 형성된 안동네는 이 지역에서 제일 부자동네다. 꼭대기가 불암산 한쪽 산줄기로 이어지는 비교적 높은 지대에 있는 이 동네를 윗동네라고 부르지 않고 안동네라고 불렀던 이유는, 순전히 안동네가 바깥동네보다 부자동네였기 때문이었다. 당시 불암동에 있는 주택의 종류라고 해봐야 우리 집처럼 구멍세 개짜리 콘크리트를 한 겹으로 날씬하게 쌓고 표면에는 시멘트를 얇게 바른 뒤 그 위에 페인트칠을 한 벽채에 지붕을 올린 집이 전부였는데 안동네는 초입부터 작은 ㅁ자 형태의 고풍스러운 한옥과 아기돼지 삼형제 중 막내돼지의 튼튼한 집처럼 빨간색 벽돌을 차곡차곡 쌓아서 견고하게 지은 작은 양옥집들이 죽- 이어졌다.

이어진 집들 사이로 차가 딱 한 대 지나갈 넓이의 완만한 비탈길을 따라 올라가면 안동네 맨 꼭대기에 넓은 공터가 나온다. 구릉의 공터 중앙에는 거대한 크기를 자랑하는 아름드리 느티나무가 있었다. 느티나무 밑에는 꽤 오래된 이 나무의 유래를 길게 설명한 깔끔한 표지석이 있었지만, 이 표지석 앞에는 넓은 평상이 두어 개 놓여 있어 날씨가 좋은 날에는 늘 안동네 할아버지 할머니들이 빛바랜 한복을 입고 장기나 바둑을 두면서 앉아 있었기 때문에 무심한 방문자들은 이 나무가 그렇게 오래되고 이름까지 있는 나무라는 것을 알지 못했다.

느티나무는 한여름에 에어컨처럼 시원한 그늘막을 사람들에게 공짜로 제공했다. 노란 장판을 깨끗하게 덮어서 반들반들한 넓은 평상에는 안동네 아줌마 아저씨들이 근처 텃밭에서 갓 따온 농구공만한 수박을 시원하게 쩍- 하고 잘라서 먹곤 했는데, 공터에 놀러온 바깥동네 아이들에게도 사탕같이 달달한 새빨간 꿀수박이 한 조각씩 돌아가곤 했다. 이 거대한 느티나무에 시원한 바람이 쌩- 하고 불면 나뭇가지 가득 피어난 푸른 잎들에서는 쏴- 하고 향긋한 풀냄새를 실은 파도소리가 났다.

이 넓은 공터를 중심으로 주택가의 좁은 골목길들이 사방으로 뻗어가고 있었다. 안동네에는 화접초등학교를 다니는 또래 아이들이 많이 살고 있었기 때문에 아이들은 안동네 공터에서 모여서 노는 것을 좋아했다. 안동네 공터에서 아이들은 말뚝박기며 술래잡기, 오징어, 자치기, 사방치기, 무궁화 꽃이 피었습니다, 땅따먹기, 딱지치기, 팽이치기 등 저들끼리 할 수 있는 세상의 모든 놀이들을 했고 이 모든 놀이들은 한번 시작하면 해가 져 깜깜해지고 나서야 끝이 났다.

넓은 공터 한쪽에는 오래되었지만 불암동에서 제일 큰 이층짜리 양옥집이 있다. 해가 질 무렵이면 어김없이 피아노 연습을 하는 소리가 들려오던 이 이층집의 담벼락은 화접초등학교의 그것처럼 예쁜 빨간색 벽돌로 튼튼하게 지어졌지만, 담벼락 꼭대기에는 날카롭게 깨진 색색의 유리 조각들이 날을 세운 채 고정되어 있었다. 담벼락은 언제나 빽빽한 담쟁이 넝쿨로 뒤덮여 있었으므로 마치 중세시대의 고성古城 같은 느낌이 들었다. 이층집의 노란색 대문은 아이들이 모여서 노는 시간에는 언제나 열려있었다. 열려있는 철문 안쪽에는 언제나 바퀴가 달린 의자에 앉아서 창백한 얼굴을 하고 있는 깡마른 형이 있었다. 우리는 그 형을 안짱다리 형이라고 불렀다. 사장님처럼 희고 창백한 피부를 가진 그 형은 어디가 많이 아픈 것만 같았다. 형은 늘 바퀴 달린 의자에 앉아 있었지만 가끔씩 잔디가 깔린 자기 집 마당에서 목발을 짚고 힘겹게 걷는 연습을 하기도 했다. 일어선 상태의 희고 앙상한 형의 다리는 양쪽 무릎이 금방이라도 서로 딱 붙을 정도였고, 양발의 뒤꿈치는 바깥으로 벌어져 있었다. 발 앞 쪽은 늘 무릎처럼 안쪽을 향해 있었는데, 그 형은 늘 발 앞쪽으로 걸음을 딛는 터라 한 발짝씩 발을 뗄 때마다 어기적거리면서 금방이라도 고꾸라질 듯이 위태해 보였다.

안짱다리 형은 우리를 보면 늘 흐뭇하게 기분 좋은 미소를 보냈다. 중학교를 다니는 안짱다리 형은 초등학교에 갓 다니기 시작한 나보다 두 배정도 키가 컸다. 늘 그렇게 우리가 신나게 뛰어노는 것을 멀리서 구경만 하던 안짱다리 형은 어느 날부터인가 자기 집 대문가에 앉아서 지게 비슷한 받침대에 커다란 스케치북을 세워 놓고 그림을 그리고 있었다. 스케치북을 세워놓고 그림을 그리는 것을 처음 본 나로서는 무척 신기하지 않을 수 없었다. 그날 안짱다리 형은 아이들이 옹기종기 모여서 딱지치기를 하는 모습을 열심히 그리고 있었다. 가까이서 보니 그림 속에서 아이들의 웃음소리가 실제로 들리는 것만 같았다. 안짱다리 형은 내가 실제로 본 최초의 화가였다. 안짱다리 형은 그림을 그리기 위한 전문가용 도구들을 많이 가지고 있었다. 어른 키만한 지게모양의 큼직한 이젤이나 커다란 캔버스는 물론이고 엄지 손가락 하나로만 잡아도 튼튼하게 고정되는 멋스러운 팔레트와 영어가 정교하게 인쇄되어 있는 형형색색의 물감들은 세상에 존재하는 천연의 색들이 다 있었다. 크고 작은 붓들도 종류별로 말린 채 정돈되어 안짱다리 형의 선택을 기다리고 있었다.

안짱다리 형은 그림 속에서 더 이상 안짱다리가 아니었다. 어느 그림에서는 아이들과 어울리고 있는 또래 아이가 되어 말뚝박기를 하고 있었고, 또 어느 그림에서는 등반가가 되어서 불암산을 힘차게 오르고 있었다. 안짱다리 형은 그림을 그릴 때면 힘없이 풀썩이며 주저앉고 마는 자기 다리는 아무래도 괜찮은 것 같았다. 철없는 아이들이 그림을 훔쳐보고는 "에이, 이런 게 어딨어." 할 때면, "괜찮아. 진짜는 그쪽 세계에는 없어."라고 말하는 듯이 시선을 그림 속에 고정한 채로 흐뭇한 미소를 지었다.

안짱다리 형은 안동네에 즐비한 한옥들도 그리고 멋스럽게 좁은 골목길도 실감나게 그렸다. 그 자리에 앉아서 보이는 모든 것들을 자기만의 시선으로 다시 그리는 것 같았다. 우리에게는 흔한 그 모든 전경들이 캔버스 속에서는 특별한 그 무엇이 되었다. 일상 속 흔한 동네의 풍경은 캔버스 위에서 이국적인 아름다움이 되어 있었다. 그 캔버스 속에 안짱다리 형의 또 다른 세계가 있었던 것이다. 그게 무엇인지 어렴풋이 짐작은 했지만 정확히 알지는 못했던 나는 어느새 안짱다리 형처럼 그림을 잘 그리고 싶어졌다. 그때부터 나는 눈에 보이는 모든 것들과 내 안에서 그리고 싶은 무언가를 계속 그리기 시작했다. 언제까지나 계속 그림만 그리면서 살고 싶었다.

학교에서 6학년만 참가하는 남양주 시장 배 초등학교 그림대회가 열렸다. 그림대회에서 상을 타면 전국 그림대회에도 나가서 그림을 그릴 수 있다고 했다. 예술 중학교에 가는데 유리한 가산점을 준다고도 했다. 설레고 고대하던 대회 날이 왔고, 나는 대회장에서 여유만만하게 미리 생각해 놓았던 나만의 그림을 그릴 수 있었다. 햇살이 점점 강렬해 지기 시작한 봄날이었고 날씨도 무지무지 좋았다. 그림을 그리기에는 정말 딱 좋은 날이었다.

그날 내가 그린 그림은 세상 어디에도 없는 단 한 마리의 큼지막한 황금색 금붕어가 깊은 바닷속 울창한 미역줄기 사이를 동그랗고 착한 눈을 하고 하늘하늘 자유롭게 헤엄을 치고 있는 그림이었다. 나는 제일 먼저 도화지에 금붕어들과 해초들의 윤곽을 흰 양초를 사용해 굵은 선으로 과감하게 그려 넣었다. 세밀하게 묘사해야 하는 부분은 양초를 연필처럼 칼로 깎아서 그렸다. 양초로 그린 금붕어의 하늘하늘한 지느러미는 몸체보다 몇 배는 커서 그 무엇에도 방해받지 않고 자유롭게 유영하고 있는 것만 같았다. 금붕어의 머리와 지느러미는 황금빛으로 칠하고 금붕어의 비늘마다 물감을 진하게 개서 색깔을 달리해 칠했다. 굵은 미역줄거리는 새카만 검은색으로 칠하고 바닷속

바탕은 짙은 군청색(울트라 마린)으로 칠했는데, 양초를 칠한 윤곽선들은 수채물감이 전혀 묻지도 않고 스며들지도 않아서 색이 칠해지지 않았고 색이 선명하게 칠해진 나머지 부분들만 그림을 보는 사람에게 툭- 튀어 나오는 것처럼 뚜렷한 입체감이 강하게 느껴지는 그림이었다. 과감하고 다채로운 색감이 굉장히 강렬하지만 몽환적이고 추상적으로 느껴졌다. 나는 어린 내가 색으로 표현할 수 있는 최고의 아름다움을 표현하려고 했고 내 그림은 화려한 색들의 향연 그 자체였다. 세상 어디에도 없는, 단 하나뿐인 나만의 독창적인 그림이었다.

결국 나는 이 금붕어 그림으로 대상을 받았다. 청명한 하늘을 배경으로 운동장에 서 있는 전교생이 단상의 나를 지켜보고 있었다. 흰 배꽃들이 물결을 이루고 꽃냄새가 따뜻한 바람에 실려 왔다. 두 손을 공손히 모아 상장을 받고 교장선생님이 걸어주는 황금빛 금메달을 목에 건 순간 나는 세상을 다 가진듯했다. 부상은 내 이름이 크게 적힌 상장과 물감세트였는데, 물감들에는 안짱다리 형의 그것처럼 작은 영어가 선명하게 인쇄되어 있었다. 하지만 나는 물감세트가 너무 아까워서 단 한번도 쓰지 못했다. 문제는 그 다음 주였다.

늘 화장이 진한 미술 선생님이 교실에 있는 나를 찾았다. 젊은 교생 선생님이었다. 그러더니 복도에서 나를 세워 놓고 날카롭게 쏘아 보았다.

"얘야, 지난번 네가 그린 그림 말야. 다른 사람 거 보고서는 따라서 그린 거 아니니?"

교생선생님이 날 떠보듯이 넌지시 물었다.

"아닌데요."

나는 고개를 저으며 아니라고 대답했지만 교생선생님은 계속 의심의 눈초리로 날 표독스럽게 내려다보고 있었다.

교생선생님은 다 알고 있다고 하면서 나를 교무실로 따라오라고 했다. 교무실 중앙에 있는 접객용 탁자에는 선생님들이 모여서 옥신각신하고 있었다. 내가 교무실에 들어서자 불현듯 정적이 흐르더니 교생선생님이 나를 교무실 중앙에 놓인 두꺼운 탁자 앞으로 데려갔다. 그 책상에는 놀랍게도 내가 그린 것과 똑같은 금붕어 그림이 두껍고 큰 양장본의 미술책 표지에 버젓이 인쇄되어 있었다. 나는 깜짝 놀라서 절로 벌려지는 입을 양손으로 막기 바빴다. 나만의 금붕어가 왜 여기에 있는 것일까.

"저것 봐요. 저 애가 놀라는 것 좀 봐요. 양심에 찔린 거죠 뭐. 제말이 맞죠? 이 대상은 취소해야 하구요. 2등을 한 학생이 대상을 받아야 해요. 제가 아니었으면 이 사실을 어떻게 알았겠어요?"

교생선생님은 선생님들 앞에서 큰 소리로 말했다.

나는 단지 내 그림을 똑같이 그린 사람이 있다는 것에 놀랐던 것인데 나의 놀람 자체가 오히려 범죄의 증거가 되어버린 상황이었다. 그녀는 자신의 승리를 직감하고 이내 의기양양해졌다. 그녀의 입꼬리가 오른쪽으로 저절로 올라가고 입가에는 날카로운 미소가 번졌다.

"그렇다고 해도 이 애가 그 비싼 미술책을 어디서 봤겠어요?"

중년 남자의 굵은 목소리가 안정감 있게 교무실을 울렸다.

교감선생님이었다. 머리가 벗어진 교감선생님이 소파에 앉아서 이 모든 광경을 지켜보고 있었다. 가정환경조사서에 내가 항상 공장장이라고 쓰던 것을 우리 반 담임선생님을 한 적이 있는 교감선생님이 용케도 기억한 것일까. 그 두껍고 큰 미술책의 가격 또한 나의 결백을 납득시킬 또 다른 증거가 될 수 있었다.

"학교에서 봤을 수도 있고 잡지나 신문 같은데서 봤을 수도 있죠. 중요한건 이 애가 미술책에 있는 그림을 베껴서 그렸다는 거 아닌가요? 결정적으로 양초로 금붕어를 그린 것이 똑같단 말이죠. 이건 완벽한 표절이라고요. 표절!"

교생선생님은 확신에 찬 목소리로 교감선생님을 향해 단호하게 말했다.

선생님들의 웅성웅성한 목소리속에서 여선생의 말이 맞다는 둥, "아까 저 놀라는 표정 못 봤어?"하는 말들이 들려왔다. 남자선생님들의 여론은 날씬하고 어린 여자 교생선생님을 옹호하는 분위기로 바뀌어 가고 있었다.

"너, 이 그림을 본적이 있니?"

한숨을 쉬던 교감선생님이 엄한 얼굴로 시무룩하게 교무실 한 켠에 물러서 있는 나를 보고 물었다.

나는 말없이 고개를 절레절레 흔들었다. 별안간 눈물이 죽- 흘렀다.

결국 그날은 뚜렷한 결론이 나지 않고 교무회의가 끝나버렸다. 나는 억울한 마음을 누른 채 교실로 돌아왔다.

그날 이후로 교생선생님은 복도에서 교감선생님만 보면 이건 잘못된 것이다, 어려서부터 남의 그림을 베껴서 그리는 애가 커서 뭐가 되겠냐며 수많은 아이들이 다 들릴 정도로 조곤조곤 따지곤 했다. 정말 한두 번이 아니었다. 그녀의 주장은 정말 끈질기게 이어졌다. 그녀는 공명심에 불타오른 것만 같았다. 교감선생님 뒤에는 언제나 그녀가 그림자처럼 서 있었다. 나는 어느덧 전교 아이들에게 남의 그림을 베껴서 그린 범죄자가 되어 있었다. 교생선생님이 다른 수업시간에 나처럼 도둑질을 하면 안 된다고 가르치더라는 내 친구의 이야기도 전해 들었다. 그녀는 나만 보면 날카롭게 눈을 흘리곤 했다. 마치 그날 자기가 선생님들 앞에서 터무니없고 이상한 주장을 하게 만든 원인이 나라는 것인 양 원망하는 눈치였다. 자기주장이 맞다면 내 금메달을 뺏어야 했고, 내 메달을 빼앗지 못하면 자기가 이상한 사람이 되는 것이었다. 그 후로 나는 내 결백을 끝까지 들어준 교감선생님 덕분에 명예는 지킬 수 있었지만 그것은 이미 진 게임이었다.

　그녀는 집요하게 나를 괴롭혔다. 교생선생님은 자기 미술시간에 그림을 잘 그리지 않는다는 이유로 혹은 자신에게 싸가지가 없는 눈초리를 보낸다는 이유로 혹은 행동거지가 버릇없고 막 되먹은 아이라는 이유로 매번 날 교실 밖 차가운 복도로 불러내 미술시간이 끝날 때까지 무릎을 꿇려 놓곤 했다. 불행히도 내가 학교에서 제일 좋아했던 미술시간이 나에게는 고문이 되어 있었다. 나는 그 후로 그림을 그리고 싶다가도 그 교생선생님이 떠올라서 더 이상 그림을 그리지 않았다. 그러다가 내 유일한 꿈이었던 화가의 꿈은 서서히 잊혀지고 말았다. 나는 내 소중한 금메달을 뺏기진 않았지만 금메달 대신 소중한 화가라는 꿈을 홀랑 빼앗겨버렸다.

그녀

"나 회사 그만 둘까봐."

역시 이 말 때문이었다. 이 말을 안했더라면 좋았을 것을.

월요일 이른 아침이었다. 나는 냉장고에서 야채 샌드위치를 꺼내 한 입 베어 물고 별일 아니라는 듯 툭-하고 내뱉었다. 몇 번이고 하긴 해야 하는데라고 생각했던 말이 나도 모르게 튀어 나오고 말았다.

"갑자기 왜? 회사에서 무슨 일 있었어?"

그녀는 안방 화장대에 앉아 분주하게 화장을 하다가 의아한 눈빛으로 심드렁하게 물었다. 뒤쪽에서 열린 커튼 사이로 들어온 이른 햇빛이 그녀의 얼굴에 부딪혀 투명하고 하얗게 반짝였다.

"좀 쉬어야 할 것 같아."

나는 머그잔에 담긴 커피 속에서 흔들리는 내 새카만 얼굴에만 시선을 고정한 채 조용히 말했다. 커피에서 시큼한 비린내가 났다.

얼굴 위로 바쁘게 움직이던 그녀의 손이 멈칫했다. 주방에서 보는 그녀의 옆모습에서 알 수 없는 답답함이 느껴졌다. 그녀는 화장을 천천히 끝내고 검은 정장을 단정히 차례대로 입고 소지품을 꼼꼼히 챙길 때까지 한마디도 하지 않는다.

"자기야. 작년에 자기 큰어머니 장례식장에 다녀온 후로 정말 이상해 진거 같아. 무슨 생각을 그렇게 골똘히 하는지 몰랐는데 회사문제였구나…. 그리고, 그렇게 또 상의도 없이 혼자 결정할 거면서 말은 또 왜 해…"

출근준비를 끝낸 그녀가 식탁에 앉아 있는 나를 보며 넌지시 말을 흐렸다.

"나 먼저 갈게."

토트백을 메고 휙 나가버리는 그녀의 뒷모습으로부터 퍼져 나온 긴 파장이 아무것도 없는 공간에 덩그마니 남겨진 채 가시지가 않는다. 커튼 사이로 내리쬐는 초여름의 강한 햇살이 그녀의 발길이 닿은 궤적을 따라 비추는 것만 같다. 이번 여름은 또 얼마나 더울까…. 낯선 정적이 흘렀다. 내 집에서 오랜만에 느껴보는 낯선 정적. 그녀는 내가 회사를 그만두겠다는 것을 상의하지 않아서 화가 난 것이 분명했다. 하지만 어쩔 수가 없었다.

어쨌든 나는 그날부터 출근하지 않았다. 며칠이 흘러도 마음이 편하지 않았다. 무음상태의 전화기에는 부재중 전화가 수없이 찍혔다. 이제 자유라는 해방감은커녕 이게 더 스트레스였다. 잘나가던 직장 때려치우고 이제 뭐하면서 먹고 살아야 할까. 덜컥 겁이 났다. 앞날이 막막했다. 마치 어찌할 수도 없고 피할 수도 없는 거대한 거인이 나를 향해 다가오고 있는 느낌이었다. 하지만 진짜 모습을 알게 된 이상, 이 세계는 더 이상 전과 같지 않았다.

내가 명품에 집착했던 이유는 단지 사람들에게 잘나가는 사람으로, 누구나 당연히 잘 대우해야 하는 선택받은 사람이며 높은 레벨 level의 사람으로 보이고 싶다는 간절한 욕망을 채운 것뿐이었다. 내가 내 인생을 통틀어서 무언가를 간절히 원했던 것은 오로지 그것뿐이었다. 내가 사는 집과 내가 쓰는 가구, 내가 타는 차, 내가 먹는 생수, 내가 입는 옷, 내가 마시는 술이 바로 나였다. 브랜드는 내가 누구인지 정직하게 말해주었다. 브랜드가 없다면, 나는 도대체 뭘까. 나는 단지 내가 가진 것들에 대해 자랑스럽게 이야기하는 것을 즐기는 사람이었고 그게 바로 내 모습이었다. 이것들이 나를 말해 주고 증명해 주었다. 이것들은 나에게 신분증과 같은 것이었다. 처음 보는 사람에게 명품으로 치장한 겉모습을 보여주는 것은 이 사회에서 어느 정도 인정받고 있으며 안전한 사람이라는 것을 증명해 주는 증명서 같은 것이었다. 명품은 정직하게 그 값을 했다. 걸어 다니는 브랜드 광고판으로 이용당했다고 해도 어쩔 수 없다. 이것들이 없는 나는 상상조차 하고 싶지 않았다. 이것들이 아니면 나는 존재하지 않았으니까. 브랜드가 없는 제품을 상상하는 것도 마찬가지였다. 브랜드가 없으면 영혼도 없었다.

극 자본만능주의자들에게 찬사를! 사회에서 인간을 유일하게 존중하는 것. 그것은 오로지 소비뿐이다. 오직 자신이 가진 물건들만이 모든 죽어가는 영혼들을 사랑하고 위로한다. 그래서 소비하지 못하는 인간의 심리 밑바닥에서는 알 수 없는 멸시와 굴욕감, 모멸감이 싹튼다. 소비하지 못하는 인간은 사람들로부터 쓸모없는 인간취급을 받기 때문이다. 네가 내 것을 사줘야 나도 네 것을 사주는, 끝없이 거대한 소비사슬에 기반한 소비피라미드. 이 악랄한 자본주의사회가 단지 그것만으로 지탱되고 있다는 것을 우리는 너무 잘 알기에 소비할 수 없는 인간을 모두가, 그리고 스스로도 경멸해야하는 것이다. 물질문명으로부터의 인간본연의 근본적인 몰락은 바로 여기에 있었다.

나는 고개를 들어 집안을 천천히 둘러보았다. 텅 빈 마음을 위로하기 위해 수년간 억지로 쌓아온 억지 풍요들. 이 풍요에 숨이 막힐 것만 같다. 나는 더 이상 내가 가진 물건들에 애착이 가지 않았다. 언제나 나를 뿌듯하게 만들었던, 내 아이들이라고 사랑스럽게 불렀던 명품들도 눈앞의 안개가 걷히자 단지 차가운 물체로만 보였다. 그것은 마치 어린아이가 몇 년 동안 잘 때까지 끼고 놀면서 그야말로 애지중지하던 장난감을 어느 순간부터 그것이 있는지 없는지도 기억나지 않을 정도로 잊어버리게 되는 것과 같은 기분이다. 새장에 갇힌 것이 아니라 공간에 갇힌 새처럼 나는 갑갑한 새장의 문을 활짝 열어주어도 밖으로 날아가지 못하는 새였다.

나는 현실보다 더 정교하고 아름다운 그래픽 공간에 매몰되어 자신의 귀중한 시간을 함부로 허비하면서도 더 이상 깨어있기에는 지쳐버린 탓에 어쩔 수 없이 로그아웃하는 것과 동시에 눈 앞에서 사라져버리는 자신의 반짝이는 아바타를 망연자실한 채로 바라볼 수밖에 없는 게임폐인이었으며, 더 이상 배팅할 돈이 없다는 사실을 절대로 인정할 수 없는 아주 오래 전에 파산해버린 도박중독자였다.

나는 그저 너무 지쳐 있었다. 그냥 그만두는 것이 회사든 나에게든 모두에게 도움이 되는 것이라고 오랜 시간 막연하게 생각해 온 것이 전부였다. 그러나 그 다음이 없었다. 회사를 더 이상 다니지 않으면 무엇을 할 것인지. 내가 정말 하고 싶은 것이 무엇인지 나는 답을 내지 못하고 있었다. 꿈에서 분명히 본 것처럼, 까마득한 그 옛날처럼 다시 그림을 그릴 수 있을까? 하지만 내 손은 붓을 잡는 법을 잊은 지 오래였고 내 눈은 색을 꿈꾸는 법을 잊은 지 오래였다. 내가 그렸던 그림이라곤 초등학생의 치기어린 그림뿐이었다. 나는 고개를 절레절레 저었다. 더 이상 단순하지도, 그렇다고 완벽하지도 않은 내 미래는 이제 불안정한 상태로 얼기설기 아무렇게나 쌓여 있는 결정조각들처럼 금방이라도 쓰러져버릴 듯이 위태해 있었다.

그런데 왜 꼭 무언가를 해야 하는 걸까. 왜 아무것도 하지 않으면 안 되는 거지? 무언가를 꼭 하지 않으면 감옥에라도 간단 말인가. 이제까지 끊임없이 무언가를 계속해왔는데 언제까지 계속 그래야하는

가. 이건 부당하다! 나는 그냥 아무것도 하지 않기로 했다. 그냥 아무 일도 일어나지 않고 그냥 이대로만 있어준다면. 행운이 찾아왔다가도 불행이 찾아오는 것이 인생의 순리라고 한다면 그 어느 쪽도 오지 않는 것도 가능하지 않은가. 그것이야말로 인간에게 필요한 진정한 평온이다. 음악도, 소음도, 그 어느 쪽도 절대 원하지 않는다. 나는 소리가 들리지 않는 것이 아니라 소리 자체가 없는 완벽히 고요한 상태에서 어떤 생각도 하지 않기를 원한다.

부드럽게 찰랑이는 물소리를 즐기며 눈에 띄지 않게 끝없는 바다를 제멋대로 부유하는 투명한 해파리가 되어보는 것은 어때. 조류의 흐름을 따라 어디로든 운명이 가 닿는 대로 그저 흘러가보자.

그날 몸살이 난 후로, 그리고 그 꿈을 꾼 후로 불면증으로 잠을 못 자다가 수면제를 먹고 사흘 동안 잠에서 깨지 못한 뒤로 하나부터 열까지 나는 더 이상 예전의 내가 아니었다. 말로는 어떻게 표현할 수 없는, 내가 원하는 새로운 인생을 살 준비를 해야 한다. 마치 나비가 되기 위해 애벌레가 스스로 고치를 만들 듯이 완벽한 번데기가 되어야 한다. 잠깐 동안만 쭈글쭈글 못생겨지기로.

문제는 역시 그녀였다. 그녀는 그때 크게 충격을 먹은 것 같았다. 왜 그랬냐고. 자기가 뭐가 힘들다고 수면제를 먹고 그랬냐고. 아, 그게 자살시도로 보였나보다. 충분히 그렇게 보였을 것이다. 전화를 계속 받지 않자 급하게 달려온 그녀는 주방 식탁에 놓여 있던 수면제 병과 누워있는 나를 번갈아 반복해서 보고는 믿을 수 없다는 듯이 펑펑 울어댔다. 불행인지 다행인지 나는 희미하게 들려오는 그녀의 울음소리에 스스스 잠에서 깨어났다. 하필 그날이 토요일이었다니. 휴대전화엔 그녀의 이름이 수십 번 찍혀 있었다. 지독한 불면증 때문이었다고 그녀를 안심을 시키는데 일주일이 넘게 걸렸다.

사랑은 언제나 준비도 없이 갑작스레 온다고 했던가. 그녀를 만나는 순간 나는 직감했다. 그녀와 사랑을 하게 된다면 그 사랑은 나에게 평생 단 한번뿐인 사랑일 거라고. 그녀는 말 그대로 내 방황의 종착점이었다. 그녀는 내 마지막 여자였고 내가 돌아가야 할 곳이었으며 나의 미래였다. 그녀를 만난 후 클럽도, 어린 여자도, 술도, 명품도 모두 빠르게 의미를 잃었다. 그녀를 만나고 나서야 비로소 섹스중독과 각종 집착에서 벗어날 수 있었고, 다시 예전처럼 차곡차곡 적금을 부을 수 있었다. 그래야한다고 말한 사람은 그녀를 포함해 아무도 없었지만 자연스럽게 그렇게 되어버렸다.

누구나 가끔은 기분 좋은 예감이 실현될 때가 있다. 여태까지 언제나 인색하기만 했던 삶에게서 뜻밖의 보상을 받는 순간. 어느 구름에서 비가 올지는 아무도 모른다. 그녀는 쩍쩍 갈라진 채 바싹 메말라버려 벌써 오래 전에 체념해 버린 내 저주받은 마음을 서서히 비옥하게 적셔주는 단비 같은 존재였다. 나는 비로소 진정한 목적의 왕국을 건설하기 시작했다. 이제껏 자기 자신마저 수단으로서 하찮게 취급해왔던 내 척박한 삶에서 목적으로서 대우받을 유일한 존재. 단지 그뿐이었다. 성실하게만 살아온 한 우직한 남자가 첫 가정을 꾸렸을 때 기대하는 오손도손하고 알콩달콩한 행복을 위한 것도 아니고, 탄생의 순간 심장이 터질 듯 벅차올라 자기도 모르게 흘러내리는 뜨거운 눈물마저 뿌듯해 마치 훈장처럼 자랑스러울 첫 아이 때문도 아니고, 오직 그녀의 존재만이 목적인 크리스탈처럼 순수한 세계.

우리가 만난 지 1년이 되던 날, 우리는 내 침대에 나란히 그대로 누워 온 몸을 뒤덮은 더운 땀과 조금도 움직일 수 없을 정도로 녹초가 된 근육들을 한참동안 식히다가, 언제나처럼 이렇게 서로 잘 맞는다면 그냥 결혼하는 게 나을 거라고 서로 입을 모았다. 그게 프로포즈였다. 결혼이라는 게 별건가. 여태껏 나는 '내가 만약 결혼을 한다면 당연히 이 여자일 것이다.'라고 짐작해 왔다. 우리는 그때 우리가 처음 만난 지 3년째 되는 날, 결혼하기로 약지를 걸고 약속했다.

'빛의 신, 대지의 신, 바람의 신, 비의 신, 운명의 신께 약속하오니 오늘부터 세상이 끝나는 날까지 저는 이 여인의 것이며 이 여인은 저의 것입니다.'

우리는 자연스럽게 내 집에서 같이 살게 되었다. 결혼만 하지 않은 상태지 실제 부부나 다름이 없었다. 결혼도 특별히 준비할 것 없이 그녀에게 프로포즈 이벤트를 멋지게 해주고 주위 사람들에게 청첩장을 돌리고 식을 올린 다음 그동안 뿌려놓은 엄청난 액수의 축의금을 통쾌하게 회수하고 기분 좋게 비행기만 타면 되었다.

그녀는 흠잡을 데가 없었다. 참한 외모에 단정한 행동, 여성스러운 성격에 성실하기까지 해서 회사에서도 인정을 받는 것 같았다. 하지만 흠잡을 데가 없다는 점이 그녀의 흠이었다. 그녀는 완벽주의자였다. 섹스도 완벽하게 만족하거나 완벽하게 그런 척하거나. 나로서는 진짜 느끼는지 정말 알 수가 없었다.

그녀는 항산화물질이 들어있지 않은 음식은 먹지 않는다. 챙기는 비타민은 종류별 기능별로 세분화되어 있고 견과류나 과일도 모두 역할과 효능이 머릿속에 차곡차곡 분류되어 있다. 주말에 요리를 해줄 때도 레시피 대로 정확하게. 그녀가 만드는 야채 샌드위치는 언제나 정확한 정삼각형이다. 그녀의 입에서는 욕은커녕 속어 한마디도 나오지 않았다. 섹스할 때만 빼면 소리를 지르는 법이 없다. 오랜 정리강박과 청결강박 때문인지 그녀의 몸과 옷 주변, 그냥 모든 게 다 깔끔하고 깨끗하다. 그리고 그녀의 보들보들한 상아색 피부란. 아무리 피곤해도 샤워 후에 반드시 온 몸에 바르는 엑스트라 버진 올리브 오일은 그녀의 얼굴 뿐 아니라 온 몸의 피부를 투명하고 맑고 탄력 있게 만들었다.

그녀는 전문샵에 규칙적으로 가서 털오라기 하나 남기지 않고 온몸을 깨끗하게 왁싱한다. 마치 누군가의 시선을 계속 의식하고 있다는 듯이 그녀는 작은 행동 하나조차도 군더더기가 전혀 없이 깔끔하다. 소파에 앉아 TV를 볼 때도 스트레칭으로 라인을 잡고 맨손운동으로 세부근육을 긴장시키느라 잠시도 쉬는 법이 없다. 다부지다는 표현을 써도 괜찮을만큼 남다른 근육으로 단련된 탄력 있는 몸매는 그녀를 원래 나이보다 몇 살이나 더 어려 보이게 했다. 키와 몸무게가 나와 같다면 그녀는 나보다 힘에서도 한참을 앞설 것이다. 그녀의 자기관리는 전문가가 미리 짜놓은 것처럼 정확히 실행되었다. 나 역시 그녀처럼 철저한 사람이 되고 싶었지만 오히려 그녀의 그런 점이 나를 점점 힘들게 했다.

처음 1년은 그녀의 그런 점이 좋아서 따라하기까지 했으나 그 후로는 그녀를 만날 때마다 나도 모르게 숨이 막혀왔다. 완벽한 그녀의 애인인 내가 완벽하지 못하게 되면 나는 어떻게 될까? 나는 그녀의 완벽함에 어울려야 하고, 그러기 위해서는 나도 빈틈없이 완벽해져야 한다. 완벽한 여자에게는 완벽한 남자가 필요하다. 그게 바로 내가 그녀를 위해서 해줘야 할 의무였다. 하지만 자기가 원해서 하는 것과 그래야한다고 해서 하는 건 하늘과 땅 차이다. 그리고 나는 그녀에게 그런 것들을 바란 것이 아니었다. 오히려 나는 정반대를 원했다.

역시 나이가 들어버린 것인가. 나는 조금씩 그녀가 버거워졌다. 한집에서 같이 사는데도 방귀를 트는 것 같이 생리 현상을 편하게 한다는 것은 더욱 상상할 수가 없었다. 나는 이제 우리가 서로에게만큼은 완벽한 연인이기 보다 편안한 인생의 동반자이기를 바랐는데 그녀는 그걸 싫어했다.

"내가 자기한테 편한 여자라는 말은 우리 사이가 벌써 권태기에 빠져버린 것 같잖아. 자기는 그런 말 할 때마다 진짜 아저씨 같아. 그런 건 나중에 결혼하고 나서 해도 늦지 않아. 그런데 그렇게 된다는 거, 진짜 끔찍하지 않아? 그냥 자기랑 나 사이가 설레임도 없고 약간의 특별함도 없이 내가 자기에게 편한 일상쯤으로 쉽게 취급되는 거 말야."

이런 식이었다. 그녀는 언제나 조리 있게 말한다.

그랬나보다. 내가 너무 성급했나보다.

그녀를 만나게 된 것은 순전히 로이 때문이었다. 종각역에서 청계천 쪽 골목 끄트머리에 있는 내 단골 재즈 바의 바텐더. 내 계약자이자 내 키맨이자 내 친구인 로이는 내기를 참 좋아했다.

"형이 꼬실 수 있으면 계산은 안 해도 돼요."

로이는 가끔씩 술기운에 흐트러져 쉬워 보이는 여자들이 바 탑에서 죽 때리고 있으면 신나게 다가와서 내 귀에 대고 음흉하게 웃으며 속삭이는 것을 좋아하던, 나 못지않은 변태자식이었다.

우리는 환상의 짝꿍이었다. 목표물이 생기면 나는 로이에게 팁을 찔러주고, 로이는 목표물에게 다가가 내 이야기를 한다. 물론 사소한 단점도 이야기 해준다. 그래야 믿을만하다. 그러면서 로이는 그녀의 정보들을 하나하나 캐내 내게 알려준다. 작업에서 반드시 필요한 사전정보인 셈이다. 목표물과 대화를 할 우연을 가장한 자연스러운 기회를 잡는다면 대화의 시작부터 끝까지 사전정보대로 화제를 이어가면서 맞장구를 쳐준다. "어? 저도 그거 좋아하는데! 어? 저도 거기 자주 가는데!" 하는 식이다. 처음에 로이는 훔쳐보기를 좋아하는 관음증 환자처럼 작업 광경을 옆에서 몰래 훔쳐보며 킥킥대곤 했지만 이제는 거의 대놓고 즐기고 있다.

하지만 늘 그렇고 그런 여자들이었다. 밖으로 데리고 나가도 그만,

아니어도 그만이다. 매상도 안 올려주면서 자리만 차지하는 죽순이들을 매번 자기 편하라고 나더러 말끔히 처리해달란 말인가. 피곤하다.

그런데 그녀는 좀 달랐다. 그녀는 황폐한 내 마음에 새빨간 장미 꽃봉오리들을 피워내기 시작했다. 이유는 알 수 없었다. 동글동글한 얼굴에 고양이 같은 큰 눈을 가진 그녀는 늘 고등학생 같은 깻잎머리를 하고 한 올의 웨이브도 없는 검은 생머리를 찰랑거리고 있었다. 160도 안될 것 같은 키. 야무진 체구. 옷은 볼 때마다 변함없는 줄이 잘잡혀 있는 클래식한 검은색 정장 자켓과 검은 바지에 흰 실크 블라우스와 높은 통굽 웨지 힐.

그녀에게는 그저 검은색 정장이면 되었다. 그녀의 검은색 정장은 그녀의 상아색 피부를 더욱 신비롭게 만들고 그녀의 클래식한 분위기를 한껏 도드라지게 만들었다. 영원히 꺼지지 않는 오색불빛이 현란하기만 한 종로의 밤거리에서, 이 단조로운 패션은 오히려 그녀를 돋보이게 했다.

로이의 정보에 따르면 종각역 근처 회사에서 웹디자이너로 몇 년째 근속하고 있다고 했다. 웹디자이너라. 웹디자이너에겐 무슨 보험이 필요할까. 과로사보험? 그래서 그런지 그녀는 퇴근이 참 늦었다. 그녀는 9시쯤 퇴근했는데 그게 칼 퇴근이었고, 칼 퇴근을 하는 날이면 바탑 맨 구석 끝에 작은 체구가 보이지도 않게 조용히 앉아서 킵 해놓은 글렌피딕 18년산을 언더락으로 한 잔쯤 마시다가 아무 말도 없이 시간만 때우고는 훌쩍 나간다고 했다.

그녀에게는 무슨 비밀이라도 있는 것일까. 호기심이 일었다. 오랜만에 느끼는 설레임이었다. 그것은 매번 똑같은 그녀의 스타일 때문이었을까. 어쨌든 저 여자는 늘 보아오던 여자들과는 뭐가 달라도 다르리라.

성공률이 높은 동일한 방법이었다. 로이가 그녀 앞에서 나를 가리키며 저쪽에 앉아있는 남자 고객님이 잘 나간다느니 돈이 많다느니 혼자 산다느니 젊은 여자가 좋아할 만한 이야기를 늘어놓는다. 듣기 좋은 내용이고 뻔한 말들이지만 진솔한 어감으로 뻔하지 않게 밑밥 깔기. 그녀는 그런 로이의 밑밥을 덥석덥석 잘도 물었다. 그 다음부터 내가 그녀에게 넉살좋게 인사를 하면 싫지 않은 표정이었다. 바탑에서 멀리서 스쳐 지나가는 눈길을 서로 주고 받으며 온더락을 한 잔씩 건네기는 했지만, 그녀는 의외로 말술이었다. 그녀는 아일랜드 인처럼 원액을 좋아했지만 쉽게 취하지는 않았다. 단정한 정장으로 얌전떠는 여자치고 녹록치만은 않은 여자였다.

승부욕은 남자를 불타오르게 한다. 남자가 승부욕에 취하면 그 순간부터 더 이상 무엇을 위한 승부인지는 중요하지 않게 되어버린다. 설사 이유가 있었다고 하더라도 금방 까먹는 게 좋다. 그게 무엇이든지는 것은 남자의 치욕이기 때문이다. 그 뒤로 나는 9시만 되면 재즈바로 시간 맞춰 출근했다. 허탕을 치는 날도 있었지만 그녀를 만나는 날이면 깜짝 놀란 듯이 반갑게 말을 걸었다.

"어? 또 뵙네요? 허허허."

오만가지 기술 중에서 최고의 기술은 뭐니뭐니해도 넉살이다.

그녀는 로이에게 말하고 나도 로이에게 말한다. 로이는 방송 진행자처럼 중간에서 분위기를 잘 만든다. 로이는 긴 바탑에 포자 같이 떠도는 케미를 한데 섞어서 세상에서 하나밖에 없는 멋진 칵테일을 만들어 준다. 손발이 저절로 오글거리는 표현이지만 어쩔 수 없다. 너무 오래 되어서 잊고 있었을 뿐, 사랑을 시작할 땐 우리 모두 다 그랬다. 오글거림은 사랑에 빠진 자들만이 누릴 수 있는 일시적이지만 짜릿한 특권이다.

바탑에서 그녀와 나는 그렇게 많은 이야기를 하게 되었다. 하지만 그녀 앞에선 이상하게도 반사신경처럼 툭-치면 툭-나오던 기술이 시전되지 못했다. 준비해두었던 돈 많은 사업가 레퍼토리는 까맣게 잊어버렸다. 오히려 절대 금기시 되었던 따분한 보험영업에 대한 이야기며 일상의 지루함에 대한 넋두리를 늘어놓고 있는 나를 발견하게 되었다. 하지만 왠지 그녀는 그런 이야기에 귀를 귀울이며 흥미로워했다. 여자에게서 처음으로 느껴보는 아늑함이었다.

그렇게 몇 주가 흐르고 우리가 친해졌다고 확신했을 때, 나는 한 달 동안 바에 가지 않았다. 로이의 말로는 그녀가 전보다 자주 바에 와서 말없이 있다가 금방 자리를 뜨는 것이 날 기다리던 눈치였단다. 한 달이 지나고 그녀가 바에 들어온 날, 근처에서 대기하고 있다가 로이의 연락을 받고 바를 찾은 나는 결국 그녀와 같이 바를 나가게 되었다. 그녀 덕분에 그날 그녀와 새로 오픈해 거의 다 마셔버린, 흰색 수컷 엘크가 예쁘게 그려져 있는 글렌피딕 18년산은 시원하게 공짜였다.

종로의 밤거리는 언제나 휘황찬란하다. 나는 언제나 이런 번화한 거리가 좋다. 오래된 거리와 좁은 골목길은 사람의 마음을 편하게 하는 재주를 지녔다.

"한잔 더 하실래요? 한국 사람은 파전에 막걸리가 어울리지 양주는 영…"

나는 몸에 딱 붙는 핏의 아르마니를 입고 있지만 넉넉하고 맘 좋은 아저씨처럼 말한다.

편하게 보이는 것이 포인트다. 친근감은 꼭꼭 잠긴 빗장처럼 채워져 있는 여자의 단추를 하나씩 하나씩 천천히 풀어버린다. 나는 모른 척 시선을 다른 곳에 두면서 천천히 걷는다.

"…그럴까요?"

나는 잠깐 사이를 둔 뒤 부드럽게 보채본다.

고개를 숙이고 앞서 걷는 그녀가 수줍게 웃는다. 양주와 막걸리가 섞여서 일까. 일부러 찾아서 들어간 피맛골의 허름한 파전집에서 막걸리 몇 잔을 주고받다가 그녀가 이제 더 못 마시겠다고, 이제 취했다고 했다. 양주에 막걸리라니… 막걸리는 위스키를 원액으로 마시는 여자에게 마침표를 찍는다. 그녀의 얼굴이 어느새 발그스름하다.

"아, 제가 데려다 드릴게요. 집이 어디세요?"

나는 의외라는 듯이 명랑하게 말했다.

상도동이란다. 참 멀다. 어쨌든 대리기사를 불렀다. 남대문로를 지나 퇴계로로 접어드는 차 안에서 그녀는 고개를 반대쪽 차창으로 비스듬히 돌린 채 피곤한 듯, 취한 듯 눈을 지그시 감고 의자에 몸을 맡기고 있었다. 차가 코너를 돌 때는 무게 때문에 그런 것인 양 그녀 쪽으로 어깨를 살짝 기대며 내려뜨려져 있던 그녀의 손을 과감하게 잡았다. 의외로 그녀는 계속 창가만을 응시하고 있었다. 다음 순간, 술때문에 뜨겁게 상기된 그녀의 작은 손이 내 손을 살짝 마주 잡는 미세한 힘이 느껴졌다. 이때다 싶었다.

"고양이 좋아하세요? 제가 엊그제 새끼 고양이를 한 마리 입양했는데 밤톨만한 게 엄청 귀여워요. 제가 혼자 살아서 그런지 집에 아무도 없을 때가 많아 고양이가 많이 외로워하더라구요. 새끼라서 더 그런가. 술도 깰 겸 잠깐 보고 가실래요?"

TV를 크게 틀어 놓아도 정적만 감도는 집이라 조용한 고양이나 한 마리 키워 볼까 했던 것인데, 우연인지 필연인지 그녀를 처음 만나기 몇 개월 전에 고양이를 입양한 나. 로이의 정보에 따르면 그녀는 개보다 고양이를 좋아한다. 그녀는 대답을 망설였지만 나는 기다리지 않았다. 대리기사에게 바로 후암동으로 가달라고 넌지시 말하고는 빌라 지하 주차장에 도착하자마자 서둘러 대리기사를 돌려보냈다.

조용한 한밤중. 정적만이 가득한 빌라 지하 주차장에서 우리 둘이 나란히 서 있다. 초여름의 부드러운 바람이 불어왔다. 그 순간만큼은 마치 우리를 제외하곤 이 세상에 아무도 존재하지 않는 것만 같았다.

"여기 5층이 우리 집이에요. 작은 빌라지만 깨끗하고 조용한 집이에요."

나는 부동산 아주머니가 집을 구하러 온 사람에게 설명하듯 집의 구조며 가구들에 대해 한참을 열심히 설명했다. 실제로 그녀가 집을 구하고 있었다면 그 자리에서 계약서에 지장을 찍었으리라. 나중에 안 사실이지만 그녀는 그때의 내 모습이 복덕방 아저씨 같아서 얼마나 귀여웠는지 몰랐다고 했다. 그리고 얼마간의 어색한 침묵이 지나갈 즈음, 나는 불현듯 고개를 돌려 그녀의 잘록한 허리를 왼팔로 강하게 휘어 안았다. 그리고는 살며시 열려있던 그녀의 작은 입술에 키스를 했다. 그녀는 당황한 듯 입술을 앙다물고 두 눈을 동그랗게 뜨고 내 눈을 똑바로 바라보았다. 순간 서로의 시선이 다른 무엇을 생각할 겨를도 없이 강렬하게 마주쳤다. 우리의 망막에는 서로의 상기된 얼굴과 교차하는 상대의 눈동자만으로 가득 찼다. 우리는 상대의 입술에서 느껴지는 촉감을 오래전부터 기다려 왔음을 그 순간 알 수 있었다. 그녀의 눈이 살짝 감김과 동시에 촉촉한 입술이 살짝 열리더니 이내 내 아랫입술을 부드럽게 감싸기 시작했다. 엉겁결에 그녀의 따뜻한 혀가 느껴졌다. 그녀의 키스는 어린 여자애들의 서툰 그것과는 확실히 달랐다. 그녀는 키스를 제대로 할 줄 알았다. 그건 기술 같은 게 아니었다. 우린 마치 생애 첫 키스이자 더 이상은 절대 하지 못할 마지막 키스인 것처럼 지하 주차장에서 한참동안 서로의 입술에 빠져 있었다. 첫 키스가 끝나자 잠시 어색함이 흘렀다. 서로의 시선이 반대로 향했다. 그러다가 나는 그녀의 허리를 감싸며 자연스럽게 엘리베이터 쪽으로 몇 걸음 이끌었다. 그녀가 잠깐 멈칫했다. 하지만 그녀는 입가에 맴돌고 있는 수줍은 미소에 제 스스로 당황하고 있었다. 역시 고수는 고수를 알아본다.

"잠깐 고양이만 보고 가요. 고양이가 하루 종일 얼마나 외로워하는지… 불쌍해 죽겠어요."

술 때문이었을까. 조금은 길었던 키스 때문이었을까. 우린 특히 몸이 잘 맞았다. 처음부터 누가 먼저랄 것도 없이 서로를 처절하게 갈구했다. 그녀는 단정한 정장 안에 뜨겁게 타오르는 불덩이를 감쪽같이 감추어 놓고 있었다. 그날 고양이를 보여주겠다던 사람도 보겠다는 사람도 고양이라는 단어는 단 한마디도 입 밖으로 나오지 않았다. 5층에 도착한 엘리베이터의 문이 열리고 현관 안으로 들어서자마자 그런 말을 할 여유가 조금도 없었기 때문이다. 5층 현관 앞에 발을 디딘 바로 그 순간부터, 우리는 어서 빨리 다섯 자리 숫자를 빠르게 눌러 현관문이 순식간에 열리고 또 순식간에 닫히기만을 기다리고 있었다.

현관문이 닫히자마자 갑자기 그녀의 작은 몸이 날 끌어당겼다. 순수한 격정이 순수한 격정 그 자체만으로도 완벽하게 아름다워지는 순간은 격정이 딱 맞는 제 짝을 만나 자연스럽게 발화될 때뿐이다. 우리는 야생에서의 오랜 기다림 끝에 드디어 제 짝을 만난 한 쌍의 암컷과 수컷임에 충실했다. 그녀의 깨끗한 검은 정장이 발에 밟히고 내 아르마니가 침대 저편으로 휙 던져졌다. 그녀의 흰 실크 블라우스

안에 감춰져 있던 흰색 브라의 레이스가 도드라졌다. 그녀는 발그레 애타는 몸을 내게 완전히 내맡겼다. 고통 받은 영혼들의 애달픈 섞임이 예기치 못한 긴장과 설렘 속에서 묘한 앙상블을 만들어 내고 있었다. 아릿하고 비린 땀 냄새가 방안에 진동했다. 그녀의 애원하듯 벌어진 입에선 자기도 모르는 맑은 침이 흘러내렸다.

하지만 그녀의 과장된 몸짓이 애써 감추려 하고 있는 것은 오랜 시간동안 자라나 이제는 그녀를 완전히 잠식해 버린 묵은 슬픔 그 자체였다. 그녀는 부자연스러운 교성이 흐느끼듯 흘러나오고 있는 자신의 불덩이 같은 벌거벗은 몸 그 안쪽 깊은 곳 어디에서부터 무언가가 한참 무너지고 있는 중이었다. 그녀는 그때 세상 그 어느 곳도 아닌 내 모든 구멍과 몸뚱아리 구석구석에서, 그녀가 벌써 오래전에 잃어버려 이제 더 이상 찾을 수 없게 된 무언가를 그 작고 아름다운 몸을 다 던져서라도 간절히 찾고 있었는지도 모른다. 아니, 어쩌면 그녀는 완전히 무너져 내리리라 체념하고 다짐했다가도 덜컥 겁이나버려 마지막으로 나에게 간절히 매달리고 받아주었는지도 모른다.

그녀의 아름다움이란⋯. 나는 단순히 외모를 말하는 것이 아니다. 나는 그녀를 내가 느낀 그대로 온전히 보존하여 말하고 싶지만 1%라도 제대로 표현할 수 있을까. 이런 표현들만으로는 그녀를 절대 알 수 없을 것이다. 그럼에도 불구하고 내가 그녀의 아름다움에 대해 이야기하려는 것은 마치 엄마가 아이의 사진을 수도 없이 찍어 앨범에 간직하는 것과 같다. 마음 속이나 기억 속에만 간직하면 이 소중한 것을 행여나 잊어버릴까 두렵기도 하거니와, 자기가 느낀 이 기쁨을 다른 사람과 함께 나누고 싶고 또 영원히 보존하고 싶은 것이다. 재미있는 영화를 보고나면 친구들에게 곧장 달려가 신이 나게 이야기 하는 것과도 다르지 않으며, 작가가 글을 쓰는 이유도 다르지 않다. 무언가를 글로 쓴다는 것은 쓰는 것과 동시에 누군가의 마음속에 영원히 남을 불멸의 주문을 거는 일일 테니.

아름다움은 자연과학이 아니기에 수학공식으로 증명할 수 없다. 인문학에 정답이 없듯이 아름다움에도 정답이 없다. 또한 아름다움을 표현하고 전달하기 위해 아름다움의 요소와 원인을 평가하고 분석하는 것만큼 어리석은 일도 없을 것이다. 그것은 마치 꽃의 아름다움을 말하기 위해 매스를 들어 꽃을 해부하는 것과 마찬가지로 어리석은 일이다. 아름다움을 학습하고 규정하면 할수록 원래의 아름다움 그 자체에서 더욱더 멀리 벗어나기 마련이다.

그럴진대 어떤 아름다움이 얼마나 더 탁월한가를 비교하는 것은 말할 것도 없다. 어떤 꽃이 어떤 꽃보다, 어떤 빛이 어떤 빛보다 더 아름다운지를 구별하는 것이 무슨 소용이며, 그런 값싼 우월감으로부터 우리가 얻을 수 있는 것은 인간의 간사함 뿐이리라. 진화과정의 우연으로 출발해 필요에 의해서 창조된 아름다움은, 이제 문명의 급속한 진보를 이끄는 중요한 기제이자 우리 삶의 질적 풍요를 이끄는 빼놓을 수 없는 중요한 요소다. 아름다움은 이제 엄연한 하나의 생명체로서 자격을 가지고 목적으로서 존재한다. 아름다움을 향유할 수 있는 그 짧은 찰나의 시간은 인간에게 주어진 가장 매혹적인 축복이다.

그녀의 햇살 같은 미소와 여성스러운 몸가짐과 그 몸짓들이 만들어 내는 여성적인 품위는 그 어떤 어둡고 우울한 검은 공간이라도 화사하고 생기 있는 봄날의 프리지아 꽃밭 같은 공간으로 만들어 버렸다. 흰 면 티에 물 빠진 청바지만 입어도 잘 어울리는 그녀. 나른한 일요일 낮에 거실 소파에서 편한 티를 입고 앉아있는 그녀의 봉긋한 가슴에 고개를 묻으면 코를 찌르는 향수냄새 대신에 은근한 오이비누 냄새가 났다. 촉감은 부드럽지만 오래 전부터 장롱에 넣어둔 채 입지 않았던 내 작은 5천 원짜리 노란색 면 티도 그녀가 입고 있으면 멋들어진 캐주얼 패션이 되어버린다.

그녀는 공간 뿐 아니라 주위 사람들도 덩달아 생기 있게 만들었다. 그녀 옆에 꼭 내가 아니라 다른 사람이 있다고 해도 그럴 것이다. 그녀를 사랑하면 할수록 나는 더 불안해졌다. 그녀의 옆에 있는 사람이 꼭 나여야만 하는 이유가 있을까.

"친구들이 언제나 날 천상여자라고 불렀어."

그녀는 소파에 앉아 내 발톱을 정성스럽게 깎아주면서 자랑처럼 이야기 하곤 했다.

그녀가 천상여자라고 표현한 그녀만의 여성적인 성격. 말로는 뭐라고 정확하게 설명하기 힘든 그 점이 좋았다. 나도 이제 정말 결혼할 때가 되었나보다.

아무리 혼자 사는 것에 익숙한 남자라 하더라도 여자의 사랑이 아니면 채울 수 없는 구멍이 존재한다. 남자는 자기도 모르는 사이 뚫려 있는 그 구멍에서 늘 퀴퀴한 외로움을 풀풀 풍겨댄다. 주위사람들은 다 아는데 자기만 모르는 그것을 우리는 흔히 홀아비 냄새라고 부른다. 그 냄새는 진짜 냄새가 아닌 아우라 같은 것이다. 아무리 좋은 명품 향수를 뿌려봤자 그 홀아비 냄새는 없어지지 않는다. 나 또한 그 무엇으로도 채워지지 않았던, 뻥 뚫려있던 구멍이 그녀의 존재 하나로 완벽히 채워졌다. 평일에는 아무리 TV를 크게 틀어놓아도 황량한 사막과도 같던 차가운 내 집이, 아무것도 바뀐 것이 없음에도 불구하고 강렬한 햇빛을 비추고 있는 것처럼 화사해졌다.

그녀는 내가 금방 드러나는 뻔한 장난을 할 때면 언제나 입가에 살짝 미소를 지으며 "치…"라고 소리 내는 버릇이 있었다. 작은 체구의 작은 입에서 나오는 그녀의 "치…"라는 소리는 어떨 때는 아쉬움을,

어떨 때는 공감을 표시하는 그녀의 유일한 애교였다. 그녀는 내가 문득 "나 사랑해?"라고 잊은 듯이 또 듣고 싶어서 물어보면 좋은 듯 귀찮은 듯 "당연히 사랑하지!"라고 얼른 대답하고, "얼만큼?"이라고 또 금방 물어보면 "하늘만큼 땅 만큼이지!"라고 명랑하게 대답한다. 그림을 그리다 보면 나도 모르는 사이에 물감이 튀어 다채로운 색의 물감이 옷에 예쁘게 물들 듯이, 그녀의 버릇들은 내 몸 구석구석에 나도 모르는 사이 슬며시 슬며시 물들어버렸다.

그녀가 집에 먼저 들어오는 날이면 코를 내 몸에 대고 킁킁거리며 냄새를 맡는 버릇도 있었다. 다른 여자 냄새가 나지는 않는지 확인하는 것이라고 했다. "향수를 뿌리면 모르잖아."라고 장난스럽게 말하면 "그래도 여자는 육감으로 다 아는 거야."라고 눈을 흘기면서 "딴 년하고 하고 다니면 죽일 거야."라고 말하곤 했다. 그러면 나도 그녀의 맨살에 코를 대고 킁킁거리곤 했다. 자세히 눈을 감으면 그녀의 옷에서 나는 은근한 비누냄새보다 좋은 향긋하고 은은한 그녀만의 살 냄새가 났다.

그녀는 정리강박과 청결강박이 심했지만 나에게 강요하지는 않았다. 그냥 자기가 보기 싫은 집안의 어지럽혀진 물건들이나 바닥에 늘 한두 가닥씩 떨어져 있는 긴 머리카락 같은 작은 쓰레기들을 조용히 줍곤 했다. 그녀는 집에 들어오면 제일 먼저 편한 옷으로 갈아입고서 청소기를 돌렸다. 그녀는 재활용 쓰레기를 그냥 버리는 것에도 민감했다. 그녀는 내가 다 마신 생수병을 그냥 버릴 때마다 페트병을 기계로 압착하는 것처럼 손으로 힘껏 구겨서 그녀가 종류별로 주문해놓은 색색의 재활용 쓰레기통에 버리곤 했다.

그녀가 처음 차려준 밥상이 아직도 기억난다. 비타민 등의 알약들과 시리얼이며 견과류며 각종 차茶류 등 마른 음식들만이 찬장에 가득해 황량한 사막 같은 주방에서 언제나 파업상태로 있던 4인용 식탁에 어느새 예쁜 꽃들이 연신 화사하게 피어있더랬다. 여러 가지 밑반찬들이 정갈하게 차려진 식탁 중앙에는 미니 가스버너 위에서 묵은지 참치찌개가 모락모락 김을 신나게 피워대고 있었다. 자작하게 끓고 있는 넓은 전골용 뚝배기에는 묵은지 배추김치와 기름기를 뺀 통조림 참치가 동그란 모양으로 옹기종기 놓이고, 방금 만든 생크림처럼 새하얀 두부가 비스듬히 겹쳐진 채 뚝배기 둘레에 빙 둘러져 있었다. 집안 가득 퍼지는 매콤한 냄새와 깔끔하고 얼큰하고 새콤하면서도 담백한 국물 맛이란. 잡다하지 않고 정갈하게 정리되는 뒷맛의 여운이 아직도 남아서 입가에 맴도는 것만 같다.

미국 어느 주州에서는 사형수에게 사형 집행일 아침에 가장 먹고 싶은 음식 하나를 먹게 해준다고 한다. 사형 집행일이 오면 미리 준비된 음식이 하얀색 테이블 위에 정갈하게 놓이고 턱시도를 차려입은 웨이터가 간수 옆에 서서 지상에서의 마지막 정찬을 함께 한다고. 누구는 첫사랑과 함께 멋들어진 레스토랑에서 먹었던 스파게티를, 누구는 어린 시절 어머니가 집에서 끓여준 영혼의 치킨수프를, 누구는 감옥에 오기 전 친구들의 웃음 속에서 늘 먹었던 평범한 빅맥 세트를 주문한다. 나에게 먼 훗날 맞이할 내 생의 마지막 정찬을 고르라고 하면 나는 어김없이 그때 먹었던 묵은지 참치김치찌개를 선택하리라.

때로는 단순한 음식 하나가 수많은 사람들이나 미디어보다 더 강하게 사람의 메마른 마음을 위로한다. 어떤 음식은 그 음식과 함께한 특별한 날의 순간들을 변치 않도록 꼭 간직하고 있어서, 그 음식의 맛을 느끼는 순간 마치 시간 여행을 하는 것처럼 다시 그때로 돌아가 그때 그 순간을 한 번 더 살게 한다. 그것은 이제 다시는 만나지 못할, 행운과도 같은 애달픈 사랑을 아기자기한 추억들 속에서나 오래

전 말라버린 눈물의 흔적들 속에서 다시 꺼내어 글로 씀으로써 실체화하고 되살리는 일 만큼이나 아름다운 일일 것이다.

맛집을 묻고 물어 찾아가 그녀와 밥을 먹으면 양껏 먹지 않아도 배가 불렀다. 나는 밥을 먹은 것이 아니라 그녀가 밥 먹는 모습을 먹는 것이었다. 그녀와 함께 영화를 볼 때도 영화를 보면서 재미있어하고 때로는 감동받아서 눈물을 흘리고 있는 그녀를 보는 것이 더 좋았다. 내용은 아무래도 상관없었다. 그녀와 하는 대화도 내 생각을 전하려는 것이 아니라 그녀의 말을 듣기 위한 것이었다. 나이 차이가 많이 나는 우리였지만 우리는 의외로 의견차이가 없었다. 나는 한참이나 어린 그녀의 말이 언제나 옳다고 생각했다. 그래서 대화도 많이 없었고 싸움도 없었다. 우리는 그냥 말없는 커플이었다. 그래도 나는 좋았다. 그저 가끔씩 그녀가 나에게 답답함을 느끼는 것 같은 게 신경 쓰였다. 역시 그게 문제였을까.

어떤 육체적 관계에서는 쉽게 해소되지 않는 특별하고 오래된 갈망 같은 부분이 존재한다. 그녀의 갈망의 깊이는 헤아릴 수 없이 깊고 깊었다. 나로서는 도저히 채울 수 없다는 것을 직감했지만 나는 그녀를 채우고 또 채우고만 싶었다. 우리의 섹스는 언제나 그녀가 주도했다. 나도 그게 좋았다. 그녀가 나를 연주하기 시작하면 나는 그녀의 노예가 된다. 그녀가 나를 가득 채우면 그녀의 작은 몸이 내부로부터 안단테andante로 공명하면서 예쁜 소리를 내기 시작한다. 반대로 나는 라르고largo로 한참을 애태우며 그녀를 온 몸으로 연주하다가 프레스토preato로 갑자기 그녀를 몰고 간다. 그녀가 급하게 따라오면 나는 다시 안단테andante로 도망가지만, 그녀는 나를 놓아주지 않고 모데라토moderato로 연주한다. 나는 그녀의 연주에 나를 내맡긴다. 그녀가 프레스토presto로 갈 때까지. 남자에게는 두 번의 오르가즘이 존재한다. 사랑하는 여자가 만족하는 모습을 온몸으로 확인하는 것이 첫 번째 오르가즘이고, 그 첫 번째 오르가즘 속에 사정하는 것이 두 번째 오르가즘이다.

온몸 구석구석의 말초혈관까지 짜릿하게 불타오르다가 뜨겁게 소진되어 죽을 것 같은, 아니 이 순간에 차라리 죽음을 맞이해 순간을 영원으로 만들고 싶은 진정한 생명의 환희란. 얼굴은 나도 모르게 일그러지고, 온몸이 저절로 달싹이고, 제발 조금만 더 해달라고 바보처럼 더듬으며 일부러 작정하고 쩔쩔매게 되는… 그걸 흔히 말해 쉽게 열리지 않는 진짜 속궁합이라고 말하면 이해가 될까. 단순한 성적 욕구가 해소되는 것 이상으로 반드시 그 사람이 아니면 켜지 못하는 그런 특별한 스위치 같은 성감대. 그건 신체적인 어떤 지점이 아니라 그 사람만의 어떤 특별함이 아니라면 자극되지 않는 곳으로, 그 사람의 것이 아니면 절대 채워지지 않는 빈 공간이라고 해두자. 설명하긴 힘들지만 상내만 아는 그 공간만큼 상대의 어떤 지점에도 내 것이 아니면 해소되지 않는 특별한 공간이 존재한다면 어떨까. 우린 실제로 그랬다.

그녀는 마지막 순간마다 내 허리를 두 다리로 감싸며 깊숙이, 깊숙이 끌어당겼다. 그녀의 안은 그때마다 참 따뜻하고 편했다. 남자의 마지막 순간마다, 그 짧디짧은 찰나의 순간마다 그녀 안에서 인간의 성기가 가장 예민한 순간에 서로가 동시에 같이 느끼는 열반의 하모니. 그녀는 마지막 순간 내 것이 그녀 안에서 심장박동처럼 요동칠 때마다 내 박동을 따라 응원하듯이 정확한 템포로 그녀의 것으로 힘껏 조여준다. 그녀의 반응이 예민하게 느껴질 때마다 나도 모르게 숨이 저절로 턱턱 막혀왔다. 그녀 안에서라면 그 짧은 순간이 영원처럼 길게만 느껴졌다. 나는 그제야 진짜 여자를 느낄 수 있었다. 그곳은 내가 있어야 할 곳이자 나를 위해 존재하는 곳이며 오직 나에게만 허락된 곳이었다. 언젠가는 반드시 그곳으로 돌아가야 할 것만 같은 기이한 귀소본능 같은 것이 느껴졌다.

더 이상 할 때마다 마치 쓸모없고 더러운 쓰레기처럼 아무데나 아무렇게 버려지지 않아도 된다는 편안한 안도감. 비늘이 거칠고 작은 입을 오목하게 벌리고 있는 황금색 금붕어가 무성한 미역줄기의 숲 사이 부드러운 곳으로 찾아들어가 하늘하늘 미끄러지며 헤엄을 치듯이, 나는 한동안을 영원한 시간처럼 그곳에서 살 수 있었다. 나는 언제나 혓바늘이 돋았다.

그녀는 방황하던 내 육체의 진정한 안식처. 그녀와의 섹스는 성聖스러운 것이 되어버린 지 오래였다. 이제 나에게 섹스는 더 이상 심리게임의 전리품이거나 남성성을 증명하는 과시의 수단이거나 스트레스 해소의 수단이 아니라는 것을 그녀는 깨닫게 해주었다. 우리의 섹스는 서로의 마음 깊은 곳에서 쏟아져 나오는 상대의 사랑을 실제로 온몸으로, 온 피부로 느끼고 싶은 유대감의 본질적 교류이며 서로의 구원이었다.

우리는 대화가 많지 않았고 또 밤이라는 시간이 우리에게는 너무 짧은 시간이었기 때문에, 우리는 시도 때도 없이 하고 또 했다. 우리는 마치 당장 내일이라도 못 볼 것처럼 애원하며 순간순간 서로의 실재를 속속들이 확인했다. 서로 누가 더 사랑하고 덜 사랑하고 하는 것 없이. 처음 만났을 때처럼 누가 먼저랄 것이 없었다. 그녀는 그때마다 자기를 매번 흥건하게 만들 수 있는 남자는 내가 처음이자 마지막일 거라고 입버릇처럼 몽환적인 귓속말로 되뇌곤 했다. 하면 할수록 내가 그녀에게 꼭 맞는 유일한 남자라고, 내가 그녀에게 안정감을 주고 자신감을 준다고, 내가 정말 그녀를 나 자신보다도 깊이 사랑하고 그녀도 나를 그녀 자신보다도 깊이 사랑하고 있음을 온 마음과 온 몸과 온 피부로 확인시켜준다고 말하곤 했다.

　사랑은 상대를 결정한다기보다는 결정되어진다는 표현이 맞는 것 같다. 좋은 이야기가 좋은 작가를 선택하듯이 어느 날 자기와 꼭 맞는 제 짝에게 자기 의사와는 상관없이 덜컥 선택되는 것. 하늘 높은 줄 모르고 오만하며 권위적이었던 남자가 별안간 겸손하고 수동적인 복종을 자진해서 외쳐야 한다 하더라도 전혀 기분 나쁘지 않을 그런 것이다. 사랑은 다이버가 잠수하기 전 산소통에 산소가 얼마 남았는지 확인해야한다는 제일 기본적인 것조차 생각하지 않은 채 끝없는 심연 속으로 깊이깊이 헤엄쳐 들어가는 것이다. 사랑하는 연인에게는 사랑하는 바로 이 순간이 진정한 내일이고 미래다. 아무리 많은 사람을 만나 사랑을 해보았던 사람이라도 지금의 사랑이 어렵고 서툴지 않으면 진짜 사랑이 아닌 것이다. 진짜 사랑이 선사하는 순수한 매혹은 세상에서 가장 지혜로운 현자라도 일순간에 바보로 만들어 버리기 때문이다.

　노래를 부르고 있는 가수에게 매 순간 노래를 부를 때마다 다른 높이, 다른 길이로 뿜어져 나오는 소리들의 정확한 음가를 묻는 것. 또는 화가에게 화폭의 한 부분에 딱 어울리는 단 하나 뿐인 색의 정확한 이름을 묻는 것처럼 사랑을 무어라 설명하는 것은 부질없는 짓이다. 사랑은 사랑이라는 단어 그 두 글자만으로도 모든 것을 설명하고 있기 때문이다.

　사랑이 사랑이라는 걸 사랑이 지나고 나야만 알게 된다고 누가 말했던가. 지나간 사랑이 사랑이었다고 쉽게 말할 수 있으나 그 사랑은 또 어떻게 설명해야 할까. 누군가에게 사랑을 설명하기 위해 생각해 둔 짧은 언어조차 사랑을 느끼는 그 순간에는 떠올릴 틈이 없기 마련이니. 진짜 사랑이 지나고 나면 그제야 치열했던 사랑만큼, 자기가 상대에게 주었던 제 사랑의 깊이와 크기만큼, 딱 그만큼의 죽을 때까지 절대 치유되지 못할 잔인하고 치명적인 상처가 자신에게 깊고 크게 남았음을 마침내 깨닫게 되리라. 마치 물속에서는 온 몸이 젖어 있다는 당연한 사실조차 모르고 있다가, 갑자기 물 밖으로 꺼내어짐과 동시에 싸늘하게 밀려오는 차가운 공기를 통해 온 몸이 흠뻑 젖어 있다는 사실을 온 몸으로 깨닫고 치를 떨게 되는 것처럼.

십자가

　내가 단칼에 회사를 그만두게 된 것도 어쩌면 나에게만 충실한 이 착한 여자를 위해 다시 멋지게 날아올라야 한다는 압박감 때문이었을까. 결국 내 의사와는 상관없이 언젠가는 그만 두게 될 회사였다. 원하지 않아도 언젠가는 그렇게 되겠지. 하지만 계속 이렇게 산다는 것은 정말 숨이 막히는 일이다. 이 넓은 세상 어딘가에서 나만의 능력을 발휘할 수 있는 기회가 분명히 있을 것이다.

　하지만 그녀에게는 아무 내색도 할 수가 없었다. 그녀를 잃게 되면 어떡하지? 나는 처음부터 완벽하지 않은 사람이었다. 단지 그렇게 보이고 싶었을 뿐이다. 이제는 아무렇지도 않은 예쁜 플라스틱 가면이다. 누구나 가질 수 있는 만들어진 얼굴. 당장 내일 죽는다 해도 결국 가면을 쓴 채로 죽게 되리라. 천년이 지나도 썩지 않고 영원히 맨질맨질한 새 것일.

　결혼을 한다? 그 다음 아이를 낳고 결국 그렇게 나 자신에게 부끄러운 아버지가 되는 것인가. 고개가 절로 저어졌다. 그저 직업일 뿐이라고 눈 딱 감고 늘 그래왔듯이 사람들 신경 쓰지 말고 일만 하면 된다고 언제나 되뇌면서 살아왔지만, 이제 나도 순진한 어린아이처럼 막연히 살 수는 없게 된 것이다.

　마흔이라는 숫자는 나에게 또 다른 문제를 제시했다. 가정을 이루고 지키기 위해서는 더 지속가능하고 더 안정적인 직업이 절실했다.

하지만 나는 반드시 풀어야 하지만 영원히 풀지 못할 외계어로 적힌 수학문제를 덜컥 받아든 것처럼 어디서부터 어떻게 해야 할 줄을 몰라서 쩔쩔매고 있었다.

내가 회사를 그만 둔 그날, 그녀가 아침에는 꼭 집에서 먹고 출근하는 야채 샌드위치도 먹지 않고 휙 나가버린 뒤로도 우린 여전히 주말마다 영화나 공연을 봤고, 맛좋은 레스토랑에서 밥을 먹었고, 집에 돌아와 격정어린 섹스를 했고, 베란다의 작은 테이블에서 익숙한 야경을 보며 같이 와인을 마셨고, 월요일에 그녀는 다시 출근했다. 그리고 우리는 예전과 달리 대화를 하기 시작했다. 하지만 우리는 언젠가부터 어느 날 어느 시에 말이 전혀 통하지 않게 되어버린 바빌론의 시민들처럼 서로의 말을 알아듣지 못했다. 그녀의 눈은 점점 사랑스러운 눈이 아닌 평가하고 비교하는 날카로운 눈이 되어갔다. 그녀에게 내 생각을 이야기할 때마다 그녀는 늘 심하게 짜증을 냈다. 무언가가 그녀를 절대 풀리지 않는 쇠사슬로 꽁꽁 묶어 놓은 듯 그녀는 너무 답답해 했고, 다시는 오지 않을 막차에 늦지 않으려는 것처럼 모든 게 너무 급했다.

나는 너무 가슴이 아팠다. 그녀가 어디서부터인지 모르게 또다시 무너지고 있었기 때문이다. 그녀는 마치 머리 없는 수탉처럼 어디로 갈지 몰라 허둥지둥 댔다. 무엇이 그녀를 다그치며 벼랑으로 등을 떠밀듯이 내몰고 있었을까. 결혼이었을까. 나이였을까. 아니면 혹시 돈이었을까.

우리의 마지막 대화가 언제였을까. 우리는 그날 소파에 앉아서 무슨 영화 얘기를 하던 중이었는데 그녀가 별안간 3년 동안 한번도 내지 않던 화를 버럭 냈다. 그것은 정말 오랜 시간 쌓여온 분노 같은 것이었다. 회칼보다 날카로운 증오가 가득 담긴 신경질이 내 귀를 파고 들어와 고막을 짓이기는 것만 같았다. 나는 너무 어처구니가 없어서 눈물이 핑 돌았다. 그녀가 내게 그렇게 화를 내다니…. 그녀는 그날 체념한 듯 확- 하고 나가버리고는 새벽에 술이 취해 들어왔다. 우리는 그 후 몇 주 동안 말도 하지 않았고 그녀가 어머니 집에서 자고 온다 며 집에 들어오지 않는 날이 점점 많아졌다.

　그게 한 달이 되고 두 달이 되었다. 석 달째부터인가 우리는 일상적 인 이야기를 하기 시작했다. 그녀는 그동안 내가 집에서 한 발짝도 나 가지 않는다는 것을 알고 있었다. 그녀는 밥은 챙겨 먹었는지 고양이 는 잘 있는지 집에만 오래 있으면 답답하지는 않는지를 건조하게 물 어왔고, 나는 그녀에게 일은 좀 어떤지 요새 점심은 뭘 먹는지를 물었 다. 마치 서로가 남극과 북극에 살고 있는 사람처럼 오고가는 대화가 무미건조하기만 했다. 표정 없는 얼굴 뒤편에서 그녀가 입술을 질끈 깨물고 있는 것이 느껴졌다. 나는 그녀와 예전처럼 사랑을 나누고 싶 었지만 늘 그녀가 짜증을, 화를, 신경질을 마치 아무짝에도 쓸모없는 하찮은 사람에게 하듯이 아무렇지도 않게 내는 게 너무 힘들었다. 이 젠 그녀가 겁이 났다. 그러다 보니 그녀에게 할 말은 일상의 안부를 묻는 것으로 정해져 버렸다. 언제부터 우리가 이렇게 되었을까. 사랑 이 언제나 어느 날 갑작스레 준비 없이 오듯이 이별도 언제나 어느 날 갑작스레 준비 없이 오는 것일까.

　그러던 어느 주말, 며칠 동안 연락도 없던 그녀가 자정이 지난 한밤 중에 집에 불쑥 들어왔다. 나는 여느 때처럼 소파에 누워서 재미도 없는 TV를 물끄러미 보고 있다가 현관에 서 있는 그녀를 보고 놀라 서 반갑게 포옹을 하려는데 그녀가 화장이 지워진다며 날 살짝 밀쳐 냈다. 그녀에게서 진한 향수 냄새가 났다. 그녀는 이미 내가 모르는 다른 사람이 된 것만 같았다.

"오빠. 잠깐 얘기 좀 해."

그녀가 작심을 한 듯 입을 열었다.

우리는 라면국물이 덕지덕지 눌어붙어 있는 지저분한 식탁에 마주 앉았다. 그녀는 내가 사준 검은색 정장을 그대로 입고 있었지만 내가 한번도 보지 못한 진한 표범무늬가 그려진 블라우스를 입고 있었다.

그녀의 차가운 입술이 한참동안 달싹였다.

"오빠가 찾겠다는 그거 말야. 자아인지 뭔지 말야. 그게 뭔지는 모르겠지만 정말 감당할 수 있겠어? 그 뭔지도 모르겠는 것 때문에 자기가 가진 소중한 것들을 모두 잃게 된다 해도?"

그녀는 한쪽 입술을 질끈 깨물었다.

"거봐. 오빠는 지금 신기루를 보고 있어. 실체가 없는 환상에 빠져 있다고. 세상은 그런 것들로 이루어지지 않아. 우리가 사는 세상은 우리가 매순간 내딛는 땅과 같은 거야. 오빠가 만지는 내 몸 같은 거란 말야. 만질 수도 없고 냄새도 없는 것들이 오빠 바로 앞에서 살아 숨 쉬고 있고 당장이라도 만질 수 있는 나보다 더 중요하단 말야? 사람은 공기만으로는 살 수 없고 생각만으로는 살 수 없어. 제발 정신 좀 차려… 부탁이야."

그녀의 말소리는 점점 커지고 있었다. 그녀는 정말 간절해보였다.

그녀의 말은 늘 맞겠지.

"……."

나는 무슨 말을 할지 몰랐다. 갑작스레 지금 입고 있는 늘어진 티셔츠와 구겨진 트렁크 팬티가 부끄러웠다.

"오빠, 나도 이제 서른다섯이야. 오빠는 마흔이고. 우리 얼른 결혼도 해서 아이도 낳고 더 크고 좋은 집으로 이사도 가고 남들처럼 보란 듯이 행복하게 살아야지. 언제 그럴 건데? 그게 언제 오는데? 내가 마흔이 다 되도록 기다려야 돼? 우리만의 집에서 자기는 좋은 아빠이자 좋은 남편으로 토끼 같은 자식과 함께 사랑하는 가족이 알콩달콩 지지고 볶고 살자고, 언제나 오빠가 그렇게 말해왔잖아. 오빠가 그걸 원했잖아. 그게 오빠 아니었냐고!"

그녀가 소리를 빽- 질렀다.

나는 어느새 그녀의 도톰하고 예쁜 입에서 자기가 아닌 오빠로 불리고 있었다.

나는 직감했다. 그녀가 한참을 불안에 몸서리치게 떨며 지내왔다는 것을. 그녀는 지금 안전을 절실하게 원하고 있다. 평생을 안전팔이의 달인으로 살아왔건만, 이제 나는 그녀에게 더 이상 줄 수 있는 안전이 없다. 나는 그녀의 나이듦을 왜 이토록 불행하게 만들었을까. 절로 고개가 숙여졌다. 좋은 아빠가 되는 거라… 언제나 꿈꿔오던 것이다. 하지만 이제 와서 그 일을 다시 할 수는 없다.

"자기야, 그냥 내가 나 자신을 찾을 때까지 날 믿고 조금만 기다려 줘. 여태 잘 지내왔잖아."

나는 오랜 동안 속으로 되뇌었던 말을 어렵게 꺼냈다.

"난 그럴 여유가 없어."

그녀가 기다렸다는 듯이 재빨리 말했다.

"그러면 자기야, 그냥 내가 어느 날 가벼운 병에 걸렸다고 생각해 주면 안 될까? 금방 다시 나을 거라고 말야. 나는 자기가 그러면 당연히 기다려 줄 거야. 그리고 자기 때문이라도 장기적으로 보면 이제 정말 내가 잘할 수 있는 일을 찾아야만 하는 거야. 그러면 정말 행복하게 잘 살 수 있을 거야. 자기도 우리 아이도"

나는 진심으로 괜찮을 거라고, 그녀를 안심시키려고 노력했다.

"제발 나 때문이라고 하지 마! 너 때문이잖아! 그래서 몇 달 동안 폐인처럼 집에만 있으면서 뭘 했는데? 또 뭘 하겠다는 건데? 앞으로 뭘 할지 계획이나 세워봤어? 오빠가 사는 세상이랑 내가 사는 세상이 다른 세상이야? 우리 결혼하기로 했잖아. 뜬구름 같은 그런 걸 언제 찾고 또 언제 돈 모아서 또 언제 결혼해. 내 아이에게 실업자 아빠라니. 차라리 아빠가 없는 게 낫겠어."

그녀는 답답한 듯이 마치 도저히 이해할 수 없는 멍텅구리를 보고 있다는 듯 날 경멸하는 표정으로 쳐다보면서 말했다.

심장이 점점 조여 왔다. 그놈의 결혼. 혼기가 꽉 찬 여자에게 결혼이 중요하겠지만 그래도 이건 너무 심하다.

그녀는 작심한 듯 말을 이었다.

"너 말야, 이렇게 책임감 없는 남자였니? 미래를 송두리째 쓰레기통에 버리고 네까짓 게 뭘 하겠다는 거야? 세상이 그렇게 만만한줄 알아? 결혼이고 뭐고 다 그만둬! 헤어져 버려! 이제 그만 끝내자고!"

그녀의 얼굴이 이지러졌다.

그녀는 진심이었을까. 아니면 자기가 할 수 있는 최고의 강수를 둔 것일까. 나는 피가 거꾸로 솟았다.

"뭐라고? 책임감이 없다고? 아니 내가 자기한테 뭘 해달라고 한 것도 아니잖아. 그리고 그동안 그렇게 열심히 일한 내 생각은 전혀 안 하는 거야? 나는 뭐 아이 생각 안하고 자기 생각 안 하는 줄 알아? 이제야 내가 정말 하고 싶은 걸 찾고 싶단 말이야. 왜 자기는 왜 자기 하고 싶은 대로만 하려고 해?"

엉겁결에 바보처럼 눈에서 눈물이 죽- 흘렀다.

"지금 우는 거야? 뭐라고? 그럼 책임감이 있어? 우리 결혼 약속은 어떻게 그렇게 까맣게 잊으셨나요? 그렇게 쉽게 잊을 약속을 약속이라고 한 거야? 그건 결혼이라고. 결혼이 장난인줄 알아? 정말 단 한번도 내가 믿어 의심치 않아서, 말 그대로 의심조차 하지 않았는데 무슨 말을 하고 있는 거야? 도대체 내가 뭘 하고 싶은대로 한다는 거야?"

그녀의 말은 언제나 맞다.

잠시 무서운 시간이 흘렀다. 고개를 들어보니 창밖은 벌써 한여름을 지내고 있었다. 우리가 만난 지도 벌써 3년이 넘어도 한참을 넘어가고 있었다.

그녀가 창밖으로 고개를 돌렸다.

"나 남자 생겼어. 돈도 많고 집안도 좋아. 친구 소개로 만난 지 몇 달 됐어. 우리 이제 결혼할 거야."

그녀가 차분히 말했다.

그녀의 작은 입에서 깊은 한숨이 흘러내렸다. 그녀는 아직 살아서 뛰고 있는 내 심장을 날카로운 조각칼로 도려내고 있었다.

설마… 거짓말이겠지… 아닐 거야… 아닐 거야….

"뭐라고? 니가 어떻게 나한테 그럴 수 있어? 다른 사람은 몰라도 넌 나한테 그러면 안 되지… 어떻게… 나한테…."

내 목소리는 뜻밖의 충격으로 잦아들고 있었다.

배신감과 좌절감, 자괴감과 열등감이 교차하면서 한꺼번에 밀려와 얼굴이 불에 데인 듯 화끈거렸다.

"너, 그 남자… 사랑하니? 너는 나를 사랑하잖아…."

그런데 그 말이 튀어나왔다. 사랑하는 사람에게 할 수 있는 세상에서 가장 굴욕적인 말이.

"사랑? 그놈의 사랑타령 지긋지긋하지도 않니? 니가 말하는 사랑이라는 데 도대체 뭔데? 사랑이 밥 먹여줘? 그딴 거 다 필요 없어. 그딴 건 철없는 어린애들이나 하는 거라고. 사랑만으로 행복할 수 있어? 난 너처럼 그렇게 뜬구름 잡으면서 복잡하게 살고 싶지 않아. 난 그냥 남들처럼 결혼해서 아이 낳고 평범하게 살고 싶어."

그녀의 눈에 눈물이 고였다.

그게 사랑일까. 이제는 사랑이 필요 없다는 내 사랑.

"사랑하지도 않는 사람과 결혼해서 아이 낳고 사는 게 행복할 거 같아? 그게 무슨 말이야. 자기는 날 사랑하잖아. 나랑 있는 게 행복하잖아. 그걸 내가 아는데… 자기도 알잖아… 그건 제발 아니라고 하지 마. 자신을 속이지 말라고. 자기가 아까 공기만으로는 살 수 없다고 했지? 하지만 공기가 없으면 단 몇 분도 살 수 없잖아. 사랑도 그런 거라고. 공기처럼 없으면 단 몇 분도 살 수 없는 거라고! 모르겠어?"

나는 애원하고 있었다. 어떤 말이, 어떤 단어가 그녀를 다시 돌이킬 수 있을까. 아무짝에도 쓸데없고 의미 없는 말들과 단어들을 쏟아내는 아주 잠깐의 시간만이라도 그녀를 내 곁에 잡아둘 수 있다면 세상에서 가장 끔찍한 궤변이라도 기꺼이 늘어놓으리.

"난 니가 말끝마다 쓰는 그 비유법 자체가 지긋지긋해. 알아? 그리고 또, 또 사랑 타령이니? 사랑? 우리 행복? 이젠 언제 그랬는지 기억도 안나. 모르겠어! 모르겠다고! 하지만 내가 널 사랑하지 않는 다는 건 분명히 알아! 나.는.이.제.널.사.랑.하.지.않.아. 됐니? 됐어?"

그녀는 채근하듯 내게 사형선고를 내렸다.

잠깐. 언제는 우리의 사랑이 그녀에게 진정으로 순수한 목적이었던 적이 있기나 했을까. 나는 그녀의 신체 구석구석이 어떻게 생겨 먹었는지부터 그녀의 알몸에서 나는 올리브유 향과 땀 냄새가 섞인 특유의 체취조차 또렷하게 기억하고 있지만, 정작 그 인형같이 예쁜 육체 안에 내가 죽었다가 깨어나도 알 수 없는 누군가가 계속 살고 있었던 것을 나만 감쪽같이 몰랐던 것은 아닐까. 초라하고 볼품 없는 나의 존재를, 여태 그렇게나 안심했고 앞으로도 영원하리라 믿고 또 믿었던 그녀가 처음부터 그렇게 계속 비웃고만 있었던 것은 아닐까. 나는 결국 철저하게 배신당하고 있었던 것인가. 아, 계속 악몽 같은 일이….

나는 고개를 저었다. 가슴이 저릿저릿하다. 이제 그녀와 나 사이에는 이제 아무것도 남아 있지 않은 것일까.

"그러니까 그냥 헤어지자. 그만 헤어져. 나는 너 같은 거 더 이상 사랑하지 않는다고! 너한텐 이제 미래가 없어. 알아? 어떤 미친 회사가 너 같이 그 흔한 대학 졸업장도 없고 나이까지 많은 퇴물을 받아줄까? 너 같이 나이 많은 구직자들이 지금 얼마나 많은 줄 알아? 넌 뉴스도 안보니? 몇 천, 아니 몇 만 명이야. 그 틈바구니 속에서 니가 살아남을 수 있다고? 내가 볼 땐 택도 없거든? 결국 넌 평생 실업자일 거야. 지금처럼 아무것도 하지 못하고 폐인처럼 아무 짝에도 쓸모없이 살다가 늙어 죽을 거라고. 암! 내가 좋게좋게 말할 때 들었어야지!"

갑자기 그녀의 얼굴에서 표독스러운 교생선생님의 싸늘한 얼굴이 겹쳐보였다.

그녀의 말이 휘발유가 되어 미세하게 달아오른 내 얼굴에 흠뻑 뿌려졌다. 내 얼굴은 뜨거운 불길에 휩싸였다. 나는 이제껏 한번도 느껴보지 못했고 차마 느껴볼 수도 없는 도저히 참을 수 없는 고통에 몸부림치기 시작했다.

"뭐라고? 씨발 지금 나한테 뭐라고 했어? 어?"

나는 나도 모르게 입에서 욕이 나오면서 소리를 확- 질러버렸다. 나는 벌떡 일어나 내 집에서, 내 눈앞에서 어른거리는 교생선생님을 금방이라도 때릴 듯이 손이 번쩍 올라갔다.

"뭐라고? 씨발? 지금 나한테 씨발이라고 했니? 왜 때리게? 때려봐! 때려보라고!"

그녀의 투명하고 흰 이마에서 파란 힘줄이 툭- 불거졌다.

이제 더 이상 그녀에게서 비누냄새가 나지 않았다. 소리를 지르는 그녀의 입에서 역겨운 구취가 진하게 풍겼다. 그랬다. 이제 다 부질없게만 느껴졌다. 그렇게 생각하자 느닷없이 머릿속이 차분해졌다.

"그래. 헤어지고 싶으면 헤어져. 이쯤에서 그만두자. 돈은 어쩔래? 헤어지고 싶으면 내가 꿔준 오천, 내놓고 헤어지든가."

나는 그녀의 턱밑에 손바닥을 불쑥 내밀었다.

2년 전쯤. 우리가 약지를 걸고 결혼을 약속한 다음날 그녀의 어머니가 반찬가게를 차리는데 돈이 부족하다는 말에 흔쾌히 차용증도 안 쓰고 현금으로 바로 이체해주고는 까맣게 잊고 있었던 그 돈이 불현듯 생각났다. 그녀가 어릴 때 이혼을 당한 어머니와 그녀, 이렇게 두 모녀가 생활하는 그녀의 집은 외동딸의 적은 월급이 수입의 전부였다. 음식 솜씨만은 알아주는 홀어머니의 반찬가게를 차려주는 것이 그녀의 소원이라고 했다. 나는 그녀를 기쁘게 해주고만 싶었기에 고민조차 하지 않았던 돈이었다. 그 후로 그녀의 물건들을 하나둘 명품으로 바꿔주는 것도 나는 하나도 아깝지 않았다. 오히려 내가 그녀에게 기쁨을 줄 수 있다는 것이 보람되었기 때문이다.

결국 그녀에게 나는 단지 그녀 자신을 행복하게 만들어주는 도구에 지나지 않았던 걸까. 나는 그녀에게 있어서 기분에 따라 교체할 수 있는 수많은 장신구들 중 하나였을까.

내가 이룩한 순수한 목적의 왕국에서 철저히 수단으로 취급받아온 나. 나는 그렇다면, 나는 그렇다면 철저히 그녀에게 이용당한 것일까. 아니겠지. 아닐 거야.

우리에게 마지막 남은 연결고리. 우리에겐 오천만 원이라는 동아줄이 있었다. 제발 이렇게라도 그녀를 잡을 수만 있다면. 그 돈으로 이 끔찍한 오늘 하루만 간신히라도 넘길 수 있다면. 그래서 며칠이 지난 후에라도 다시 그녀를 내 여자로 만들 수만 있다면 나는 다 용서하리

라. 아무 일도 없던 것처럼, 그냥 오늘은 끔찍한 악몽을 꾼 것이라고 그렇게 남자답게 치부해 버리리라.

"뭐라고? 오천? 내가 언제 꿨는데? 증거 있어? 있으면 내 놓던가! 시팔!"

그녀가 소리를 질렀다.

역시 그녀는 욕이 참 서툴다. 그녀가 있는 힘껏 소리를 지르자 그녀의 큰 눈알이 희번덕거리면서 튀어나올 것만 같았다. 작은 머리가 가느다란 목에 간신히 붙어 있는 것만 같았다. 내 순진한 예상은 가차 없이 빗나갔다. 우리 사이는 마치 깔끔하게 증발해 버린 물처럼 단 한 방울의 물방울도, 그 무엇도 남아있지 않았던 것이다. 마지막으로 내민 내 손바닥에 예쁘게 침을 뱉어버린 그녀. 그녀가 이렇게 나올 줄이야…. 그녀는 점점 다른 여자도 다른 남자도 아닌, 알 수 없는 무엇이 되어갔다. 내 것이 아닌 심장이 계속 미친 듯이 뛰었다. 나는 이제 그녀를 지킬 수 없다. 그러니 이제부터 그녀가 어떻게 되더라도 나는 상관없다. 이제는 그녀가 돈으로 밖에 보이지 않는다.

"정말 안 꿨어? 정말이야? 니네 엄마랑 삼자대면할까? 은행기록 다 있거든?"

내 차가운 목소리가 금방이라도 고드름처럼 공중에서 얼어붙을 것 같았다.

내 오천만 원. 지금까지 그 누구에게도 만 원짜리 한 장 꿔준 적이 없는데! 내 돈! 내 돈! 내 피 같은 돈! 내 살 같은 돈! 기꺼이 내 영혼을 저당 잡히고 내 인생과도 시원하게 바꾼 그 돈! 내 몸을, 내 자존심을 창녀처럼 팔아 번 돈! 이 끔찍한 여자의 거지같은 엄마가 쓸데기 없는 반찬가게를 차리기 위해 가져가 버린 돈! 그 돈은 내 계좌에 선명히 새겨져 있어야 했던 돈이다! 그 돈은 우리를 구원해줄 동아줄이 아니었다. 차가운 족쇄였다. 나는 치열한 법정공방 중에 뜻밖의 증거로 주도권을 다시 쟁취한 검사처럼 의기양양해졌다.

나는 내 돈을 다시 돌려받아야 한다.

별안간 주위가 조용해졌다. 양손에 가려진 그녀의 얼굴에서 눈물이 동시에 뚝-뚝-뚝- 쉴 새 없이 떨어졌다. 떨어진 눈물이 중력을 무시하고 총알처럼 순식간에 날아와 내 말랑말랑한 심장에 푹-푹-푹- 쉴 새 없이 박혔다. 끊임 없이 흐르는 그녀의 눈물은 내 심장을 날카로운 드릴처럼 파고들고 있었다. 다시 심장이 쥐어짜듯이 아파왔다. 나는 가슴팍을 있는 힘껏 꽉 쥐었다. 숨을 쉴 수가 없었다.

그녀는 팔짱을 낀 채 혼잣말로 무언가를 뇌까리면서 거실을 왔다 갔다 하기 시작했다. 그러더니 입을 앙다물고는 갑자기 나를 향해 눈을 동그랗게 떴다.

"이 병신 새끼야! 뭐? 돈을 달라고? 3년 동안 너한테 대준 건 뭔데? 3년 동안이나 고분고분하게 대줬잖아! 그러고도 니가 사람 새끼냐? 병신 새끼지!"

그녀가 짐승처럼 울부짖었다.

오! 신이시여! 내가 내 목숨보다 사랑했고 신의 창작집 속에서 가장 아름답고 사랑스러운 오직 내 하나뿐인 여자의 입에서 나온 그 말이 제발 그 뜻만은 아니라고 해주세요! 내가 잘못했어요! 미안합니다! 죄송합니다! 제발 용서해주세요! 예수님! 부처님! 날 구원하소서! 제발 저를 이 절망의 구렁텅이에서 구해주세요! 열심히 교회를 다닐게요! 절을 다닐게요! 그 저주받은 말이 제발 그녀의 입에서 나온 말이 아니라고 해주세요!

그녀의 악마 같은 소리가 귓가에 메아리처럼 쉴 새 없이 맴돌았다. 나는 아무런 죄도 짓지 않았는데 그녀의 입을 떠난 말 마디마디 음정

하나하나가 예수를 단죄하던 둔탁한 못처럼 날아와 십자가에 내 손을, 내 손목을, 내 팔을 차례대로 아주 천천히 잔혹하고 고통스럽게 박아버리고 내 발을, 내 발목을, 내 다리를 차례대로 아주 천천히 잔혹하고 고통스럽고 정성스럽게 박아버렸다. 분명히 누군가의 묵은 죄의 대가를 내가 대신 받고 있는 것이 분명하다. 도대체 나는 누구를 구원하려고 이토록 잔혹하게 십자가에 못이 박히고 있는 것인가.

나는 내 귀를 의심하면서 양쪽 귀를 쥐어뜯었다. 나는 공포에 휩싸여 뒷걸음질 쳤다. 손에 칼이 쥐어져 있었다면 나는 이 아무짝에도 필요 없는 내 양쪽 귀를 한번에 잘라버렸으리라. 나는 주위를 멍하니 두리번거리다가 다리가 풀려서 거실 바닥에 저절로 무릎이 꿇려졌다. 바닥을 양 손으로 짚으며 주저앉았다. 거실 바닥이 끝도 없이 내려앉고 있었다. 끝없는 검은 절망이 밀려왔다.

얼마나 시간이 흘렀을까. 갑자기 심장을 쥐어짜던 고통이 일순간 사라져버리면서 마지막 남은 인간의 숨결이 마치 구멍 난 풍선처럼 쉭- 하고 빠져나갔다.

"이 씨팔 년아! 병신 같은 년아!"

나는 벌건 얼굴이 일그러져 꽥- 하고 소리를 질렀다.

"이 병신 같은 년아! 내가 뻘로 보이지? 내가 개 좆으로 보이지? 내 말을 개 똥으로 들어? 나가서 뒈져버려! 쳐 죽어버려! 씨팔! 다 필요 없어! 다 필요 없다고!"

나는 계속해서 끝도 없이 소리를 질러댔다.

수 천 년 동안 잠들어 있던, 차마 설명할 수 없을 정도로 끔찍하고 못생기고 광기로 불탄 나머지 그 형체조차도 썩어서 문드러진 악취 나는 괴물이 내 안 깊숙한 곳에서부터 내 갈비뼈를 뚝-뚝- 부러뜨리고 흉측한 발톱을 사용해 내 살을, 내 피부를 잔혹하게 양쪽으로 짓이기고 찢으면서 기어이 그 작은 틈에 머리를 들이밀고 거대한 몸을 드러냈다. 과연 그 말이 내 입에서 나온 말일까. '아닐 거야. 아닐 거야.'라고 하면서도 그 괴물은 계속 똑같은 말로 울부짖고 있었다.

정신을 차렸을 땐 내가 그녀의 어깨를 내가 낼 수 있는 힘을 다해 세차게 흔들고 있었다. 아니 세찬 줄도 몰랐고 내가 흔들고 있는 것이 사람의 어깨인 줄도 몰랐다. 눈물이 멈추지 않고 철-철-철- 쓰라리게 흘러내려 아무것도 보이지 않았다. 나는 "아니라고 해줘, 제발!"이라는 말만 한없이 되풀이 하고 있었다. 내 오른손에서 그녀의 눈물을 흘리고 있는 뜨거운 뺨이, 그녀의 찰랑거리는 검은 생머리가, 그녀의 작은 머리가 쎄하게 느껴졌다. 그러다가 마지막으로 본 것이 그녀의 몸이었던 것 같다. 저쪽 벽에서 울린 퉁- 하고 짧게 울리는 둔탁한 소리가 내 의식을 잠시나마 돌아오게 했다.

바닥에는 평생 한번도 본 적이 없고 천천히 다시 봐도 전혀 모르는 사람이라고 단언할 수 있는 작은 체구의 늙고 추한 노파가 양손으로 검은 머리를 감싼 채 마치 경련을 일으키듯이 온 몸을, 온 팔을, 온 손가락들을 부들부들 떨며 눈물인지 침인지 구별할 수 없는 액체로 주름살 가득한 얼굴이 범벅이 된 채 끊임없이 울부짖으며 절규하고 있었다. 노파의 표범무늬 블라우스에서는 검고 둥근 표범무늬 하나하나에서 수많은 벌레들이 바글바글 기어 나와 블라우스를 파먹고 있었다.

한참을 지나 무서운 정적이 흘렀다. 추한 노파의 갈라지고 쪼그라들어 핏기 없는 파리한 입에서 더듬거리는 말이 어렴풋이 들려왔다.

"자기야…? …이제… 됐… 잖아… 응…? 이제… 날… 제-에발좀… 놔줘라… 응?"

불안정하고 위태위태했던 세계는 이제껏 한번도 존재했던 적이 없었다는 것처럼 끝없는 나락으로 사그라들어버렸다. 무릎을 꿇은 채 엎드려 거실바닥에 얼굴을 비비고 있는 나를 신은 연옥으로 철저히 내던져 버렸다. 나는 더 이상 쓰라리게 흘릴 눈물도 남아있지 않았다. 내 얼굴은 치욕으로 쪼그라들고 있었다. 눈알이 금방이라도 쪼그라들어 터질듯이 아파왔다. 급한 딸꾹질이 났지만 정작 목구멍에서는 꺽-꺽-하는 소리밖에 나지 않았다.

하지만 어느새 신경다발을 타고 한꺼번에 밀려온 짜릿한 쾌감에 나도 모르게 온 몸이 전율하기 시작했다. 갑자기 입가에 썩은 미소가 지어졌다. 가슴을 영원처럼 무겁게 짓누르고 있던 무언가로부터 드디어 벗어나는 느낌, 부끄럽지만 이상하게 싫지가 않다.

'아! 이 광기어린 구원이여!'

나는 진정한 해방감을 맛보았다.

나는 도저히 웃지 않을 수가 없었다. 나는 남아있는 모든 힘을 짜내 껄-껄-껄- 하고 호탕하게 웃었으나 귓가에는 끽익-끽익- 말라버린 지하수를 억지로 끌어올리려는 녹슨 단동펌프의 날카로운 쇳소리 같은 기괴한 소리밖에 들리지 않았다.

나는 의식을 점점 잃어가고 있었다. 다시 아무것도 들리지 않았다. 그리고 누군가 내 옆을 다리를 질질 끌며 천천히 지나가는 소리가 들렸다. 멀리서 현관문이 쾅- 하고 닫히는 희미한 소리가 들렸다.

나는 그대로 정신을 잃었다.

미움이

한여름이 자신의 존재를 애써 증명이라도 하려는 듯, 이른 아침부터 스멀스멀 피어오르기 시작한 무더운 햇빛이 거실 바닥에 널브러져 누워있는 내 얼굴에 그대로 내리쬐고 있었다. 불쾌하게 뜨끈한 햇빛이다. 얼마나 시간이 흘렀을까. 몇 시간을 이렇게 누워있었던 것일까. 온 몸이 다 뻐근하고 끈적인다. 눈을 떠 천장을 바라보는데 퉁퉁 부은 눈에서 하염없이 마른 눈물이 났다. 눈 밑이 경련을 하듯 파르르 떨려왔다.

내가 무슨 짓을 한 것일까. 부끄러운 후회가 밀려와 나를 또다시 깊은 절망의 구렁텅이 어딘가에 데려다 놓았다.

누운 채 고개를 돌려 주위를 돌아보았다. 넘어진 식탁. 내던져진 의자. 바닥에 깨져버린 화분들과 화분들에서 쏟아진 검붉은 흙으로 흥건한 거실 바닥이 어제의 끔찍하고 부끄러운 일들이 절대 꿈이 아님을 날 것 그대로의 모습으로 생생히 증명해주고 있었다. 나는 다시 눈을 질끈 감았다.

낯선 정적만 흐르는 늦은 오전시간. 모두들 오래전에 일터로 떠나버려 일찌감치 비어버린 이 동네. 사람들의 북적이는 소리라도 들렸으면…. 어디 시장이라도 가서 구경이나 하면서 하루종일 돌아다닐까. 그냥 이대로 다시는 깨지 않을 깊은 잠이라도 푹 잤으면. 다시 병원에 가서 수면제 처방을 받을까. 고단한 머리가 지끈거렸다. 초점 없는 텅 빈 눈으로 다시 전장을 바라보았다.

내 안에서 툭- 튀어나온 그 악취 나는 괴물은 어디서 온 것일까. 입에 담을 수 없는 폭언들을 거침없이 내뱉고 그녀에게 폭력을 휘두른 미치광이는.

섬뜩한 느낌이 밀려와 소름이 끼쳤다. 분명히 기억이 난다. 그 끔찍한 순간에 나는 분명 웃고 있었다. 온 몸을 감싸던 낯익은 쾌감. 그 생생한 자극이 아직까지 남아있는 것만 같다. 분명 그건 내가 아니었다. 하지만 거품처럼 부풀어 오른 광기는 잊고 있던 나 자신의 본래 모습인 것처럼 익숙하기만 했다. 왜일까.

괴로워서 견딜 수가 없다. 그냥 술을 마시자. 나는 냉장고 한구석에 처박혀 있던 김빠진 소주를 맥주잔에 가득 따라서 한번에 벌컥벌컥 마셨다. 빈속이라 금방 취기가 올랐다. 거실바닥에 다시 누웠다. 무거운 마음도 나른해진 몸과 같이 바닥에 천천히 가라앉았다. 날 편하게 만들어 주는 술. 술이 좋다. 거나하게 취하면 괴롭고 복잡한 시간들이 비현실적으로 주욱- 주욱- 편하게 늘어진다. 꿈도 꾸지 않는 잠을 시체처럼 잘 수 있다.

부스스 일어나면 벌써 어둑어둑하다. 중국집과 횟집에서 번갈아가며 안주를 시키고 소주를 맥주잔에 가득 따라 몇 잔 기울이면 또 다시 술기운에 그대로 곯아떨어진다. 그 상태 그대로 계속 술이나 퍼마시리라. 며칠, 아니 몇 주가 지나가는지 알게 뭐람. 청결강박증 환자의 집은 점점 주인에게 헌신짝처럼 내팽개쳐진 지저분한 폐가처럼 변해갔다.

어지럽고 지저분한 집안은 혼자 사는 독거 고양이에게 신나는 놀이터를 제공했다. 고양이는 언제나처럼 보이지 않는 친구와 숨바꼭질을 하는 것처럼 혼자서 집안을 이리저리 신나게 뛰어다녔다. 전등 빛 밑에는 먼지인지 고양이 털인지 모를 것들이 반짝이며 일부러 그러는 듯이 느릿느릿 날아다녔다. 아무러면 어떤가. 그러거나 말거나. 것도 나름 괜찮다.

이 집과 이 집을 가득 채운 수많은 물건들이 낯설기만 하다. 아무것도 건드리고 싶지 않다. 오늘이 무슨 요일인지도 분간이 가지 않았다. 밤이 낮이 되고 낮이 밤이 되었다. 술기운에 머리만 지끈지끈거렸다.

피폐해진 마음의 충성스런 노예. 내 마음은 마치 미쳐 날뛰는 망아지처럼 무기력한 주인의 통제력을 벗어났고, 의식은 마치 지진의 순간에 정지해버린 벽시계처럼 철저히 그날에 멈춰 있었다. 잊으려고 하면 할수록 그날이 날 끌어당기는 힘이 강해져 하루에도 몇십 번씩 그날을 끊임없이 살고 또 살았다. 마조히즘에 빠진 것처럼 일부러 그날의 고통을 남김없이 천천히 곱씹으며 힘든 기억이 미련하게 반복되었다. 가슴이 뛰고 손이 저려왔다. 그럴수록 내 마음은 스스로의 너덜너덜한 마음을 더욱 더 갈기갈기 찢어발기고 마지막 남은 한 조각까지 찾아내 철저하게 짓이겼다. 내 마음은 더 이상 흘릴 피 한 방울도, 지를 한마디 소리도 없이 빠르게 생명력을 잃어갔다.

버릇처럼 흘리던 눈물이 그치면 언제나 저절로 눈 밑이 파르르 떨렸다. 눈물이 서서히 말라갈 무렵, 몸까지 지쳐버리니 이제는 더 이상 버틸 수가 없었다. 그저 모든 걸 다 내려놓고만 싶었다. 숨을 쉬는 것조차 사치처럼 느껴졌다. 드디어 때가 온 것일까. 존재하는 모든 것들에게 마지막 안부를. 반드시 한번에 성공하리라. 단 몇 분만 참으면, 아니 지루하게 질질 끄는 시리즈물의 완결판을 위한 마지막 고통이라면, 그쯤은 상상이상의 어떤 것이라도 기꺼이 받아들이리라.

미움이

우리는 모두 죽는다. 사람은 물론이고 고양이, 심지어 이 땅(지구)까지도. 시간은 앞으로만 나아간다. 처음부터 브레이크가 고장 나 있는 이 초고속열차가 진정 무섭지 않은가. 지구는 태양과 운명을 함께한다지. 천재 과학자들의 계산결과 위대한 태양조차 인간처럼 수명이 있어 중년의 나이를 살아가고 있으며 태양에너지 또한 무한한 것이 아니라고 한다. 태양의 남은 시간은 55억년. 앞으로 55억년동안 가지고 있는 핵에너지를 말끔히 태워내고 나면 태양은 더 이상 빛을 내지 못한다. 태양이 죽으면 지구도 죽고 나도 죽고 너도 죽고 다 죽고 만다. 아니 그보다 훨씬 전에 과대망상에 빠진 독재자의 뇌세포 이상 작동으로 인해, 아니면 수전증으로 잘못 눌러진 버튼 때문에 반드시 핵전쟁이 일어나 지구는 잿더미가 되고 말겠지.

55억년은 긴 시간일까. 전 우주적 관점에서 볼 때 55억년이라는 영겁永劫의 시간은 단지 찰나刹那에 불과할 뿐이다. 어차피 존재하는 모든 것들은 결국 필멸자로서 사멸死滅의 운명을 벗어날 수 없는 것이다. 태양계며 우리은하며 관측 가능한 우주며 관측이 불가능한 우주까지도 영원한 것은 아무것도 없다.

반드시 한번은 올 그때가 이 작은 미물에 불과한 생명체에게 조금 빨리 온다고 하더라도, 그게 나 스스로 선택한 것이라 해도 나쁠 게 뭐란 말인가. 찐득하고 냄새 쩌는 시체를 끄집어내서 니들 맘대로 종교재판에 세워보시던지. 몸뚱어리야 태초에 흩어져 있던 우주 먼지들이 우연한 기회로 합쳐진 것일 뿐이니 이제 다시 흩어지는 것도 그뿐이다. 깔끔하게. 원래부터 존재하지 않았고 아무 일도 없었던 것처럼.

누군가 말했다지. 너의 마지막 순간엔 오로지 이제껏 행한 너의 선한 행위가 너를 구원하리라고. 하지만 나는 이제껏 살아온 결코 짧지 않은 인생동안 실수로라도 했을지 모를 어떤 선한 행위도 전혀 기억

나는 것이 없으니 애당초 구원의 가능성은 없으리라. 마지막 순간에도 나는 결국 혼자일 것이다. 부정할 수 없는 냉정한 현실에 소스라치게 닭살이 돋았다. 솜털보다 가볍고 먼지보다 의미 없는 나의 죽음 그 자체보다 죽음의 순간 찾아올 처절한 외로움에서 느껴질 씁쓸한 공포가 뒤통수를 강하게 짓눌렀다.

최소한의 겸허함이나 의연함은 전혀 찾아볼 수 없이 동물적 본능의 절대공포 속에서 허우적대며 스스로가 기꺼이 불러들인 죽음의 신에게 오줌을 지리며 질질 끌려가는 못난 실패자. 여태 치기어린 맘에 막연하게 느꼈던 죽음의 공포가 실감나기 시작했다. 입도 없는 심장이 날카로운 비명을 지르는 것처럼 한참을 소리도 없이 벌렁벌렁 요동을 쳤다. 있지 않지만 늘 있을 것이며, 누구도 보지 못하나 모든 사람들이 올 것이라고 믿고 있는 내일을 나는 진심으로 더 이상 원하지 않았다.

편의점에 다녀오는데 이상하게 1층 건물입구 앞에서 발이 떨어지지 않았다. 나는 아무도 없는 꼭두새벽의 골목길에 술과 안주거리가 가득한 비닐봉지를 양 손에 든 채 우두커니 서서 한참동안 아무것도 하지 못했다. 어쩔 줄 모르는 사이 소주병들이 서로 부딪히는 작은 소리에 흠칫 놀라 발걸음이 주춤거렸다. 집에 다시 들어가는 게 덜컥 겁이나 휴대전화만 계속 만지작거렸다. 등에서 스멀스멀 소름이 올라왔다. 텅 빈 집안을 차지하고 있는 깊은 적막은 아무도 모르게 구석에 숨을 죽이고 있다가 집에 들어서는 나를 볼 때마다 '이 못난 실패자 같으니라고!'라며 몇 번이고 날카롭게 질책할 것만 같았다. 이제부턴 모든 전등을 두 번 다시 끄지 않고 모든 방문을 두 번 다시 닫지 않으리라. 다짐하고 또 다짐했다.

억지로 눈을 질끈 감고 들어와 여느 때와 같이 거짓말처럼 똑같이 반복되는 하루를 시작했다. 지긋지긋한 억지웃음을 뻔뻔하게 지껄이는 TV를 크게 틀어놓고 이제는 맛도 모르겠고, 이제는 쉽게 취기도 오르지 않는 물맛 나는 싱거운 소주를 홀짝이다가 쉴 새 없이 눈물을 죽-죽- 흘렸지만 나는 도저히 멈출 수가 없다.

멀리서 들려오는 응애응애 하는 아기 우는 소리가 들려 깜짝 놀라 잠이 깼다. 정신을 차리고 눈을 비비니 눈앞엔 고양이가 앉아 있었다. '아차차 어제 안방 문을 열어놓았구나.' 몇 시부터 잤는지, 얼마나 잤는지 기억이 나질 않는다. 허리가 뻐근하게 아플 정도면 한 열 시간은 넘게 잔 걸까. 고양이는 기모노를 입고 무릎을 꿇은 채 손님의 주문을 언제까지고 기다릴 것만 같은 일본여자처럼 침대 위에 다소곳하게 앉아서 커다란 눈만 동그랗게 뜨고서 빤히 내 표정을 살피고 있었다.

"미야옹- 미야오옹-"

적막 속에서 고양이 울음소리가 방안에 울려 퍼졌다. 등을 돌리고 누운 그녀의 마른 어깨뼈가 떠올랐다. 웅크린 고양이를 품에 꼭 안고 아기처럼 고양이를 어르던 그녀. 이젠 엄마를 잃은 아이와 아내를 잃은 남편뿐이란 말인가. 입가에 피식-하고 쓴웃음이 돌았다. 술이 아직 덜 깼는지 나도 모르게 또 스르륵 잠이 들었다. 끈기 없는 잠은 또 벼랑 끝에서 날 놓아주겠지. 어디가 아프기라도 했으면 좋으련만.

얼굴이 간지러워 깜짝하고 눈을 뻐끔 떠보니 또 고양이다. 어둠 속에서 무드등 빛에 반사된 고양이의 윤기 나는 하얗고 긴 수염들이 눈앞에서 반짝였다. 곤충의 더듬이처럼 앞으로 쭉 곧추 선 수염들은 한창 무언가를 진지하게 탐색하는 모습이었다. 마치 이 덩치 큰 짐승이 아직 살았는지 벌써 죽었는지 본능적으로 확인하려는 것만 같았다. 고양이는 갸르릉 갸르릉 대면서 뜨는 둥 마는 둥 게슴츠레한 눈을 하고선 내 얼굴에 자기 이마와 뺨을 연신 비벼댔다. 누운 채로 고양이를 익숙하게 침대 밖으로 휙 밀어냈는데 웬걸, 고양이가 침대 위로 폴짝 올라와서 막무가내로 종종거리며 걸어다녔다.

'어디서 이런 배짱을. 이 지저분한 짐승을 어쩐다…. 이젠 그녀도 없는데.'

한참을 내 몸 주위를 따라 빙글빙글 분주하게 걸어다니던 고양이가 제 등을 내 얼굴 쪽 베개모서리에 대면서 쿵하고 누웠다.

'어라? 이젠 배 째라는 거냐.'

나는 화들짝 놀라 고개를 뒤로 쭉 빼고서 잔뜩 찌푸린 얼굴로 고양이의 펑퍼짐한 몸뚱어리를 노려보았다. 예전 같으면 상상도 못할 일이었다. 버릇처럼 "저리가!"라고 소리치며 재빨리 일어나 얼른 돌돌이(박스 테이프 롤러)를 가져와야했지만 언제 집 청소를 했는지, 언제 양치를 했는지, 언제 샤워를 했는지조차 기억이 나질 않는데 무슨 소용이랴. 그저 귀찮고 몽롱하기만 하니. 그렇게 한참동안 누워서 멍하니 어둠 속의 고양이를 바라보았다. 고양이의 푸짐한 모습이 무던하게만 보였다.

고양이.

고양이는 나에게 보기 좋은 장식품 이상도 이하도 아니었다. 고양이를 키우게 된 것도 단지 그게 인기 있었기 때문이었다. 언제부턴가 미디어에는 개보다 고양이가 자주 등장했다. 귀여운 새끼 고양이를 사이에 두고 연예인들이 이야기를 만들어가는 리얼리티 프로그램은 제법 시청률이 높은 듯 신나게 시리즈를 이어갔고 비슷비슷한 TV프로그램이 채널을 넘나들며 만들어졌다. 도심지에 사는 수십 마리의 멍청한 새끼 길고양이들은 신기하게도 매주 비슷한 모양의 하수구에 빠지고 먼지로 가득한 천장에 갇혔다. TV프로그램은 아사 직전의 지저분한 새끼 고양이들을 119소방대원과 수의사를 투입해 구조하며 사람들의 눈물샘을 짰다.

인터넷에는 고양이에 대한 애정 어린 정보들과 찬양글로 넘쳐났다. 고양이는 귀엽고 예쁘고 애교가 많고 혼자서도 잘 크고 용변처리가 깔끔하고 조용하고 고급스럽고 등등. 이중에서도 마지막. 언제나처럼 나는 그저 조용하고 고급스런 컬렉션이 필요했다. 멋들어지게 날씬한 치타들이 어슬렁거리는 넓은 응접실에서 양 옆구리에 헐벗은 금발 미녀들을 끼고 소파에 늘어지게 앉아있는 사우디 왕자가 머릿속에서 한참 맴돌았다.

어떤 품종의 고양이를 키울까도 엄청난 고민거리였다. 충무로 애완동물거리에는 예쁘고 앙증맞은 봉제인형을 닮은 강아지들과 고양이들로 가득했다. 쉽게 결정하기가 힘들었다. 일요일이면 동물원으로 놀러가듯 충무로로 향했다. 그러던 어느 날, 충무로를 지나 퇴계로로 넘어가는데 우연히 목공예방 같은 분위기가 이색적인 예쁜 펫샵을 발견했다. 가게는 캣트리와 고양이용품 등을 직접 만들어서 팔고 있었다. 특히 층층이 쌓인 좁은 철창에 갇힌 동물들이 빼곡하게 전시되어 있는 충무로 가게들과는 달리 통유리 파티션으로 나뉜 각각의 공간을 페르시안 친칠라, 터키쉬 앙고라, 러시안 블루, 스코티쉬 폴드 등 다양한 품종의 고양이들이 독립적으로 차지하고 있는 것이 요즘 뜬다는 고양이 카페를 연상케 했다. 하지만 유독 한 마리의 고양이만이 유리 파티션 밖 넓은 홀에서 여유 있게 어슬렁거리고 있었다. 움직임이 꽤나 우아하게 느껴졌다.

아비시니안 블루 암컷이라고 했다. 아비시니안 블루는 흔히 보던 고양이와는 사뭇 다른 생김새였다. 고양이는 런웨이 위의 모델 같은 시크한 표정으로 특별할 것도 없는 몇몇 곳에 순차적으로 포인트를 주는 듯한 시선으로 바라보기를 반복했다.

날렵하게 균형 잡힌 몸은 근육질에 탄력 있어 보였고, 눈꼬리가 도도하게 치켜 올라간 큼지막한 초록바탕에 잔뜩 날이 선 바늘 같은 눈동자는 에메랄드빛 바다 한가운데에 홀로 우뚝 선 돛대처럼 날카롭게 번뜩였다. 작은 역삼각형 머리에 사막여우를 닮은 큼지막하고 쫑긋한 귀는 박쥐처럼 사람에게는 도통 들리지 않는 초음파까지 들을 수 있을 것 같았다. 짧은 털은 연한 초록빛이 감도는 회색으로 윤기가 흐르고 암사자 같은 하얀 털을 눈가와 입가에 두르고 있는 것이, 그 자체로 하나의 살아있는 야생을 연상케 했다. 마치 북아메리카의 깎아지를 듯한 높은 바위산에서 평생을 혼자 고독하게 산다는 퓨마를 최첨단 유전공학기술을 사용해 작게 축소해 놓은 것만 같았다.

늘씬한 다리로 소리도 없이 사뿐사뿐 걷고 있던 고양이가 앞발을 쭉 펴고 엎드리며 기지개를 폈다. 앞발에서는 감쪽같이 숨겨져 있던 투명하고 날카로운 발톱들이 삐쭉 튀어나왔고 하품을 하던 입에서는 위아래로 길쭉하고 날카로운 송곳니가 번뜩였다. 그녀는 다소곳하게 앉아 바늘처럼 삐쭉삐쭉한 돌기로 가득한 혓바닥으로 앞발을 꼼꼼히도 핥아대다가 내 시선을 느꼈는지 새침한 표정으로 날 바라보고는 날카로운 눈을 지그시 감았다. 낯선 사람에게도 여유 있는 저 카리스마란.

이 고양이는 육포 한 조각에 홀딱 넘어가 침을 질질 흘리는 어느 강아지와 달리 아무에게나 쉽게 길들여지지 않을 것만 같았다. 포식자의 본능으로 가득 찬 아름다운 신의 창조물. 나는 순식간에 아비시니안 블루에 매료되었다. 그녀에게서 지중해의 시원한 바다냄새가 나는 것 같았다.

나는 곧바로 가게를 나와 아비시니안이 등장하는 고양이 책 몇 권을 사서 집에 돌아왔다. 나는 씻지도 않고 식탁에 앉아 무언가에 홀린 것처럼 책에 빠져들었다.

인류가 고양이와 처음 같이 살게 된 지역은 중동의 비옥한 초승달 지대였다. 인간의 집단 주거지에서 인간의 뼈와 함께 발견된 고양이 뼈들과 뼛속 탄소들이 말해주는 깊은 시간들이 이를 증명했다. 이 지역은 인류가 처음으로 정착농경을 시작한 지역이었는데, 고양이를 집안에 들인 이유는 소중한 곡식들을 순식간에 작살내는 집쥐들을 박멸하기 위해서였다고 한다. 인간 주위의 풍부한 먹이 때문만이 아니어도 작은 맹수인 야생 들고양이가 인간과 함께 살기로 한 결정은 맹금류나 늑대 등의 대형 포식자로부터 자신과 새끼들을 보호하려는 어느 어미고양이의 탁월한 선택이었다. 고양이는 인간에게서 쥐와 같은 해로운 동물을 없애줬고, 인간은 고양이에게 안전한 보금자리를 제공했으니 양쪽 모두에게 남는 장사였던 셈이다.

아비시니안은 아비시니아인의 고양이라는 의미이고 아비시니아는 에티오피아의 옛 이름이었으니 아비시니안은 에티오피아 토종 고양이를 말하는 것이다. 에티오피아의 옛 지명인 아비시니아는 아랍어로 태양에 그을린 땅이라는 뜻이었는데 이 나라는 아프리카에서 이집트 다음으로 긴, 무려 3000년이 넘는 역사를 자랑하고 있었다. 에티오피아와 아프리카 북부의 이집트가 교류했던 긴 역사를 따라 인간들과 함께 이동했던 아비시니안 고양이는 이집트에서 특별한 사랑을 받았다. 고대 이집트의 고양이신 '바스트' 여신은 질병과 사막의 전갈이나 뱀 등의 작은 야생동물들로부터 임신한 여자와 아이들을 보호하는 집안의 수호신(家神)으로 추앙받았는데, 그 바스트여신의 모델이 바로 아비시니안이었다고 한다. 신이 된 최초의 고양이. 마치 살아있는 화석을 보는 것같은 신비감이 느껴졌다.

하지만 인간의 사랑이 고양이들에게 꼭 좋은 것만은 아니었다.

이집트의 수도 카이로에서 30킬로미터 떨어진 사카라 고원 동쪽에 있는 거대한 성지 부바스테이온에서는 바스트 여신을 모시는 고양이 사원들이 즐비했다. 정결한 고양이 사제 '와드'는 낮에 바스트 동상을 하루에 3번씩 씻긴 다음 매일 깨끗한 새 옷을 입혀놓고 순례객들을 맞이했는데, 아이러니하게도 달의 기운이 충만한 밤이 되면 미리 잡아놓은 고양이들을 차례대로 죽여 체계적으로 내장을 꺼내고 특수한 방부처리를 했다. 그런 뒤 시체를 깨끗한 리넨옷감으로 둘둘 감싸고 값비싼 향료를 칠해 영원히 썩지 않는 미라로 만들어 사원에 찾아오는 수많은 사람들에게 봉헌 제물로 판매했으며, 사람들은 이 고양이 미라를 바스트 여신에게 제물로 바치며 복을 빌었다고 하니 와드는 인류 최초의 공인된 고양이 도축업자였던 셈이다. 이집트에서는 실수로라도 고양이를 죽인 사람은 무참히 사형에 처해졌지만 두 얼굴의 사제 와드만은 예외였다고 한다.

이집트는 고양이를 신으로 만들 정도로 신성시했지만 아이러니하게도 고양이들이 종교적인 이유로 체계적이고 집단적으로 학살당한 곳이기도 했다. 역사에 기록된 고양이들의 첫 번째 수난사였다.

신이 된 인간인 이집트의 파라오들이 특히 사랑한 아비시니안은 파라오와 같이 피라미드 속 비밀벽화에 그려지는 영광도 누렸다. 비록 순장될 운명이었지만 태어나는 순간부터 파라오의 곁에서 천수를 누리며 호화롭게 살다가 파라오가 죽으면 파라오와 함께 미라가 되어 영광스러운 황금관에 안치될 수 있었다. 사후 세계에서도 고양이와 영원히 같이 살고 싶다는 소망은 어떤 건지 감이 잘 오지 않았다. 파라오들의 한결 같은 짙은 눈 화장 스타일이 혹시 아비시니안의 두껍고 새카만 아이라인을 따라 그린 것은 아닐까.

두 번째 고양이 수난사는 마녀사냥이 횡행했던 중세시대로, 고양이가 마녀의 하수인이라는 낙인이 찍혔으며 보이는 족족 사로잡혀 산 채로 불에 태워졌다. 마녀는 그래도 사람인지라 쉽게 죽일 수는 없으니 종교재판조차 필요 없는 만만한 고양이가 대신 희생양이 된 것이다.

고양이가 없으니 쥐들이 번성했다. 고양이를 악마로 몰아 완벽하게 박멸한 결과는 쥐벼룩에 의해 옮겨진 페스트의 창궐이었다. 그 결과 몇 천만 명의 유럽인들이 죽어나갔으니 원한을 가진 고양이가 반드시 복수한다는 이야기는 여기서 나온 것이리라.

며칠 뒤. 다시 찾아간 가게에서 적지 않은 가격에 솜털이 보송보송한 수컷 새끼 아비시니안 블루를 한 마리 입양하기로 하면서 갖가지 고양이 용품들도 같이 구입했다. 고양이 용품은 초심자에겐 어지러울 정도로 차고 넘쳤다.

택배상자들이 도착하자 작은 거실은 상당한 양의 고양이 용품들로 가득 찼다. 햇볕이 잘 들어오는 베란다 쪽에는 가게주인이 직접 만든 원목 캣트리를 놓았다. 캣트리는 색색으로 알록달록하게 칠해놓아서 마치 아이들의 놀이터 같았다. 고양이가 위로 올라가기 쉽게 계단식으로 설계되어 있는 캣트리는 꼭대기를 천장에 고정시키는 형태였기에 안전해 보였다. 꼭대기에 달려있는 작은 나무상자에는 푹신한 방석도 하나 들어 있었다. 높은 곳을 좋아하는 고양이의 취향을 존중해 만들어진 고양이 침실이었다. 아침에 커튼을 걸어 놓으면 꼭대기에 있는 집에 쏙 들어가 있어도 베란다 밖을 바라보기가 좋겠다 싶었다.

캣트리 중간중간에 있는 원통형 통로와 해먹에는 털이 보송보송한 쥐 모양 장난감을 몇 개 숨겨놓고 깃털이 달린 낚싯대는 밑에 걸어 놓았다. 베란다에 내놓은 커다란 후드형 플라스틱 고양이 화장실에는 소변이 묻으면 순간적으로 굳어버리는 벤토나이트 모래를 푹신하게 채워놓았다.

이런 것까지 있어야 되나 싶었지만, '고양이는 먹이를 먹을 때 핥아서 먹는 습성이 있는데다 예민한 동물이라 잘 체하고 토하는 경우가 많기 때문에 고양이의 건강과 장수를 위해서는 고양이 가슴팍 높이의 전용 식탁이 꼭 있어야 된다.'는 가게주인의 사탕발림에 마지막으로 급하게 추가한 원목 식탁이 두 개. 식탁에는 새하얀 도자기 식기가 두 개씩 해서 네 개. 캣트리 밑에 놓인 식탁 하나에는 사료를 고봉으로 가득 담아놓고, 고양이는 원래 죽은 먹이와 가까이 있는 물은 본능적으로 먹지 않는 법이라는 주인의 말에 따라 거실 저쪽 구석에 멀찍이 떨어뜨려 놓은 식탁에는 물을 듬뿍 담아 놓았다.

주식인 건식사료도 재료와 기능에 따라 종류별로. 간식용으로 좋다는 치킨 맛, 참치 맛, 연어 맛, 멸치 맛, 각종 해산물 맛 등 수십 가지의 통조림과 튜브간식들도 같이 구입했다.

야생에서 언제 발견할지 모르는 먹잇감과 천적들에 대비해 늘 발톱을 날카롭게 갈아놓아야 안심을 하는 고양이의 습성을 배려해 거친 삼줄이 둘둘 감긴 발톱갈이 나무 스탠드 봉과 골판지 장난감이 5개. 발톱을 갈지 못하는 고양이는 스트레스를 받아서 주인에게 못된 성질을 부릴 수도 있고, 발톱을 갈 만한 적당한 대상이 없으면 가구들을 긁어대 못쓰게 만든다는 말에 거실과 안방, 옷 방 구석구석에 발톱갈이 타워들을 치밀하게 놓았다. 운 좋게도 거실에는 소파가 없었고 둥그런 러그 위에 나무프레임의 안락의자 두개와 풋레스트뿐이었기에 걱정거리를 줄일 수 있었다.

이 모든 것들이 준비된 후에야 드디어 고양이를 찾아올 수 있었다. 거실 한가운데서 설레는 마음으로 고양이 가방의 지퍼를 천천히 내리는데, 가게에서는 꼬물꼬물 귀엽기만 하던 새끼 고양이가 가방 구석에서 보이지도 않게 웅크리고 있다가 이 순간만을 벼르기라도 했다는 듯이 갑자기 튀어나와 후다닥 거실 TV장식장 밑으로 돌진해 들어가서 한나절이 지나도록 나오지 않았다. 고양이를 밖으로 나오게 만든 것은 역시 생리현상 때문이었다. 새끼 고양이는 한밤중에 장식장 밑을 빠져나와 장식장 앞에 잘 차려놓은 사료를 야무지게 먹고 누가 가르쳐 주지도 않았는데 깜깜한 거실에서 용케도 베란다에 있는 고양이 화장실을 찾아가 본능적으로 모래를 파고 용변을 본 다음 감쪽같이 모래를 쓱쓱 덮고는 다시 장식장 밑으로 들어가버리곤 했다.

며칠 후. 다행히 경계심이 누그러진 새끼 고양이는 장식장 밑에서 나와 캣트리 구석구석에 숨겨놓은 쥐 장난감을 찾아서 앞발로 툭-툭- 치며 이리저리 손 축구를 했다. 나는 새끼 고양이가 앙증맞은 고양이 식탁에 담긴 사료 알갱이를 작은 입에 하나씩 넣고 오물조물하다가 반투명한 이빨로 오도독오도독 씹어 먹을 때는 뭐가 그렇게 맛이 있어서 저렇게 잘 먹을까 싶어 옆에 쪼그리고 앉아서 상기된 얼굴로 한참동안 구경을 하곤 했다.

이 고양이에게 미융이라는 이름을 지어준 사람은 역시 그녀였다. 그때까지 고양이의 이름은 "이리와"였다. 그녀를 이 집에 들이는데 혁혁한 공을 세운 일등공신이 바로 이 새끼 고양이였지만, 나는 왠지 모르게 이 고양이에게 이름을 지어줄 생각을 하지 못했다. 고양이는 어차피 불러도 오지 않으니 이름이 필요할까 싶기도 했다. 고양이가 아닌 강아지였다면 누렁이나 검둥이, 쫑이, 해피, 뭉치 등 입에 찰떡같이 착- 감기는 이름을 냉큼 붙여놓고 하루에도 스무번 씩 심심할 때마다 불러제꼈을 테지만, 고양이는 "나비"라는 이름 외에는 도통 어울리는 이름을 찾을 수가 없었다. 하지만 나의 나비는 벌써 아주 오래전에 붉은색 장미 꽃봉오리가 되어, 자유로운 배추흰나비가 되어 무지개다리를 건너가 버렸으므로 이 고양이를 나비라고 부르지 못했던 것이다.

반려동물에게 필수라는 예방접종을 하기 위해 동네 동물병원을 찾아간 날 수의사가 "저희 병원이 처음이시죠?"라며 반려동물 건강카드를 만들어주면서 "아이 이름이 뭐예요?"라고 물었을 때, 나는 "아이라뇨?" 하고 되묻고 나서야 '아! 이 사람들은 동물을 아이라고 부르는구나!'하고 알아차렸다. 나는 그제야 고양이의 이름을 뭐로 해야 하지 고민하기 시작했다. 한참을 기다리던 수의사의 '뭐 이런 사람이 다 있어? 자기가 키우는 고양이에게 이름도 지어주지 않았단 말야?'라는 듯한 눈길에 당황한 나머지 "아, 나, 나비요!" 라고 급하게 대답한 것이 전부였다. 고양이는 여느 고양이처럼 야옹- 하며 길게 울지 않고 미옹! 미옹! 하며 참새처럼 짹짹거렸다. 외국에서는 고양이가 미야우 meow 하고 운다고 하는데 외국 고양이라서 그런가했다.

그녀 역시 고양이에게 이름이 없다는 사실을 알고는 수의사처럼 한동안 나를 힐난하듯 쳐다보았다.

"미옹! 미옹! 이렇게 우니까 미옹이라고 하자!"

그녀가 명랑하게 말했다.

그날부터 고양이의 이름은 '미옹이'가 되었다.

고양이에게 미옹이라는 이름을 붙여놓고 보니 고양이가 꼭 사람이 된 것만 같은 친근감이 느껴졌다. 애초에 '고양'이라는 동물에게 사람을 뜻하는 의존명사 '이'를 붙인 사람도 그랬을까. 예외도 있겠지만 고양이, 호랑이, 살쾡이 등 유독 고양잇과 동물의 이름 뒤에 '이'라는 이름이 많이 붙어 있는 것은 고양잇과 동물만의 영묘한 분위기 때문이 아닐 런지.

새끼 고양이는 신이 만든 귀여움의 결정체였다. 그녀는 새끼 고양이를 아기처럼 안고서 정성스레 어르고 달랬다. 양손에 가득 차는 작은 몸은 마치 속이 솜으로 꽉 찬 봉제인형처럼 가벼웠다. 손바닥에 누워서 그녀를 올려다보는 그 순수하고 맑은 눈빛은 얼음장 같은 악한의 마음도 한 순간에 녹여버릴 수 있을 것 같았다. 작은 머리로 뭐가 그렇게나 궁금한지 고양이가 고개를 갸우뚱 하면 그녀도 똑같은 방향으로 고개를 갸우뚱 했다. 새끼 고양이가 집안 구석에 숨어서 미융! 미융! 하면서 참새처럼 짹짹거리면 그녀는 고양이를 미융! 미융! 하고 부르면서 찾으러 다니곤 했다.

새끼 고양이가 특히 좋아했던 것은 깃털이 달린 기다란 낚싯대였는데, 캣트리 밑에 달아놓았을 때는 있는지 없는지 관심도 없다가 그녀가 손에 들고 고양이 수염에 깃털이 닿을 듯 말 듯 이리저리 약을 올리며 흔들어대면 갑자기 신이 나서 달려들었다. 그녀가 낚싯대를 들고 이방저방으로 뛰어가면 고양이도 따라 뛰어갔다. 새끼 고양이와 그녀는 마치 제 세상을 만난 듯 내 어릴 적 야외 자재창고에서 숨바꼭질을 하던 동네아이들처럼 집안을 이리저리 신이 나서 뛰어다녔다.

고양이는 하루가 다르게 쑥쑥 잘도 자랐다. 고양이가 자라면 도도하고 예민한 여자 같이 새침한 성격이 될 거라고 예상했지만 웬걸? 생긴 것과는 정반대로 애교가 넘치는 강아지마냥 아직도 나를 졸졸 잘도 따라다녔다. 내가 걸어가면 꼬랑지를 꼿꼿이 세우고 제 뒷발이 내 발가락 끝에 닿을 듯 안 닿을 듯 딱 한 치만큼 사뿐사뿐 앞서가고, 내가 앞서가면 옆으로 바짝 따라와 내 발목에 꼬리를 휙-하고 감아대거나 모른 척 쓱 지나가면서 옆구리를 내 몸에 스치는 둥 마는 둥 하면서 지나갔다. 고양이는 우리가 어디에 있든 언제나 옆에 있고 싶어 했고, 뭘 하든 골똘하게 이해하고 싶어 했다. 것도 역시 그녀에게 길들여졌기 때문인지, 집에서 키우는 고양이가 원래 그런 건지는 몰랐다.

고양이와 대화를 하는 것 또한 그녀의 버릇이었다. 동물과 대화를 한다니… 나에겐 어색하고 닭살 돋는 일이었다. 그녀는 마치 자기 아기를 안아 올리듯 고양이를 안고선 이뻐 죽겠다는 듯이 쉴 새 없이 볼에 쪽쪽거리면서 뽀뽀를 하곤 했다.

"이게 누구야? 엄마 미용이야? 응?"

그녀는 고양이를 안고서 자기 입술을 오므려 위아래 치아를 감싼 채 고양이의 볼 가죽을 앙-하고 세게 깨물기도 했다. 그럴 때마다 그녀의 얼굴에서는 햇살 같은 미소가 떠나지 않았다. 그녀의 미소는 보는 사람의 마음까지 밝은 햇살로 가득 채우기에 충분했다. 마치 우리 아기를 안고 사랑스러워 어쩔 줄 모르는 것만 같았다.

말은 하지 못한다 하더라도 고양이의 풍부한 몸짓언어는 자기의사를 표현하기에 부족함이 없었다. 앞에 마주 앉아서 야릇하고 그윽한 눈빛을 한참동안 보내거나 옆에 꼭 붙어 앉아서 갸르릉-갸르릉- 거리면 기분이 좋다는 뜻이었고, 예쁜 소리를 내면서 사뿐사뿐 다가와 내 손등을 도톰한 앞발로 툭툭-건드리면 부드럽게 쓰다듬어달라거나 맛난 간식을 달라는 등 원하는 게 있다는 뜻이었다. 곁에 배를 깔고 엎드려서 팔짱을 끼듯이 앞발을 감추고 있으면 한없이 편안하다는 뜻이지만, "미용아-"라고 불러도 등을 돌리고서 모른 척하고 흘끔 쳐다보지도 않거나 축 처진 꼬랑지를 하고서 먼 곳을 보고 한숨을 푹-푹- 쉬거나 집에 들어와도 나와 보지도 않고 하루 종일 어딘가에 콕 박혀서 숨기기도 힘든 펑퍼짐한 엉덩이조차 볼 수 없는 숨은 날은 옴팡지게 삐졌다는 뜻이었다.

가끔은 뒤로 살금살금 소리도 없이 기어와 애꿏은 맨살을 갑자기 송곳니로 콱 깨물고 순식간에 도망을 가기도 했다. 작은 송곳니라도 어지간히 뜨끔한 게 깜짝 놀라지 않을 수 없었다. 그러면 자기도 목덜미를 콱하고 채이고 된통 혼나고 말 것을 어떻게 아는지 온데간데 찾을 수가 없었다.

　몸짓이나 눈빛은 다분히 무의식적인 것이어서 시싯발을 못한다고 하던 여느 프로파일러의 말처럼 무엇을 말하든 고양이의 말은 항상 믿을 수 있는 것이었다. 고양이는 욕심에 눈이 멀어 그 좋은 머리를 굴리고 굴려서 수 십 가지 가면을 수시로 고쳐쓰고 거짓말을 밥 먹듯이 하는 사람들보다 백배 천배 나았다. 만약 사람들이 어느 날부터 갑자기 저도 모르게 몸짓언어를 쓰게 된다면 어떨까. 식당에서 맛있는 음식을 먹다가 기분이 좋아져 목에서 갸르릉 소리가 난다든지 지루한 강의를 듣다가 짜증이 나서 머리털이 바짝 곤두선다든지 하는 것들 말이다. 세상이 지금보다 조금은 더 재미있어질 것이 분명하다.

　누구도 고양이 앞에서는 자신을 꾸밀 필요가 없다는 점이 사람의 마음을 얼마나 편하게 하는지 모른다. 고양이한테는 세상의 그 누구도 잘생겼거나, 못생겼거나, 어리거나, 늙었거나, 지위가 높거나, 낮나, 돈이 많거나, 없거나… 그런 건 하등 아무런 상관이 없다. 고양이는 사람을 그저 있는 그대로 바라보기 때문이다. 여느 사람들처럼 나를 다른 사람들과 비교하지 않고 평가하지 않으니, 나는 그저 존재한다는 사실 하나만으로도 고양이에게만은 온전히 인정받을 수 있는 것이다.

　더 이상 단조로울 수도 없이 늘 집안에서만 먹고 놀고 멍 때리고 자고 싸는 단순한 삶을 무한히 반복하는 고양이였지만, 고양이는 그 속에서 나름대로 독특한 재미를 느끼며 살아가고 있었다.

　고양이는 집안의 모든 것들이 제자리에 제대로 있는지 어슬렁어슬렁거리면서 집안을 구석구석 순찰을 하는 것을 좋아했다. 호기심이 많은 고양이는 새로 배송된 택배상자를 열면 상자가 비워지는 즉시 상자 안으로 들어가 한참동안 웅크리고 있었다. 현관 신발장 앞에 마치 까먹고 버린 게 껍질 모양으로 텅 비어있는 택배상자들 중 새 상자가 있으면 요리조리 돌려보고 굽어보고 올라가보고 연신 뺨을 부벼댔다. 옷장을 열면 열자마자 안으로 들어갔다. 문이 닫힌 방은 문 앞에서 한참 불안하게 왔다리갔다리 끙끙대며 문을 박박 긁어 대서 참다못해 문을 빼꼼히 열어줄 수밖에 없었는데, 늘 특별할 것이 없는 똑같은 방인데도 막무가내로 쏙- 들어가서 처음 보는 것처럼 한참을 구경 삼매경에 빠지곤 했다.

뭐든지 열리기만 하면 참지 못하고 일단 안으로 들어가 보는 고양이였지만, 안쪽 세계와 바깥세계를 구분 짓는 가장 큰 관문인 현관만큼은 철저하게 예외였다.

집에 방문하는 음식 배달원이나 택배기사가 5층 엘리베이터에서부터 현관 앞까지 걸어오는 낯선 발소리가 조금만 들려도 목을 있는 대로 빼고 귀를 쫑긋 세우는 잔뜩 긴장한 자세를 하고서 털을 풍성하게 바짝 세우고선 꼬리를 신경질적으로 바닥에 탁탁-내려쳤다. 이내 "우웅-우웅-"하는 공포에 질겁한 소리를 내며 패닉상태가 되었다. 문이 열리면 한껏 낮은 자세로 포복하고 급하게 숨을 자리를 찾아가는 기민함을 보였다가 낯선 방문자의 소리가 사라진지 한참이 되어서야 아주 조심스럽게 모습을 드러냈다.

그렇게도 겁이 많은 고양이였지만, 베란다에 나가 햇빛을 쬐며 창밖 구경을 하는 것은 매우 좋아했다. 그것은 고양이에게 삶의 큰 활력소였다. 내가 아침에 일어나 싱크대에서 얼굴에 물만 간단히 묻히고 거실 커튼과 베란다 샤시를 활짝 연 다음 침구를 착착 정리하고 청소기를 한 바퀴 쓱쓱 돌리며 출근준비를 하는 동안, 고양이는 베란다 바깥쪽 샤시 창틀과 방충망 사이에 비집고 들어가 앉아 밖을 자유롭게 날아다니는 참새들에 정신이 팔려 있곤 했다.

남산에서 긴 밤을 보내고 뭐 먹을 게 있다고 이른 아침부터 주택가에 십수 마리씩 떼 지어 내려온 새들 중에는 참새가 제일 많았으나, 간혹 "찌륵 찌르륵-" 빠른 소리를 내는 회색 직박구리나 바이크 헬멧을 쓴 듯한 까만색 머리에 등에서부터 긴 꼬리까지 밝은 하늘색 물감을 칠한 것 같은 물까치들도 한 마리씩 심심찮게 날아다녔다. 물까치들은 참새보다 두세 배정도 큰 날개로 펄럭이며 바람을 잘만 탔다.

참새들은 지지배배 지지배배 신나게 지저귀기 바빴다. 참새는 "짹짹!"하는 소리만 낸다고만 알고 있던 나에게는 신기한 소리들이었다. 높낮이가 높았다가 낮아지는 "쪼록-쪼로로록-"하는 긴 소리부터, "쪼로록! 쪼로록!"하게 리듬감 있게 짧게 이어지는 소리들이나 "찍!짝!"하는 짧게 짖는 소리까지. 참새들은 흉내도 다 못 낼 정도의 다양한 소리를 냈다. 마치 모스부호처럼 짧은 "쪽"과 긴 "쪼옥-"이라는 신호를 다양하게 조합해 만든 그들만의 언어로 여러 가지 풍성한 소통을 하는 것 같았다.

참새들은 길 건너편 빌라 화단에 심어진 나무들이나 전깃줄에 몇마리 정도의 작은 규모로 두세 무리씩 따로 몰려다녔다. 참새들은 미용이가 방충망을 열고 나오지 못하는 것을 알고 있는지 한참동안 멀리서 간을 보다가 한 마리씩 번갈아가며 고양이의 코앞까지 날아왔다가 금세 날아갔다. 그러던 중 참새 한 마리가 방충망 바깥의 창턱 앞에까지 날아와 앉아서 엄지손톱만한 머리를 있는 대로 빼고 고개를 갸우뚱하면서 고양이의 약을 올리듯 코앞에서 짹!짹! 거렸다. 한두번 해본 솜씨가 아니었다. 그러자 고양이는 엉덩이를 들썩이며 콧잔등을 잔뜩 찌푸리고는 입을 작고 빠르게 벌렸다가 닫으며 "갸갸걐! 갸갸걐!"하는 요상한 소리를 냈다. 그래도 참새가 날아가지 않자 고양이는 두 앞발로 방충망을 갑자기 "팡!"하고 쳤다. 참새에 눈이 팔려 방충망이 있는 것을 순간적으로 까맣게 잊고 참새를 덮치려고 했는지 아니면 참새를 못 잡는 것을 알고 방충망에다 화풀이를 하는 것인지

미용이

167

는 알 수 없었다.

길 건너 전깃줄에 앉아있는 자기 무리들 속으로 순간이동을 하듯이 빠르게 날아간 참새가 한참을 재잘재잘 대는 것이 멍청한 집고양이를 놀리고 왔노라고 얄밉게 자랑질하는 것 같았다. 다른 빌라들보다 우리 쪽 빌라 건너편 전깃줄에 더 많은 참새들이 앉아 있는 것을 보면 고양이는 후암동 참새들에게 놀리기 쉬운 집고양이라고 벌써 소문이 자자한 모양이었다.

고양이를 놀리는데 흥미를 잃은 참새들이 모두 날아간 뒤에도 고양이는 밖을 하염없이 바라보며 햇빛 삼매경에 빠져있곤 했다. 언뜻 보기에는 엄청 자유를 갈망하는 것처럼 보였으나 꼭 그런 것도 아니었다. 마음만 먹으면 게으른 주인 탓에 걸을 때마다 "틱. 틱."하는 작은 소리가 날 정도로 날카롭고 길게 자란 발톱으로 오래된 방충망을 뜯거나 열 수도 있을 테지만, 고양이는 밖에 나가고 싶다는 생각은 별로 하지 않는것 같았다.

어느 날은 집에만 있는 고양이가 불쌍해 둘만 다니던 집 앞 남산 공원 산책에 고양이를 데려갔었던 적이 있었다. 그녀는 그걸 "코에 바람 좀 쐬어줘야지."라고 표현했다. 그런데 고양이는 밖에 나가는 걸 영 내켜하지 않는 모양이었다. 어떻게 눈치를 챘는지 집안 구석구석을 요리조리 잘도 도망을 다니다 결국 가슴줄을 차고 가방에 들어가게 되었다. 공원에 도착해 잔디밭에 돗자리를 깔고 문을 열었는데 웬걸. 한참이 지나도 밖으로 나오려고 하지 않았다. 그때가 아마 태어나고 처음 야외에 나와 보았던 것이었으리라. 그래도 칙칙한 집안보다는 날씨 좋은 봄날이 낫지 않냐며 가방에서 어렵게 꺼냈으나 고양이는 돗자리에 배를 턱-깔고 요지부동이었다. 이리저리 달래 봐도 소용이 없었기에 잔디밭에 올려놓은 뒤 가슴줄을 죽-하고 세게 당겼는데 질질질 끌려오기만 했다. 뭐가 그렇게 무서웠는지 고양이는 온 몸을 덜덜 떨며 공포에 질려있었다. 하네스고 목줄이고 처음부터 없어도 되었다. 집안에서는 그렇게 지루해 하는 눈치였던 고양이가 밖에서는 절대 움직이려고 하지 않으니 정말 의외의 반응이었다.

그래도 날씨 좋은 날 반복적인 연습을 하면 어떨까 해서 정기적으로 데리고 나가기로 계획을 세우고 날짜가 되었는데, 수납장에서 꺼낸 가슴줄을 보자마자 순간 그때 기억이 다시 되살아났는지 고양이가 순식간에 숨어버리고 말았다. 그걸 또 어렵게 찾아내 가방에 넣으려고 고양이를 강제로 들고 안았다. 그 순간 고양이가 맑은 오줌을 한참동안 "지익-"하고 내 가슴에 흥건하게 싸고 말았다. 역시 무리였다. 그 다음부터는 한번도 산책을 시키지 못했다.

뭐가 그렇게 무서웠을까. 바깥에 나오는 게 익숙하지 않아서 그런다는 걸 이해하지 못할 바는 아니었으나, 매일 빠짐없이 창가에서 바깥구경을 하는 고양이치고 이런 반응은 좀 심하게 의외다 싶었다. 혹시 이 고양이에게 예지력이 있어서 사람의 곁에서 자유롭게 살던 환경이 자기 선조들이 누렸던 안락한 환경이 아닌 제 작은 몸 하나 제대로 건사할 수 없는 위험한 환경으로 변해버렸다는 사실을 알아버린 것은 아니었을까.

그랬다. 현대의 길고양이가 헤쳐나가야 하는 환경은 과거의 그 어느 때보다 녹록치 않았다. 이 시대는 세 번째 고양이 수난사로 기록돼도 무리가 없는 시대다. 짐승보다 못한 사람이라도 죽이지는 말아야 한다는 사회적 합의가 이루어진 사회라면 사람보다 나은 짐승에 대한 근본적인 권리를 인정해야 마땅하나, 동물권에 대한 의식은 너무도 미약하게 변화하고 있다. 아직까지도 대부분의 사람들의 머릿속에 인권의식이 미약한 이유는 분명 동물권에 대한 의식이 미약하기 때문일 것이다. 신이 자신의 창조물인 인간에게 권리(천부인권)를 부여했는데 또 다른 자신의 창조물인 고양이에게만 권리(천부묘권)를 부여하지 않았다는 것이 말이 되는가.

허나 꼰대들의 지배에 익숙한 이 땅에서 실제로 동물권을 보장하는 법률이 만들어지는 것은 아직까지는 심히 요원해 보인다. 그러니 앞으로도 고양이 수난사는 계속될 것이다.

어느 사회든 그 사회에서의 가장 약한 존재인 길고양이는 그 사회의 관용성을 가늠하는 바로미터가 될 수 있다. 길고양이에게 먹이를 챙겨줄 때 늘상 듣게 되는 '사람 먹을 것도 없는데 고양이까지 무슨…'이라는 말 속에는 '나 먹을 것도 없는데 저 나라 사람들까지, 이웃까지, 그리고 너까지 무슨…'이라는 배타성이 독니처럼 숨어있다. 서로에 대한 믿음을 방해하고, 공존을 해치고, 공동체를 내부에서부터 서서히 무너뜨리는 이런 말이야 말로 악마의 언어다. 이러한 편협한 시선은 세상을 나(自我)와 너(他者)로 철저하게 구분 짓게 하고 결국 자기 자신조차 파편화해 철저히 고립시키고 만다.

버려지는 고양이는 우리나라뿐만 아니라 세계의 모든 도시들에서 매년 수천만 마리에 달한다. 돌봐줄 주인과 이름이 있는 집고양이들이 평균 15년 동안 집안에서 안락하게 사는데 반해, 버려지거나 길에서 태어난 길고양이들의 평균수명은 2년 남짓이지만 그마저도 넘기기 어렵다고 한다. 종량제봉투를 터트려 거리를 지저분하게 만들고 조용한 새벽에 날카로운 소리로 영역싸움을 하는 길고양이들은 단지 사람들 옆에서 행복하게 살아가고 싶은 것뿐인데도 불구하고 사람들로부터 학대와 경멸의 대상이 된지 오래다.

기형적인 사회구조에서 지속적으로 억눌린 삶을 살아가는 대부분의 사람들은 자신의 우월성을 유일하게 증명할 수 있는 권력관계에 쉽게 취해 그 사회에서 가장 약한 존재 앞에서 악마가 되기 쉽다. 사람들은 단지 화풀이 대상으로 길에서 사는 고양이들에게 벽돌을 던지고, 활로 쏘고, 공기총으로 쏘고, 불을 붙이고, 목을 매달고, 발로 차고, 잡아 던지고, 숨겨놓은 고양이 사료에 독을 푼다.

동물을 학대하는 행위는 인간을 가장 인간답지 못하게 하는 행위다. 자기보다 약한 존재를, 분명 사람과 마찬가지로 아픔을 느끼고 고통에 몸부림치는 존재라는 걸 알면서도 학대행위를 하는 잔혹한 폭력성을 가진 사람이라면 자기보다 상대적으로 약한 사람에게도 잔혹한 폭력성을 드러낼 수밖에 없다.

암묵적으로 용인되는 어떤 폭력이든 반복되기 마련이다. 폭력성은 마치 마약처럼 뇌를 강하게 자극시키데, 지각없는 사람들은 그것을 쾌감으로 착각할 수도 있다. 동물에 대한 폭력이 쉽게 사람에 대한 폭력으로 확대되는 이유다. 동물을 학대하는 사람에게 지금처럼 솜방망이 벌금형을 처하는 것에 그치지 않고 사람에게 상해를 입힌 것과 같이 강력한 형사 처벌을 해야 하는 것이 이 때문이다. 이러한 조치는 일차적으로는 동물을 위한 것으로 보이기 마련이지만 결국 사람을 위한 것이다.

생각해보면 집고양이의 삶도 여간 힘든 게 아닐 것이다. 그 힘듦의 이유는 바로 단조로움으로, 고양이가 여태 불만을 표시한 적이 없던 것은 아니었으나 끊임없이 애써 외면하는 나도 참 무심한 사람이었다. 새를 가까이서 보고 새의 아름다운 노랫소리를 듣기 위해서는 새를 새장에 가두어야 하는 것과 같이, 나는 예쁜 고양이를 소유하기 위해서 이 고양이의 영혼 깊숙한 곳에 살아 숨 쉬고 있는 야생의 포식자를 죽이고 사냥본능을 억압하는 독재자가 되기를 자처했음을 인정하지 않을 수 없었다. 나는 참을 수 없는 답답함을 느꼈다.

이 고양이도 어렸을 땐 꿈이 있었을까. 새침한 암고양이와의 운명적인 로맨스를 꿈꾸다 잠 못드는 나날이 있지는 않았을까. 이담에 크면 뭘 하고 싶었을까. 냥 펀치 한방으로 동네 고양이들의 옥수수를 우수수 털고 다니며 후암동 고양이 무리를 호령하는 우두머리가 되고 싶지는 않았을까. 나는 최소한 바깥세상에 대한 공포심을 덜어주고 싶었다. 가끔은 야외에서 고양이하고 집에 있을 때처럼 뛰어놀 수 있게.

베란다 방충망을 조금 열어놓으면 호기심에 밖으로 나가 자유로운 삶을 만끽할 수 있을 것이다. 하지만 떨어지면 어떡하지. 다행히 다치지 않고 1층까지 내려가 풀냄새 흙냄새에 야생의 본능이 극적으로 살아나 운 좋게 로드킬 당하지 않고 집 근처의 남산까지 간다면 대자연 속에서 자유를 만끽할 수 있을 테지만, 사람에게 길들여진 이 고양이가 그걸 원하는지 원하지 않는지 나는 도통 알 수가 없다. 그리고 혹시라도 그러면 다시는 이 고양이를 볼 수 없게 될 지도 모른다.

폐허가 된 지구에서 살아남는 디스토피아 영화나 드라마처럼 집에서 고양이를 훈련시키는 것은 어떨까. 일주일동안 먹이를 주지 않으면 이내 뛰어난 사냥꾼이 될 것이다. 그리고 집안에 쥐나 도마뱀이나 참새를 풀어놓으면 아마도 나는 고양이가 생쥐와 참새를 양손으로 움켜쥐고 뚝뚝 떨어지는 신선한 피를 남김없이 핥으며 머리부터 오도독 오도독 씹어 먹는 놀라운 야생의 모습을 보게 될 것이다. 하지만 이 고양이를 대자연에서 자유를 만끽하게 해주는 것도, 굶겨놓고 집에 작은 동물을 풀어놓는 것도 할 수 없다는 것을 나는 이미 알고 있었다.

그녀는 그런 고양이를 살뜰히도 챙겼다. 그녀는 고양이 비빔밥이라고 부르는 특별식을 만들어 늘 냉장고에 넣어놓았다. 고양이 비빔밥이란 습식 캔과 영양제를 섞은 것으로, 습식 캔 네다섯 개를 대접에 덜어놓고 숟가락으로 잘 짓이긴 다음 그 위에 튜브형태의 까만 고양이 종합 영양제를 빙 두른다. 그 위에 하얀색 고양이 유산균을 한포 뿌린 다음 물을 한 큰 술 넣고 요리조리 잘 비비면 영양만점의 간식이 완성되었다. 완성된 비빔밥은 고양이가 핥아먹기 편하도록 모서리가 둥글게 디자인된 넓은 고양이 접시에 프랑스 요리처럼 딱 반 숟가락만.

그녀는 고양이의 비만을 방지하면서 입맛을 달래 무료한 생활에 활력소를 주기위한 최선의 방편이라고 했다. 남은 비빔밥을 내용물이 잘 보이는 유리로 된 밀폐용기에 담아 냉장고에 넣어두면 오래도록 한 숟갈씩 먹일 수 있으니 편하기도 했다.

찬장에 종류별로 나누어 차례대로 정리한 각양각색의 알루미늄 캔들이 서로 부딪치는 미세한 소리가 들리면 고양이는 꼬랑지를 바짝 세우고 살랑살랑 가벼운 발걸음으로 걸어와서는 식탁 위로 훌쩍 뛰어 올랐다. 접시가 놓이자마자 고양이는 갸르릉-갸르릉- 대며 덥석덥석 먹어댔다.

비빔밥에서 흐른 액체 한 방울이 손등에 묻어 순간적인 호기심에 무의식적으로 혀로 닦았던 적이 있었는데 텁텁한 느낌과 생선 비린내만 풍겨올 뿐 아무런 맛도 나지 않았다.

'이리 밍밍하고 비린내 나는 게 뭐가 그렇게 맛이 있다고…'

고양이는 매번 빈 접시까지 말끔히 핥아댔다.

하지만 나와 고양이와의 허니문은 그것으로 끝이었다. 한 살이 넘은 어엿한 어른 고양이는 예상치 못하게 천덕꾸러기가 되어버렸다. 고양이를 사랑하는 것과 직접 키우는 것은 다른 문제일 수 있다고 나는 스스로 빠르게 합리화하기 시작했다.

지중해가 떠오르던 고양이에게서 이제는 시큼한 생선비린내가 났다. 다행히 그녀가 고양이를 좋아했기에 고양이는 내 집에서 무탈하게 생활할 수 있었다. 아니었다면 벌써 아무렇게나 돈 한 푼 안 받고 처음부터 원래 없었던 것처럼 감쪽같이 분양을 보내버렸을 것이다. 오랜 시간 동안 아무리 죽고 못 살던 남녀사이라도 권태기는 오기 마련이다. 사람과 사람 사이도 이럴진대 사람과 동물 사이는 말해 뭐할까. 나는 나에게 온 권태기가 일시적이라는 것을 깨닫지 못했기에 극복할 필요성을 느끼지 못했고, 때문에 나와 고양이 사이는 점점 더 멀어져만 갔다.

퇴근 후 현관에 들어서기 무섭게 겉옷도 벗지 않고 제일 먼저 훌쩍 큰 고양이를 와락 품에 안고서 오늘 있었던 시시콜콜한 일들에 대해 이러쿵저러쿵 수다를 떨기 바쁜 그녀의 일상적인 모습을 보며, 언제부턴가 나는 옆에 아무 말 없이 조용히 돌돌이를 들고 서 있을 수밖에 없었다. 고양이의 털은 실크처럼 부드럽지만 손바닥에 정전기가 이는 것도 아닌데 한번 쓰다듬을 때마다 털들이 어김없이 달라붙어 있었고, 짧고 얇은 털들은 털갈이를 하는 특정 시기도 없이 계속 후두둑 빠져서 둥둥 날아다니기까지 했다. 자동 먼지센서가 장착된 공기청정기와 고무 브러쉬가 양쪽에 달린 로봇청소기를 24시간 돌리지 않고서는 견딜 수 없었다.

바닥에만 붙어다니는 강아지와는 달리 고양이는 신통방통한 점프력으로 책상 위며 테이블 위, 식탁 위, 심지어 냉장고 꼭대기나 책장 꼭대기까지 훌쩍훌쩍 쉽게 올라가서 잘도 누워있었기에 고양이가 지나간 곳에는 털의 흔적들이 어김없이 하늘하늘하게 붙어있었다. 때로는 이 요망한 짐승이 날 약 올리려고 일부러 그러는 게 아닐까 하는 생각에 머리털이 곤두섰다. 나의 깨끗하고 청결한 집을 뒤덮어버린 얄미운 고양이털들 때문에 나는 고양이를 절대 가까이 할 수가 없었다.

내가 먼저 집에 들어오는 날이면 신기하게도 고양이가 매번 현관문 앞에 미리 마중을 나와 있었다. 제대로 자리를 잡고 다소곳하게 앉아 있는 고양이를 피해 양쪽 정장바지 밑단을 검지 손가락으로 바짝 걷고서 고양이를 살짝 뛰어넘어 슬리퍼를 신으면 고양이는 어김없이 꼬랑지를 꼿꼿하게 세우고 한껏 상기된 표정으로 내 다리에 옆구리를 부비대려고 슬그머니 다가왔다. 그러면 나는 매번 발로 고양이를 쓱 밀어놓으며 신경질적인 말투로 "저리 가!"라고 차갑게 소리치면서 입술로 "쓱-!"하는 날카로운 소리를 냈다. 그러면 고양이는 "우웅-우웅-" 하는 묘한 소리를 내며 거실구석에 있는 발톱갈이 스탠드로 달려가 발톱을 바짝 세우고 화풀이를 하듯이 삼줄을 박박 긁어 댔다. 그러다 머쓱해진 고양이는 여지없이 TV를 켜고 곧바로 안락의자에 널브러져 있는 나를 먼발치에서 망부석처럼 바라보다가 하얀 배를 보이고 바닥에 누워 앞발바닥을 핥으며 연신 "야웅-야웅-"거렸다. 오늘도 역시 언제나처럼 반응이 없는 것을 확인한 고양이는 캣트리 꼭대기까지 폴짝폴짝 올라가 둥그런 기둥을 따라 빙글빙글 감겨있는 삼줄에 연신 발톱을 가는 것으로 또다시 한바탕 화풀이를 하고나서야 그녀를 기다리며 거실 구석에서 풀이 죽어 있곤 했다.

안방문을 깜빡하고 열어두는 날이면 고양이는 매번 몰래 안방에 들어가 잘 정돈된 침구 위에서 혼자만의 실감나는 사냥놀이를 했다. 고양이의 정신세계란 원래부터 이렇게 심오하고도 오묘한 것이었는지.

고양이는 이불속으로 들어가서 한참을 숨어 있다가 낮은 포복으로 반대쪽 이불 끝까지 기어가 눈을 빼꼼히 빼고 긴박하게 주위를 둘러본다. 그러다가 두 귀를 바짝 뒤로 젖히고 벌러덩 누워서 이불을 날카로운 발톱으로 부여잡고 신경질적으로 물고 뜯고 뒷발로 긁어대다가 갑자기 벌떡 일어나 마치 두더지 게임을 하듯이 침대 위를 콩콩 뛰어다니다가 방 밖으로 휙-하고 나가서는 이쪽 집구석에서 저쪽 집구석까지 사방팔방을 마치 다큐멘터리 속 아프리카의 누우 떼처럼 우두두 우두두 소리가 날 정도로 신나게 뛰어다녔다. 그리곤 다시 빼꼼히 열려 있는 안방문 사이로 달려들어가 침대 위로 휙 올라가서는 또 이불을 물고 뜯고 뒷발로 시원하게 긁어대며 혼자 아주 살판이 났다.

그런 모습을 들키는 날이면 고양이는 내가 싫어하는 것을 눈치 챘는지 침대 위에 앉아서 모른 척하고 앞 발등에 연신 침을 묻혀 고양이세수를 했다. 정성스런 세수, 아니 세면이 끝나면 빵빵한 뱃살이며 등이며 심지어 발가락 사이사이까지 한 군데도 빠뜨리지 않고 온 몸을 구석구석 연신 핥아대며 그루밍 삼매경에 빠지는 척하며 내 눈치를 봤다. 처음에는 이게 진짜 왜 이러는지 고양이 전문병원에 급하게 데려가 정신과 상담을 받아야 하겠다는 생각도 했다. 하지만 고양이는 킹사이즈 침대 위 드넓게 펼쳐져 있는 새하얗고 푹신한 침구들이 꽤 재미있는 놀이터라고 생각한 것이 분명했다. 주인이 없을 때 이 놀이터를 혼자서 독차지했다는 극도의 해방감과 정복감을 만끽한 것이다. 하기야 여태껏 사람이 없는 안방은 언제나 닫혀있는 절대금묘의 공간이었으니 그럴 만도 했지만, 새하얀 이불 위에 손에 잘 집히지도 않는 촘촘하고 짧게 눌어붙어 있는 회색 털들을 떼어 내는 것은 언제나 내 몫이었다.

귀여운 외모와는 달리 본성이 포식동물인지라 오로지 육식을 하는 고양이는 야생에서라면 먹잇감을 찾아다니느라 대부분의 시간을 보낼 테지만, 사람과 같이 사는 고양이는 먹을 것이 지천으로 널려있으니 걱정도 없는 좋은 팔자다. 그래서일까. 고양이는 하루의 대부분의 시간을 잠으로 보냈다. 그게 그나마 다행이었다.

그녀와 내가 가끔 급하게 일을 치르는 날이면 정신없이 씻고 나와 곧바로 눕기 바빠서 매번 안방문을 닫는 것을 깜빡하곤 했다. 뽀송하게 말라가는 맛있게 소진된 몸으로 의식에서 무의식으로 달콤하게 전환되어가는 그녀의 나른한 얼굴을 즐겁게 바라보며 간만의 단잠에 스르륵 빠져들 때면 고양이는 눈치 없이 꼭 침대 밑에 앉아서 눈을 동그랗게 뜨고 위로 올라올 준비를 하며 엉덩이를 들썩거렸다. 나는 그걸 볼 때마다 기겁해서 벌떡 일어나 고양이의 목덜미를 힘껏 움켜쥐고 거실에 휙 던져놓고는 재빨리 들어와 안방문을 닫았고, 고양이는 "아으엉-아으엉-"하면서 한참동안 떼쓰는 어린아이처럼 서럽게 울며 안방문을 긁어댔다. 그러면 그녀는 눈을 흘기며 거실로 나가 큰 고양이를 꼭 아기처럼 품에 안고 들어왔다. 그녀는 고양이처럼 맨몸을 웅크리고 몸을 돌돌 말고 있는 고양이를 품고 잤다.

고양이는 내가 싫어하거나 말거나 가끔씩 자다가 일어나 내 몸 아무데나 양 앞발을 가지런히 대고 번갈아가며 꾹꾹 눌러댔다. 그럴 때마다 나는 작은 발톱들 때문에 따끔따끔해서 짜증을 내기 바빴다. 고양이는 떡진 내 머리를 어둠속에서도 잘도 찾아서 기름진 두피의 고릿한 냄새를 쿵쿵대며 맡다가 까끌까끌한 혓바닥으로 핥아대기도 하고 푹신한 이불을 두 발로 사부작사부작 긁어대며 숙면을 방해했다.

나는 분주한 아침시간에 침구들을 정리할 때면 흰색 매트 커버며 이불이며 베개에 수북하게 붙어서 떨어지지 않는 고양이의 얇은 털들에 매번 신경질이 났지만, 그녀 때문에 어쩔 수 없이 매번 분노의 롤러 질을 할 수밖에 없었다.

어느 날부터 고양이는 넘치는 힘을 점점 주체하지 못했다. 퇴근 후의 저녁시간이나 한밤중에도 혼자서 집안 구석구석, 이 방에서 저 방으로 힘차게 뛰어다녔다. 하루 종일 무언가를 찾는 듯이 두리번두리번 분주하고, 또 아무런 소리도 들리지 않는데도 누가 쫓아오는 것처럼 우다닥우다닥 소리를 내며 잘도 도망 다녔다. 그러다가 갑자기 멈춰 서서 "크아웅-크아웅-"하는 굵은 소리로 몇 분이고 계속해서 늑대처럼 울어대며 엉덩이를 쭉 빼고 걷다가 바닥에 털썩 누워서 한참을 이리저리 뒹구는 기이한 행동을 반복했다. 동물병원 의사는 발정이 온 것 같다고 했다. 발정이 오면 집안 구석구석에 오줌을 뿌리며 영역 표시를 할 수 있다는 의사의 말에 어안이 벙벙해졌다.

수컷 고양이는 미리 중성화 수술을 하는 것이 일반적이란다. 지금이라면 고민 꽤나 했을 그 수술을 그때는 왜 그리도 당연하게 생각하고 빨리 결정했는지. 아니면 그냥 상상만이라도 수술을 하지 않고 동년배의 암컷 고양이를 더 입양해서 행복한 고양이 가족을 만들 생각을 한번도 하지 않았던 것은 왜일까. 엄두가 나지 않았던 것은, 아마도 이제는 절대로 더 이상 누구도 그래선 안 된다는 막연한 거부감 때문이었는지도 모르겠다.

사람과 같이 사는 동물 중에서 배변처리가 제일 깔끔한 것이 고양이라지만, 고양이는 자기 배설물을 특유의 지독한 냄새가 나지 않게 잘 정리해 놓는 것까지만 할 뿐 모래 속에 꼭꼭 숨겨 놓은 배설물 덩어리를 잘 정리해 내다 버리는 것은 온전히 사람의 몫이라는 것을 고양이를 키우기 전에는 전혀 예상하지 못했다. 처음엔 새끼 고양이의 배설물로 뭉쳐진 작은 모래덩어리를 고양이 화장실 전용 스쿱으로 신기한 듯이 하나씩 떠서 작은 비닐봉투에 넣곤 했지만, 고양이의 몸이 훌쩍 커버리고 배설물의 크기도 그만큼 커진 순간부터 이 요상한 신기함은 바닥을 드러내고 말았다.

고양이 화장실을 치우는 것은 내가 자처한 내 몫이었지만, 매번 반복되는 단순한 일은 아무리 재미있는 일이라 할지라도 매너리즘에 빠지기 십상이다. 아예 일반형 고양이 화장실을 시중에 판매중인 화장실 중에서 가장 큰 점보화장실로 바꿔서 두 개나 사놓고 일주일에 한 번씩만 치웠다. 하지만 것도 일주일이면 좋았다. 일주일 이상 청소를 건너뛴 고양이 화장실은 오래 묵은 식초냄새 같은 고양이 오줌 특유의 독한 냄새로 진동했다. 새 벤토나이트 모래는 오줌이 닿으면 순식간에 굳어버려 냄새가 나지 않지만, 일주일 넘게 배설물을 치우지 않아 고양이 화장실 내부 모래가 습해지면 처음에 굳은 고양이 오줌이 말라 잘게 부서진다. 그 위에 고양이가 또 오줌을 누면 더 이상 습기를 머금을 수 없는 모래를 시원하게 통과한 오줌이 그대로 화장실 바닥에 흘러내려 찐득하게 눌어붙는 것이다.

나는 그녀의 잔소리가 심해진다 싶어질 때가 되서야 애써 외면하던 베란다로 마지못해 꾸역꾸역 달려가 고양이 화장실 청소를 했다. 한 달에 두세 번 뿐인데도 헌 모래를 모두 덜어내고 점보화장실 두 개를 뚜껑과 모래그릇으로 양분해 차례대로 욕실에 들고 들어간 뒤 물로 깨끗이 씻고 새 모래를 부어주는 일이 여간 번거로운 게 아니었다.

누구나 남들에게 보이기 꺼려지는 고약한 버릇이 하나쯤은 있다. 하지만 한 공간에서 살거나 살기로 약속한 사이에는 결국 서로의 못 봐주겠는 버릇에 대해 어느 정도의 절충안을 찾기 마련이다. 하지만 언어가 통하지 않는 존재끼리는 그걸 어떻게 해결해야 하는지 아무도 나에게 가르쳐 주지 않았고, 배울 곳도 찾지 못했다. 나는 그저 고양이가 비싼 가구처럼 거실 한 곳에서 가만히 멋진 모습만을 뽐내주길 바랐던 것뿐이었는데 왜 이리도 신경쓸 부분이 많은 것인지. 편집중에 걸릴 지경에 발견한 이 버릇은 쉴 없이 빠지는 털에 지쳐 나가떨어진 나에게 마지막 결정타를 날리기 충분했다.

그날 저녁도 여지없이 거실에서 TV를 보고 있는데 베란다 화장실에 들어갔다 나온 고양이가 거실 바닥에 앉아서는 갑자기 마치 곡예를 하듯이 두 뒷다리를 나란히 위로 쭉- 쳐들었다. 그리고는 궁둥이가 거실바닥에 완벽하게 밀착되었는지 확인이라도 하듯이 왼쪽 오른쪽으로 실룩실룩 대며 두 앞발로만 앞으로 몇 발자국 나아가면서 궁둥이를 쭉- 문질렀다. 거실의 옅은 무늬목 바닥재 위에는 고양이의 항문이 시원함을 느끼며 지나간 자리를 증명이라도 하듯 반짝이면서도 미끄덩거리는 반원형의 자국이 찌이익-하고 남았다.

제아무리 고양이라도 큰일을 본 후에 뒤처리를 시원하게 하고 싶은 욕구가 있을 거라는 이해심을 발휘하지 못할 것은 아니었으나, 이 기이한 모습을 처음 봤을 땐 정말 있지도 않던 오만정이 다 떨어져 버렸다.

그날 이후로 나는 이게 무슨 짓이람 하고 속으로 불평을 하면서도 고양이가 어기적어기적 대는 걸음걸이로 고양이 화장실에 들어가서 잠깐 조용해졌다가 이내 쓱싹쓱싹 모래를 덮는 소리가 들리고, 고양이 화장실 문에 앞발을 박박 긁으며 모래를 털어내는 소리가 들리고, 이내 또로록 또로록 굵은 모래가 무늬목 바닥재에 굴러가는 소리가 들리면 후다닥 뛰어가 티슈를 두어 장 뽑아들고 고양이의 항문이 바닥에 닿기 전에 닦아줘야 했다. 집에서 키우는 고양이는 20년도 넘게 산다는데 그때까지 매일 하루에도 몇 번 씩 고양이 항문을 닦아줘야 하는 팔자라니. 하지만 고양이와 같이 있을 때는 항문을 닦아줄 수 있으니 그나마 나았다. 퇴근 후에는 어쩔 수 없이 거실의 반짝거리는 항문 자국들을 물티슈를 들고 찾아다니며 닦아내야 했으니 말이다.

미용이

좋은 점이 있긴 했다. 고양이를 불러야 할 땐 티슈를 한 장 빼어 들고 흔들어대면 되었으니. 그러면 고양이가 금방 달려와 꼬랑지를 세우고 이쪽으로 등을 돌린 채 항문을 들이대보였다. 내 손길이 매번 시원하긴 했나보았다.

날 기겁하게 만든 사건은 또 있었다. 여느 때처럼 퇴근을 하고 집에 들어왔는데 평소와는 달리 고양이가 현관 앞에서 야옹대지 않고 거실 한복판에 다소곳하게 앉아 "미야옹-미야옹-"거리며 한참동안 날 빤히 쳐다보고 있었다. 고양이 앞에는 무언가 까맣고 큰 점 같은 게 놓여있었다. '저게 뭐지'하며 가까이 다가가보니 그것은 바퀴벌레였다. 초가을 첫 서리에 떨어져 죽은 매미만큼 큼지막한 바퀴벌레는 무려 3센티미터는 너끈히 넘어보였다. 밝은 갈색으로 반들반들 윤기가 나는 날개를 양쪽으로 쭉 편 바퀴벌레는 고양이가 바삭거리며 한두 번 씹거나 밟은 모양으로 배 부분이 반쯤 갈라져 금방이라도 두 부분으로 동강이 나버릴 것만 같은 상태였다. 하지만 아직 숨이 붙어있는 바퀴벌레가 수많은 발을 바르르 떨며 남아있는 온 힘을 짜내어 앞으로 조금씩 기어가려고 하자 고양이가 두 귀를 쫑긋 세운 채 바퀴벌레를 노려보더니 앞발로 툭툭치며 손축구를 하기 시작했다.

"악! 제발! 안 돼-!"

살면서 내가 그때처럼 바퀴벌레를 간절히 응원했던 적은 없었다.

'제발 반드시 살아서 집밖으로 나가줘! 조금만 더 힘내란 말야!'

하지만 이리저리 굴러다니던 바퀴벌레는 단 몇 초도 버티지 못하고 금세 내 기대를 저버리고 말았다. 바퀴벌레의 덜렁거리며 붙어있던 나머지 배 부분이 마침내 떨어져버리자 납작한 바퀴벌레는 더 이상 움직이지 않았지만 아직도 끈질기게 살아만 있는 바퀴벌레는 애꿎은 더듬이만 허공에 대고 더듬거리고 있었다. 떨어진 두툼한 바퀴벌레의 배에서 뱃속을 가득 채운 노오란 체액이 거실바닥에 당장이라도 흘러내릴 것만 같았지만 바퀴벌레의 동강난 배는 언뜻 봐도 텅 비어있었다. 바퀴벌레의 오동통한 배를 가득 채웠을 나머지 노오란 체액은 그럼 어디로 사라졌다는 말인가.

고양이가 입맛을 다시며 오른쪽 앞 발등에 정성스레 침을 묻혀 고양이 세수를 하기 시작했다.

"윽…."

나도 모르게 신물이 올라왔다.

고양이는 뭘 말하고 싶은 게 있다는 눈치로 눈을 게슴츠레 깜박거리며 번갈아가며 바퀴벌레와 날 번갈아 가며 바라보았다.

"미야옹- 미야옹-."

'아, 이게 말로만 듣던 고양이의 보은이란 말이냐?'

사람에게도 한번 받지 못했던 서프라이즈 선물을 고양이에게 받다니. 그래도 제 딴에는 밥 챙겨주는 주인이라고 뭐라도 주고 싶은 마음이 있었던 것은 알겠으나, 노 땡큐니 다음부터는 제발 마음만 받겠다는 말을 어떻게 표현해야 했을까.

그러던 고양이가 벌써 세 살이 넘어 있었다. 고양이로서는 적지 않은 나이다. 고양이는 이제 그녀가 더 이상 집에 오지 않으리라는 것을 어떻게 알아차렸는지 버려진 그녀의 화장대에 올라가 후덕한 엉덩이를 철푸덕 깔고 앉아선 앞발을 거울에 툭툭대며 버둥거렸다. 고양이는 연둣빛으로 반짝이는 큰 눈을 동그랗게 뜨고 두리번거리면서 큼직한 거울에 비친 자기 모습을 고개를 갸우뚱대며 유심히 보다가 계속 "미야옹-미야오옹-"하면서 한참을 울어댔다. 마치 그녀를 찾는 것처럼.

그녀의 향수냄새가 아직도 풍성히 남아있는 화장품이며 화장도구들에 코를 대고 킁킁 냄새를 맡다가 또다시 거울 모퉁이에 뺨을 수차례 비벼댔다. 고양이의 한쪽 귀가 쫑긋하며 이쪽을 향했다. 내가 뒤에서 보고 있는걸 아는 걸까. 참 미스터리하게 예민한 동물이다.

고양이는 연신 고로롱 소리를 내면서 침대로 홀쩍 뛰어올라와 또다시 수염을 바짝 세우고 침대 위를 돌아다니다 누워있는 내 불룩한 배의 중앙점을 정확히 콕! 하고 체중을 실어 밟고 지나가며 침대 반대편으로 폴짝 뛰어내렸다. 나도 모르게 "윽!"하는 깊은 소리가 났다.

'이 버릇없는 놈이! 제 주인을 밟고 지나가?'

나는 번뜩 정신이 들어 침대에 걸터앉았다. 나는 짜증이 치밀어 올라 고양이의 목덜미를 잡아채려 두리번거렸으나 벌써 어디로 멀리 도망갔는지 보이지 않았다. 거 참 빠르기도 해라. 하지만 고양이는 이내 안방 문지방에 나와 앉아서 양쪽 눈을 게슴츠레 뜨고 잔뜩 상기된 몸짓으로 교태를 부리고 있었다. 눈을 감고서 한숨을 푹-하고 쉬는데 고양이가 또다시 침대 위로 폴짝 올라와서 내 머리에 자기 이마와 뺨을 부비적대기 시작했다.

"갸르릉-갸르릉-갸르릉-"

귀찮음에 다시 누우려는 찰나 고양이가 꼬리를 한껏 곧게 세운 채 베개와 나 사이에 떡하니 자리를 잡고 버티고 서서 나를 빤히 올려다보았다. 마치 다시 눕지 못하게 하려는 것만 같았다.

'뭐야, 이게 지금 날 깨우려는 거야?'

갸르릉 거리는 소리는 숨이 넘어가는 것처럼 계속해서 빠르고 끊임없이 이어졌다. 고양이가 기분이 좋을 때 내는 소리라고만 알고 있던 이 소리는 대체 무슨 뜻일까. 이 고양이가 뭔가 애타게 말하고 있는 것이 분명했지만 도통 알아들을 수가 없었다. 소리는 또 어디서 나오는 걸까.

미용이

나는 문득 고양이의 몸을 천천히 뒤적이기 시작했다. 고양이가 도망가지는 않을까 했지만 웬걸. 또 뭐가 그렇게 좋다는 건지 소리는 점점 더 빨라지고 진동은 점점 더 심해지기만 했다. 왼손으로 머리부터 꼬리까지 천천히 쓰다듬자 고양이가 아예 벌러덩 누워버렸다. 오른손으로 가슴팍에 손을 쑥 넣었다. 고양이의 따뜻한 가슴팍이 내 손아귀에 기꺼이 몸을 맡겼다.

고양이의 가슴 전체가 마치 진동모드로 울리고 있는 휴대전화처럼 부르르부르르 강렬하게 떨리고 있었다. 갸르릉 소리와 박자를 맞추어 한 손에 들어오는 좁은 가슴팍이 한껏 팽창과 수축을 번갈아하고, 들숨과 날숨이 교차할 때마다 소리도 같은 박자로 교차하고 있었다. 마치 콘트라베이스의 피치카토 같은 낮은 진동의 파장은 심해의 밑바닥에 침몰한 초대형 화물선처럼 무겁게 가라앉아 있던 내 마음을 가벼운 돛단배로 만들어 수면 위로 붕-하고 떠미는 듯했다.

고양이의 눈이 게슴츠레 떠지고 천천히 감기길 반복했다. 온 몸이 행복감에 취해 있는 것만 같았다. 나는 쉽사리 손을 떼지 못했다. 나의 손은 계속해서 고양이의 말랑말랑한 몸을 탐하고 있었다.

긴 듯 짧은 시간이 지나 내 손을 빠져나온 고양이는 내 몸 주위를 한 바퀴 분주하게 돌더니 옆으로 철푸덕 누워서 앞발을 연신 꼼지락꼼지락거렸다. 나는 오른쪽 검지 손가락을 작은 앞발바닥에 대보았다. 꼼지락거리는 작은 발에서 다섯 개의 발톱이 불쑥 나오더니 마치 사람의 손처럼 오므려졌다. 마치 내 손가락을 아기들이 그러듯 움켜쥐려는 듯했다. 발톱들이 나왔다가 들어가기를 반복했다. 고양이는 연신 골골 거리면서도 신중하게 뭘 확인이라도 하려는 듯이 토끼처럼 벌름거리는 작은 콧구멍을 내 몸에 대고 킁킁 냄새를 맡았다.

나는 무언가에 이끌리듯 고양이의 가슴팍에 귀를 청진기처럼 대고 가만히 숨을 죽였다.

"콩닥콩닥! 콩닥콩닥! 콩닥콩닥! 콩닥콩닥!"

작은 심장이 소리노 없이 미친 듯이 뛰고 있었다. 단지 크기만 다를 뿐, 분명히 나와 똑같은 포유류의 뜨거운 심장이었다.

단지 그뿐이었다. 작은 심장에서 일어난 규칙적이고 빠른 파동(WAVE)이 순식간에 내 가슴을 파고 들어왔다. 예상치 못한 소나기의 첫 물방울을 갑작스럽게 이마에 맞는 것 같은 신기함이 느껴졌다. 그것은 평화로 팽팽한 물의 표면 한 가운데에 무게조차 없는 나뭇잎 하나가 우연히 떨어지며 일으키는 작은 파장일 뿐이었으나, 내 마음의 스위치를 일순간에 확- 켜버리기에 부족함이 없었다. 작은 생명의 가열 찬 생명력에 참을 수 없는 부끄러움이 밀려왔다. 나도 모르게 바삭하게 건조된 마음이 바스스 떨리기 시작했다.

"어서! 어서!"

작은 심장이 나태한 큰 심장에게 모진 채찍질을 주저 없이 가하고 있었다. 뛰는 법을 잊어버렸던 굳어버린 심장이 언제 그랬냐는 듯이 시치미를 뚝 떼고서 본능처럼 녹슨 실린더에 뜨거운 증기를 뿜어내기 시작했다. 차갑게 식은 몸에 다시 뜨끈한 피가 돌기 시작했다. 나는 미용이를 와락 끌어안았다.

"미용이! 아빠 미용이야? 응? 이제 아빠랑 미용이만 둘만 남았네. 괜찮지?"

아무도 없는 데서 나도 모르게 툭 튀어나온 아빠라는 말에 머쓱함이 느껴졌다. 불현듯 귓가에 '치…'하는 소리가 들렸다.

잊고 있었던 것이다. 내 심장이 이처럼 강인한 생명력을 품고 있었다는 사실을. 나는 한창 뜨겁게 살아 숨 쉬는 생명덩이를 절망으로 가득 찬 눈, 아니 것도 모자라 그마저 뻘건 안대로 빈틈없이 가린 채 벌써 오래전에 해치우듯 죽여 놓지 못한 내 자신을 책망하고 있었다. 갑자기 빈 눈물이 핑- 돌았다. 불모의 땅에 단비가 내리고 이름 모를 작은 풀꽃들이 여기저기에서 두서없이 피어나기 시작했다. 끊이지 않는 눈물이 한참동안 소리 없이 흘렀다. 어느새 나도 모르게 깊은 잠에 빠져들었다.

미용이의 모닝콜은 다음날에도 이어졌다. 얼굴이 간지러워 부스스 눈을 떠보니 또 미용이다. 이번에도 볼록한 내 배 중앙을 콕! 하고 밟고 지나가 또 나도 모르게 또 "윽!"하는 깊은 소리가 났다. 게으른 주인의 놀란 소리에 아주 재미를 들린 모양이었다.

시계를 보니 오전 7시 언저리다. 얼른 그녀보다 먼저 샤워를 하고 출근준비를 해야 할 것만 같다. 미용이는 그녀와 나의 분주했던 아침 시간을 아직 기억하고 있는 걸까. 배가 고파서 그러려니 하고 밥을 주려고 거실에 나가보았다. 고양이 식탁과 물그릇엔 사료와 물이 가득 차 있었다. 뒤를 돌아보니 미용이는 또 어디로 갔는지 보이지 않는다.

"미용아-."

맑은 정신에는 처음으로 낯간지러운 이름을 크게 불러보았다.

"미용아- 어디있니-?"

낯선 불안감이 느껴졌다.

"이야오옹-이야오옹-."

미용이의 긴 울음소리가 베란다에서 들려왔다. 베란다로 나가보니 창문이 열려있는데도 푸석하게 썩는 진한 찌린내가 코를 찔렀다. 날씨가 더워지니 냄새가 더 진동했다. 미용이는 베란다 저쪽 구석을 떡하니 차지하고 있는 고양이 화장실 앞에서 날 빤히 바라보고 있었다.

'아차차…. 화장실을 마지막으로 치운 게 언제였지…?'

방탕하게 지내는 동안 베란다에서 지린내가 나면 술기운에 화장실 뚜껑을 열고 새 모래 한 포를 한번에 위에다 들이붓기가 여러 번이었다.

'치우긴 치워야 하는데 어쩐다. 왜 하필 이 시간이냐…. 이 시간에

일어나는 게 아니었다.'

뭐부터 치워야 할지 도무지 감이 오지 않았다. 어제였다면 화장실 따위를 걱정하지 않고 다시 잠을 자거나 모닝 소주를 마셨을 텐데, 참기가 힘든 지린내를 너무 가까이서 맡았기 때문인지 이상한 의무감에 갑자기 마음이 조급해졌다. 나는 주위에 있는 빨래 건조대며 안 쓰는 간이의자며 플라스틱 대야 등을 치우고 점보화장실 뚜껑을 열어 제꼈다.

축축한 습기를 가득 머금어 꽤 견고하게 굳어 있는 모래더미가 입구에서 뒤쪽까지 가파른 경사로 산더미처럼 쌓여 있었다. 미옹이는 모래더미 경사가 시작되는 중간부근에 요령껏 볼일을 보고서 뒤쪽에 있는 마른 모래를 긁어내어 덮어놓기를 반복한 모양이었다.

'화장실이 이 지경인데도 꼭 여기다만 일을 봤던 거냐.'

워낙에 깨끗한 걸 좋아하는 고양이는 화장실을 치워주지 않아 지저분하면 집안 아무데나 배변을 한다는 이야기가 떠올랐다.

'에그그, 네가 주인을 잘못 만나 고생이 많다.'

베란다 고양이 화장실 청소를 신호탄으로 간만의 뽀드득 소리 나는 대청소가 끝나고 나니 온몸이 땀으로 범벅이 되었다. 욕실을 청소하며 한참동안 찬물로 시원하게 샤워를 했다. 기분 좋은 피곤함이 거침없이 몰려왔다. 나는 다시 침대로 향했다.

"자기는 언제가 제일 행복해?"

언젠가 그녀가 물은 적이 있다.

"당연히 자기랑 있을 때지!"

나는 잠시 뜸을 들이다 말했다.

"아아~니 그런 거 말고! 진짜로~"

그녀가 살짝 눈을 흘겼다.

"음… 자기랑 자는 거?"

그녀의 얼굴이 금세 실망으로 가득차려는 찰나,

"아니, 섹스 말고. 당연히 섹스도 좋지만 자기 옆에서 잠을 자는 거 말야. 그게 제일 좋지."

그녀의 얼굴에 퍼지던 옅은 미소에서 핑크빛 향기가 났다.

"아…"

그렇지, 그럼.

마치 태평양 한가운데 무풍지대처럼 잠잠했던 나날들에 갑자기 밀려온 거센 폭풍들이 맞부딪치듯. 서로가 잃었던 것을 애타게 되찾으려는 알 수 없는 갈구에 취해 격정의 하모니가 끊임없이 반복되고 치달으며, 상대를 기다리려 끝끝내 미루고 미루던 절정을 마침 맞게 맞이한 후에, 들떠있는 몇 마디 말들이 메아리처럼 간헐적으로 오고 가고 나면 우린 손가락 하나 움직이는 것이 버거울 정도로 진이 빠져버렸다.

끈적하게 달아오른 맨몸을 식히기 위해 조금 떨어져 누워있어도 온몸은 뜨끈한 온천욕을 하고 방금 나온 것처럼 온통 노곤노곤하고, 머릿속은 추운 겨울날의 아랫목 같이 쉽게 꺼지지 않는 은근한 온기로 가득 찼다. 우리는 그 상태 그대로 잠시 동안 시간을 보냈다. 아무런 말이 없는 침묵의 대화였다.

씻고 나선 말끔히 소진된 맨몸을 모로 뉘어 까칠하고 투박한 발바닥을 그녀의 맨들한 발바닥에 비벼대면 그녀는 간지럽다고 하면서도 시원하다고 한다. 그리곤 아무리 그녀를 갖고 가져도 결국엔 영원히 지워지지 않을 '외로움'이라는 주홍빛 글자가 깊숙이 새겨져있는 내 불쌍한 등을 뒤에서 안아주는 그녀의 손등에 나는 버릇처럼 깍지를 낀다. 그녀의 뜨끈한 젖가슴이 등에 느껴지면 마법처럼 일순간 머릿속 혼돈이 정화되고 이상하게 마음이 놓였다. 그러면 이내 거부할 수 없는 짙은 피곤이 몰려오고 투명하게 순수한 잠에 모든 것을 맡기게 되었다.

굳이 섹스를 하지 않아도 요즘처럼 더운 날에는 한참을 찬물로 샤워를 하고 맨몸으로 침대에 들면 말랑말랑한 배위로 홑이불만 살짝 걸친 그녀의 맨몸에서는 언제나 기분 좋고 따스한 살 냄새가 풍겼다. 그녀는 언제나 팔베개를 해주길 원했는데도 나는 여태 혼자 자는 게 익숙해 바깥쪽 침대 끝에서 등을 돌리고 반쯤 엎드린 자세로 자리를 잡았다. 그런 내 어깨를 그녀는 잠결에도 아무 말 없이 가벼운 손길로 쓰다듬어주었고, 그러면 나는 손을 뒤로해 그녀의 둔부를 정성스레 어루만져 주었다.

잠이란 오로지 혼자만의 것이니, 나는 언제나 섬뜩한 두려움을 느껴왔다. 매일 정해진 때에 일정한 시간을 자야한다는 의무감. 그 어쩔 수 없음에 대한 거부감은 좀처럼 익숙해지지 않았다. 매번 피곤에 지쳐 나도 모르는 새 스르르 잠에 빠져들 수만 있다면 얼마나 좋을까. 거친 운동을 하거나 술에 취하거나 잠을 설친 다음날이 아니면 잠은 대부분 마음의 준비와 노력이 필요한 번거로운 일이었다.

잠에 빠지기 직전까지 무엇을 보고 무엇을 느끼게 될지 까맣게 모르는 조용한 어둠 속에서 혼자 외롭게 느낄 불확실성. 나는 늘 그게 늘 두려웠다. 이 불친절한 랜덤극장에 나를 자꾸만 높은 절벽 끄트머리에 강제로 세워놓고선 한마디 말도 없이 대놓고 밀어 떨어뜨리던 변태적인 영화가 재수 없이 자꾸 걸리던 어린 시절엔, 잠이 오지 않을 때면 엄마를 찾아가면 그만이었으나 어른이 된 후로 엄마는 잔을 가득채운 풀 바디 와인이 되고, 한 시간의 취침모드가 설정된 TV가 되었다.

그녀와 처음 자던 날, 안방의 작은 TV를 켜놓고 자려던 내게 그녀는 불이 켜져 있으면 잠이 오지 않는다며 '이젠 내가 있으니 괜찮아'라고 말했다.

"이젠 나에겐 그녀가 있어!"

어릴 때처럼 교실에서 힘센 삼촌이 생겼다고 자랑하고 싶었다. 외로운 잠을 함께하는 단 한사람이 그녀여서 나는 참 다행이었다. 그녀도 그랬을까. 우리는 서로의 불안을 상쇄시켰을까.

잠 앞에서도 용감한 그녀의 존재는 나로 하여금 절대공포라는 무거운 문을 활짝 열어젖힌 뒤 그녀의 부드러운 손길로 거침없이 벼려낸 칼과 방패를 들고 어둠 속을 무작정 성큼성큼 걸어 들어가게 했다. 잠결에도 버릇처럼 날 안아주는 그녀의 부드러운 가슴팍과 젖가슴의 짭조름한 살 냄새는, 이제는 기억이 가물가물한 편안한 엄마의 품속을 다시 찾은 것만 같았다.

그녀는 내 무의식의 유일한 동반자였다. 아무것도 들리지 않고 아무것도 보이지 않는 완벽한 적막과 어둠 속에서 모든 것을 뛰어넘어, 단지 존재한다는 것만으로 믿을 수 있고 더 할 나위 없이 사랑스러운 그녀와 함께하는 달콤한 영원의 시간.

세상에 이보다 완벽한 행복이 있을까. 신의 축복이란 그런 것이 아니었을까.

어쩌면 존재를 기억하게 하는 것은 공간뿐일지도 모른다. 사랑을 속삭이던 그 자리에서 몸을 동그랗게 말고 잠을 자던 미융이의 커다란 귀가 쫑긋 거렸다. 흐느끼는 소리에 잠을 깬 모양이다. 희뿌연 시야 너머로 동그란 빛 두개가 무드등에 반사되어 반짝거렸다. 미융이는 기지개도 켜지 않고 적잖이 놀란 표정으로 큰 눈을 있는 대로 휘둥그레 뜨더니 내 얼굴부터 살피기 시작했다. 뜨끈하게 상기된 얼굴에서 토끼처럼 빠르게 실룩대는 미융이의 코가 축축하게 느껴졌다. 미융이는 안절부절 못하고 제자리에 앉다가 서다가를 반복하다가 몸을 이리저리 돌려가며 끙끙대기만 했다. 소리로, 모습으로, 냄새로, 미융이의 모든 예민한 감각들이 오롯이 날 향하고 있었지만 이게 도통 무슨 일이지 이해할 수 없다는 듯한 어리둥절한 표정이다.

미융이는 자리를 잡고 앉아서 정지된 화면처럼 한참동안 날 바라보다가 눈물로 젖은 시트 위로 다가와 내 오른팔을 제 뭉툭한 두 앞발로 조심스레 껴안고 마치 상처를 핥듯이 정성껏 핥아대기 시작했다. 따끔한 것도 모르고 한참을 가만히 그 모습을 바라보았다. 미융이의 혀끝에서 전해져 오는 작은 따뜻함조차 절실했던 까닭이다. 그것은 분명 치유의 손길이었다.

툭-하고 긴장이 풀렸다. 온 힘을 다해 억지로 끌어안고 있던 감정이 와르르 무너져 내렸다. 나는 가슴 한구석이 떨어져 가나는 고통을 느끼며 어린아이처럼 엉엉엉 소리 내며 울기 시작했다. 미융이는 그런 나를 안쓰러운 표정으로 바라보고 있었다. 미융이의 따뜻한 마음이 절절하게 느껴졌다.

나는 미융이의 작은 앞발을 조심스럽게 쓰다듬었다.

"신경 쓰지 마. 아무 일도 아니야. 한숨 푹-자고 나면 괜찮아질 거야."

미융이가 두 눈을 가만히 깜빡였다.

다음날 눈을 떠보니 또 언제 그랬냐는 듯이 집안에는 침묵과 고요만이 가득했다. 평일 이른 오전 시간이 원래부터 이렇게 조용하고 평화로웠딘가. 집안의 모든 물건들이 다시 제자리를 찾았고 깔끔하게 잘 정돈된 모습이다. 마치 상처가 말끔히 나아버린 새 피부결을 보는 것 같았다. 더하거나 뺀 것이 없으니 당연했다. 나는 베란다 창밖을 바라보며 눈부신 햇살 사이로 불어들어오는 바람에 크게 숨을 들이마셨다. 왠지 새삼스레 이 찬란한 여름을 몸 안 가득히 담고 싶었다.

이름 모를 새들의 지저귐이 들려왔다. 어디선가 참새 한마리가 날아와 신나는 날갯짓으로 쏜살같이 창밖을 가로질러 갔다.

밀린 집안일을 하는 동안 미용이는 우리가 단 둘이 살던 어린 시절처럼 분주하게 돌아다니는 내 뒤를 호기심 어린 눈길로 졸졸 따라다녔다.

딱히 한것도 없는데 또다시 묵은 피곤이 밀려왔다. 세탁기 소리를 자장가 삼아 침대에 들어가 눈을 감았다. 미용이가 침대 위로 올라와 몸을 돌돌 말고 잘 준비를 했다. 문득 안쓰러운 느낌이 들기 시작했다. 가뜩이나 짧은 인생, 아니 묘생의 대부분을 잠이나 자며 의미 없이 보내다니. 미용이는 시간이 아깝지 않을까. 하는데, 미용이의 커다란 한쪽 귀가 이쪽을 향해 쫑긋 거렸다. 누가 누구한테 게으르다고 하는 건지 모르겠다는 투다. 미용이는 이리저리 잠을 설쳐대는 심한 잠버릇이 생겨 험하게 출렁이는 침대 위에서도 침대 위 그녀의 자리를 떠나지 않았다. 그래도 밥 주고 똥 치워주는 주인이라고 늘 옆에 딱 붙어서 자려고 하는 미용이를 멍하니 보고 있는데 이상하게도 마음이 더할 나위 없이 편안해졌다.

화장실에서 한참동안 나오지 않으면 미용이가 밖에서 야옹야옹 울어대며 아등바등 문을 박박 긁어대 큰일을 보다가도 문을 열어줘야 했고, 막상 화장실 안에 들어오면 나가지 않고 마주앉아서 나를 주구장창 빤히 바라보고 있는 미용이 때문에 집중이 안 돼 변비에라도 걸릴 지경었지만 내가 뭘 하든 마냥 내 곁에 있으려고만 하는 미용이의 그런 모습이 이제는 싫지가 않았다. 되려 미용이가 보이지 않으면 굳이 찾아내 옆에 데려다놓아야 했다.

이제는 미용이 없이는 살 수 없을 것만 같았다.

잠에서 깨니 날이 어둑어둑했다. 거실 안락의자에 널브러져 TV를 컸다. 미용이가 금세 따라와 빈 안락의자에 자리를 잡고 앉아서 그루 밍을 했다. 나도 모르게 함박미소가 지어졌다.

"미용이도 아빠랑 맨날맨날 같이 있고만 싶어?"

나는 미용이를 천천히 쓰다듬었다. 미용이가 몸을 뒤집어 배를 보였다. 헝클어진 털 사이사이로 분홍색 뱃살이 보였다.

나는 TV를 끄고서 눈을 감고 마음의 목소리에 귀를 기울였다. 얼마나 시간이 흘렀을까. 눈을 떠보니 미용이가 앉아서 앙다문 입을 하고 미동도 없이 한참동안 나를 소리 없이 바라보고 있었다. 보는 자의 눈은 금방이라도 '좀 걱정이 되서…'라고 툭하고 내뱉을 것만 같았다. 미용이가 예쁜 두 눈을 지그시 감았다 떴다. 연두색 바탕에 까만 눈동자가 야릇하게 점점 커지고 있었다.

나는 미용이의 큰 눈을 자세히 바라보았다. 모든 지구생명체의 홍채 속에 물병자리 성운이나 장미 성운 등 신비한 우주가 살아 숨 쉬고 있는 것과 같이, 미용이의 연둣빛 홍채 안에도 성운 속에서 새로운 별들이 탄생하며 내뿜는 가스구체들처럼 노란색과 초록색의 찬란한 빛들이 블랙홀 같은 새카만 눈동자를 중심으로 세차게 몰아치고 있었다.

미용이의 볼록구슬 같이 맑고 투명한 막 위에 비치던 내 모습이 흐릿해지다가 점점 커지는 눈동자 안으로 사라져 버렸다. 그 속에는 뭐가 있을까. 나는 그 속으로 따라가 보기로 한다.

온통 침묵과 고요로 가득한 그곳엔 미용이와 나뿐이다. 시간의 흐름조차 느껴지지 않는 곳에서 모든 불안과 모멸감과 책망과 분노, 그리고 상실감은 어느새 사라지고 보이지 않는다. 대신 이제껏 경험해 보지 못했던 무한한 마음의 평화가 느껴졌다. 신들의 안식처가 있다면 아마도 침묵과 고요 속에 있으리라. 그곳은 자신을 겸허하게 내려 놓고 있는 그대로를 받아들이는 자에게만 허락되는 금단의 공간이었다.

멀리서 도드리장단의 거문고를 긁는 소리가 어슴푸레 귓가에서 되돌아 치고 있었다. 의식은 툭-툭-툭- 계속해서 한 단계씩 침강을 거듭했다. 이 신들의 안식처에서 나는 진정한 편안함을 느꼈다. 궁극의 편안함. 그것은 내가 느껴본 모든 것들을 초월한 진정한 오르가즘이었다. 마음의 쾌락은 시간을 넘나들고 있었다. 발기한 뇌가 길고 긴 사정을 거듭거듭했다. 평생을 걸쳐 찾으려고 해도 끝내 찾지 못했던 진정한 쾌락의 신세계였다.

"갸르릉-갸르릉-"

나는 이제야 미융이의 이 말을 알아들을 수 있었다.

"네가 모르는 것을 나는 알아 이 덩치 큰 동물아. 내가 원하는 것을 너도 원하잖아. 그건 바로 사랑이라고. 그러니까 어서 날 사랑해줘. 쓰다듬어줘. 아껴줘. 보살펴줘. 그러면 언제나처럼 나는 너무 행복할 거야. 이 행복이 여지껏 나를 살게 했던 거야. 널 사랑해주고 싶어. 쓰다듬어주고 싶어. 아껴주고 싶어. 보살펴주고 싶어. 그러면 나는 더 행복해질 거야. 널 행복하게 해주고 싶어. 널 살게 해주고 싶어. 넌 그럴 자격이 있어. 내가 알아."

그랬다. 미융이는 사랑이었다.

그의 삶은 사랑만으로도 충분히 가치 있는 삶이었다. 미융이처럼 내가 간절히 원했던 것 역시, 아무도 모르는 죽음이 아닌 진정한 사랑이었다는 사실을 나는 인정하지 않을 수 없었다. 이 어른아이는 사랑받고 싶은 마음이 너무 큰 나머지 죽음이라는 가장 철딱서니 없는 방법으로 떼를 썼던 것이다.

수 십 년의 인생을 통해서도 얻지 못했던 깊은 깨달음을 이 작은 묘공猫公에게 얻게 되다니. 미융이는 작지만 큰 스승님이었다. 나는 고양이보다 못한 인간이었고, 미융이는 인간보다 나은 고양이였다. 미융이에게 그렇게도 냉담했던 내가 과연 이 작은 생명체의 변함없는 사랑과 관심, 그리고 무한한 신뢰를 받을 자격이 있는 사람인지 가슴 한켠이 아리기만 했다.

나는 베란다 문지방에 기대서서 새카만 여름밤의 하늘을 바라보았다. 미융이가 얼른 따라와 옆에 앉아서 꼬리를 감았다. 도심의 밤하늘을 두서없이 한자리씩 차지하고 있는 별들은 뿌연 하늘을 힘겹게 뚫어내고 저마다 다른 색의 빛을 희미하게 반짝이고 있었다.

어차피 존재하는 모든 것들은 언젠가 죽을 것이다. 지금이라는 이 시간은 두 번 다시는 오지 않는다. 그러니, 그러니 이 순간은 얼마나 소중한가. 미융이에게나 나에게나 생의 남은 시간이 짧거나 길거나 그저 찰나에 불과하다면 이 시간은, 이 삶은 또 얼마나 소중한가. 언젠가 엔딩 크레딧이 올라갈 날이 도둑마냥 곁에 와 있을 테지만, 그게 오늘은 아니다.

미융이가 나를 빤히 올려다보았다. 뭔가 뿌듯하고 당당한 눈치다.

살아야 한다.

살아야 한다.

살아서 다시 시작해야 한다.

이 가슴 벅찬 사랑을 소중히 간직하고서, 다시 그곳으로부터.

나직한 집

우리는 우리 자신이나 우리의 기억까지도 입맛대로 인식하고, 평가하고, 재단하지만 자기 손아귀에 있지 않은 것들에게도 그럴 수 있을까. 안타까워서, 싫어서, 자신조차 도저히 어쩔 수 없기 때문이라며 쉽고 편하게 치부해버리고 애써 고개 돌려 외면할 게 아니라 있는 그대로의, 날 것 그대로의 것들을 받아들여야 하는 경우도 때로는 있는 법이다.

그것은 진실을 목도하는 일이며 환부를 절개해 곪아 터진 끔찍한 상처를 들여다보는 일이다. 이 지난한 작업을 거치지 않는다면 우리는 단 한 발짝도 제대로 내딛을 수 없으며, 그 어떤 상처도 영영 치유할 수 없는 것이다.

후암동에서 서울의 동북쪽으로 차를 몰고 한참을 달리다 보니 어느덧 중랑구를 지나 한적한 화랑대로를 지나고 있었다. 뒤쪽에서 한참을 길게 늘어지며 쫓아오는 늦은 노을에 눈이 부셨다. 노란 잉어사탕처럼 투명하게 빛나는 노을이었다. 벌써 서늘해진 초가을의 바람이 빼꼼히 열린 창틈으로 알싸하게 스며들었다. 화랑대로는 한적한 왕복 4차선의 잘 정비된 도로며, 마치 근처 육군사관학교에서 지휘관의 사열을 기다리는 장병들처럼 길가를 따라 정확한 간격으로 심어진 높은 키의 아름드리 돌배나무 가로수들이며, 가로수들 바깥쪽으로 빽빽하게 심어진 몇 십 년은 족히 되어 보이는 멋들어진 소나무 숲들까지도 예전 그대로였다. 아마 화랑로길은 서울에서 노을이 질 무렵 드라이브 하기에 경관이 제일 좋은 길일 것이다. 태릉선수촌을 지나 담터 사거리에 이르자 도로의 폭과 같이 덩달아 같이 넓어진 한적한 사거리가 더욱 황량해 보였다.

서울과 경기도의 경계를 가르는 언덕인 담터 사거리는 버려진 배밭을 비집고 들어선 대형 식당들의 거대 간판들로 알록달록하게 포위되어 있었다. 식당들은 약속이나 한 듯이 무슨무슨 가든이라는 간판을 자랑스럽게 내어 걸고 당장이라도 외지 손님들에게 제공할 한약재를 넣은 보양식을 끓여 내거나 고기를 숯불에 구워 재낄 기세를 하고 있었다.

초가을부터 꿀 같은 단맛을 한가득 품은 과육을 빵빵하게 불린 배들을 자랑이나 하듯이 가지마다 주렁주렁 달고 수확의 손길을 기다리던 배밭들은, 이제 과수원으로서의 수명을 다 한 채 자연 그대로의 멋을 살린 식당의 멋진 배경으로서의 또 다른 역할을 톡톡히 해내고 있었다.

도로를 따라 불암산 쪽으로 좌회전을 해서 쭉 내려오자 오른편에 새로 지은 유려한 아파트들의 거대한 몸체가 즐비하게 보이기 시작했다. 도롯가 곳곳에 알록달록하게 걸려있는 부동산 플랜카드를 보니 이제는 이 외진 곳이 경기도 별내면이라는 이름 대신 별내 신도시라는 이름으로 불리고 있었다. 끝없는 배밭만이 가득했던 이곳에도 도시개발의 과감한 손길이 미쳐 신도시라는 이름을 자랑스럽게 뽐내고 있었던 것이다. 아파트 단지는 충분히 신도시라는 이름을 써도 될 정도로 끝도 없이 거대한 규모로 들어서 있었다.

그곳에도 내가 어렸을 때는 한 번도 본 적이 없는 광활한 새 길이 나 있었다. 혹시 불암동에도 별내 신도시와 똑같은 새 아파트 단지가 들어선 것은 아닌지 내심 걱정되어 급하게 불암산길로 들어섰다. 불암산길은 불암산길 왼쪽의 오래된 군인아파트와 오른쪽의 오래된 버스 종점만이 예전 모습 그대로였다. 이 길 역시 세월의 무게만큼이나 낯설게 바뀌어 있었다. 불암동이 신도시에 포함되지 않은 것이 다행스럽게만 느껴졌다. 도롯가 주위에 줄지어 들어선 OO가든들의 대형 간판들 사이로 낮은 담을 빼꼼히 넘어온 배나무 가지들이 보였다.

불암동 사거리에 들어서자 날이 벌써 어둑어둑해졌다. 간만의 긴 운전이 끝나간다는 안도감과 함께 익숙한 나른함이 몰려왔다. 드문드문 지나가는 많지 않은 사람들에게서 알 수 없는 느긋함이 풍겨와, 마치 술에 취한 것처럼 시간이 천천히 늘어지는 것만 같았다. 아주 먼 여행지에서 으레 느껴질 법한 익숙한 낯섦에 불현듯 오래된 섭섭함이 느껴졌다.

불암동 사거리에도 이 작은 동네와는 전혀 어울리지 않은 큼직한 자동차 대리점의 새빨간 간판이 위압적인 외관을 자랑한 채 안동네 입구에 서 있었고, 작은 식당들이며 상점들은 모두 하나같이 큰어머니의 꽃무늬 몸뻬바지 같은 노란색, 빨간색, 파란색의 알록달록한 간판을 환하게 켜고 있어서 변두리의 후미진 야시장처럼 되게 촌스러워 보였다. 불암동에서 그래도 제일 번화했던 이곳이 이제는 주말이면 불암산을 오고가는 수많은 등산객들을 위한 어수선한 공간이 되어 있었다.

불암동에서도 이제 흙길은 사라져 있었다. 불암동의 수많은 좁은 골목들 곳곳이며, 불암산 등산로, 오른편의 군부대 입구 넓은 공터까지도 이 동네와는 전혀 어울리지 않는 낯선 아스팔트로 말끔히 덮여 있었다.

나는 사거리 동쪽에 낮은 담들로 이어지는 주택가를 천천히 지나
그 나직한 집을 찾기 시작했지만 의외로 쉽지 않았다. 이쯤이었는
데… 하는 곳에도 역시 00가든이라는 아치형 철간판이 어김없이 눈
에 들어왔다. 가든 입구 도롯가 빈 공간에 차를 대고 가든 안으로 들
어서자 우거진 배나무들 사이사이가 둥근 양철 테이블들로 가득 차
있었다. 과즙으로 몸을 빵빵하게 채운 실한 열매들과 함께 환한 백열
등을 주렁주렁 달고 있는 낮은 키의 배나무들에서 익숙한 단내가 났
다.

"저기 예전에 이쯤 어디에 가구공장이 있었는데 혹시 아시나요?"

나는 한쪽 구석에서 철 수세미로 불판을 열심히 닦고 있는 아주머
니에게 물어보았다.

"아, 바로 뒤에 있었는데 지나치셨네요~."

빨간 고무장갑을 낀 아주머니가 턱으로 뒤쪽을 가리켰다.

바로 뒤였다고? 그럼 그 좁은 골목이?

나는 얼른 방금 지나친 골목을 찾기 시작했다. 그 가든이 시작되는
지점에 남쪽으로 이어진 흙길이 보였다. 나는 주위를 둘러보았다. 승
용차가 딱 한대 정도 지나갈 수 있는 길 입구에는 00견인이라는 낡은
간판이 부자연스럽게 서 있었다. 나는 익숙한 길을 따라 천천히 걸어
들어갔다.

오랜 주인을 처음 맞이한 것은 낯익은 콘크리트 대문기둥이었다. 군
데군데 상처가 많은 대문은 양쪽 기둥만으로 외롭게 서 있었다. 기익-
기익- 거리는 괴상한 소리 때문에 아이들이 신나게 발을 구르며 타고
놀던 검은색 철창문은 누가 알뜰히도 떼어 갔는지 흔적도 남아 있지

않았다. 까마득히 높았던 대문기둥은 내 키보다도 작아져 있었다.

대문 안으로 들어서자 역시 낯은 많이 익지만 참 낯선 회색집들의 폐허가 눈에 들어왔다. 어둠이 짙게 깔리기 시작한 을씨년스러운 그곳은, 비슷하긴 했지만 의심의 눈초리를 거둘 수 없는 그곳은, 내가 어릴 적 살던 바로 그 가구공장이었다.

당혹스러운 것은 나조차 입구부터 모르고 지나칠 정도로 이곳의 모든 것들이 거짓말처럼 작게 축소되어 있다는 사실이다. 심지어 작았던 내가 역시 나만큼이나 작았던 자전거를 타고 한참을 빙글빙글 신나게 달리던 건물들 사이의 그 드넓었던 공간 역시 생각보다 무척 좁아져 있었다. 나는 어린 내가 우러러 보았던 높은 대문기둥만큼, 바로 밑에 대나무 소쿠리로 참새 덫을 놓았던 높은 담벼락만큼, 아이들과 뛰어놀던 야외 자재창고 자재들의 높이만큼 훌쩍 커버린 몸뚱아리를 가지고 한참동안 손가락을 달싹이며 빈 공터 한 가운데 서 있었다. 마치 소인국에 불시착한 걸리버가 된 것만 같았다.

봄이 오면 각종 꽃들이 만개하던 대문 안쪽 화단은 무언가를 심었었다는 흔적조차 없이 아무렇게나 버려진 생활쓰레기들로 가득했고, 저쪽 후문부터 나무자재들이 종류별로 켜켜이 쌓여있던 야외 자재창고에는 즐비하던 나무 자재들 대신에 튼튼한 크레인을 등에 진 견인차들이 주차장처럼 줄지어 주차되어 있었다. 불암가구의 모든 건물들은 아무짝에도 쓸모가 없다는 듯이 너덜너덜한 모양새로 철저하게 방치되어 있었다.

주위엔 새카만 어둠이 짙게 내리깔려 있었다. 간간히 들려오는 애꿎은 귀뚜라미 소리마저 무거운 고요 속에 짓눌려 조곤조곤 숨을 죽였다. 어디선가 불어오는 선선한 가을바람에서 습한 풀내음이 묻어왔다.

예전과 달리 가구공장 주위로 낮은 주택들이 밀집해 들어서 있긴 했지만 주택가 바깥쪽으로 펼쳐진 광활한 배밭은 여전했다. 도로에서 멀리 떨어져 있어 인적이 드문 배밭들마저 모조리 00가든으로 만들어 버리긴 역시 무리였으리라.

우두커니 서서 멀찍이 어둠속에서 숨을 죽이고 바람이 불어오는 배밭들의 끝에 시선이 닿자 그곳에서부터 거짓말처럼 아름다운 풍경이 펼쳐졌다. 맑은 밤하늘에는 달이 잠시 자취를 감춘 틈을 타 수백 수천의 헤아릴 수 없이 많은 별빛들이 끝없는 배밭의 지평선 저편으로 쏟아지고 있는 중이었다.

벌써 수백 만 년 전에 제 별을 떠났을 그 영롱한 별빛들은, 혹 제 별을 떠날 때 어마어마한 시간을 살아내고 수명을 다 하는 순간 형언할 수 없이 찬란하게 빛났던 마지막 빛이었는지도 모른다. 나는 온 몸으로 느낄 수 있었다. 쉴 새 없이 명멸하는 별들이 아름다운 빛들로 하여금 제 별에서 있었던 수많은 이야기들을 타임캡슐처럼 소중하게 갈무리 해 이쪽으로 실어 보냈다는 것을. 마치 수백 년 전에 죽은 어느 작가가 남긴 재미진 이야기처럼 가늠할 수조차 없이 오래되고 머나먼 과거로부터 떠나온 수많은 별들이 내 눈 앞에서 끝도 없이 수다스러운 이야기를 펼쳐놓고 있었다.

나는 용기를 내어 내가 살던 나직한 집을 우두커니 바라보았다. 집은 아주 오래전부터 아무도 살지 않은 듯 했지만, 금방이라도 익숙한 아이의 웃음소리가 환청처럼 들리는 것만 같았다. 집은 차마 설명하기도 안타까운 낡은 폐가의 민망한 모습을 하고 수십 년 전의 주인을 맞이했다. 표면 군데군데가 균열로 쩍쩍 갈라진 을씨년스러운 낡은 외벽은 조금만 밀어도 힘없이 무너져 버릴 것처럼 위태해 보였고 바람이 조금만 불어도 건조한 먼지가 풀풀 일렁일 준비를 하고 있는 것만 같았다.

집 가운데에는 유리문 현관이 나무틀로만 남아 휑하니 뚫려 있었다. 나는 알 수 없는 끌림에 고개를 숙이고 현관으로 성큼 들어갔다. 나는 입구에 우두커니 서서 휴대전화 라이트로 으슥한 집안을 비추어보았다. 얇은 합판을 여러 겹 겹쳐서 만든 나무 벽으로 공간을 참 알뜰히도 나눈 작은 집의 구조가 눈에 확 들어왔다. 싸늘한 날씨였는데도 불구하고 썩는 냄새가 훅-하고 강하게 풍겨왔다. 나는 코를 움켜쥐었다. 누군가 일부러 모아다 버린 쓰레기들과 습기를 가득 머금은 나무골조들이 썩고 있는 냄새였다.

잡화로 가득한 선반들로 채워져 있던 집 중앙은 텅 비어있고 바로 오른편에는 좁고 긴 부엌이 있었다. 입식 부엌으로 보이는 부엌 벽에는 허옇게 빛바래고 깨진 작은 플라스틱 찬장들이 엉성하게 붙어있고, 밑으로는 시멘트를 평평하게 바른 구들에 연탄을 양쪽으로 두 개씩 번갈아가며 땔 수 있는 텅 빈 연탄 아궁이가 보였다.

부엌 너머로 세 평 정도의 안방이 있고 입구 왼쪽으로도 역시 두세 평 정도의, 바닥이 약간 떠 있는 나무로 된 마루가 있었다. 마루 건너편에는 보다 작은 넓이의 작은 방이 있었다. 작은 방은 내 짐작이 맞다면 어린 내가 누나와 함께 공부하고 자고 하던 공부방이었다. 집의 중간중간 뻥 뚫린 천장에는 하늘색 플라스틱 기와가 흔적도 없이 사라져 있고 그 대신 날카롭게 부서진 석면 슬레이트 지붕조각들이 나무로 된 앙상한 뼈대 사이로 을씨년스럽게 보였다.

아무리 지금의 내가 일반 성인남자보다 조금 큰 키와 몸집을 가지고 있다지만, 이 집은 우리 네 식구가 살았던 집이라고 하기에는 너무 낮고 좁았다. 내가 중학교에 들어갈 때까지 살았던, 그러니까 지금으로부터 삼십여 년밖에 지나지 않은 집이었지만 벌써 몇 십 년 전부터 무너지기 시작한 듯 보였다.

기억이 날 속인 걸까, 내가 기억을 속인 걸까. 이 거짓보다 못한 진실을 나는 어떻게 받아들여야 할지. 이 집이, 이 가구공장이, 이 동네가 내게 남겨놓은 유년시절의 잊지 못할 아름다운 추억들은 모두 내가 만들어낸 허구더미였을까. 동화 속에서나 나올법한 요술방망이는 내 총천연색 파스텔톤 기억들을 칙칙하고 남루한 형편없는 색으로 바꾸어 버리고 말았다. 파스텔톤으로 그려진 동화 같은 기억들은 진정 위장된 것이었을까. 대체 무엇을 감쪽같이 감추려고 그렇게나 아름답고 행복했을까.

　아니라고, 절대 아니라고 말하고 싶지만 지금 내 눈 앞에 있는 것들은 실오라기 하나 없이 발가벗어 적나라한 모습 그대로 내게 계속 무언가를 말하고 있었다. 사람으로 하여금 시간의 간극을 통해 멀리 떨어져서 미처 보지 못한 사물의 본연의 모습을 보고 느끼고 깨닫게 하는 것. 그것이 정말 기억이 본래 하는 일이라면, 이 집은 나로 하여금 또 무엇을 깨닫게 하려고 이러는 것인지.

　어디선가 드뷔시의 '6개의 고대비문 3번'처럼 신비로우면서도 기묘하게 아름다운 음악이 들려왔다. 별안간 일제히 수많은 전등이 켜진 것처럼 주위가 환하게 밝아지더니 이 폐허 같은 집의 모든 것들이 오래된 앨범 속 모습 그대로 마법 같이 다시 생생하게 살아나기 시작했다.

　바닥에 즐비하던 쓰레기들은 온데간데없이 깨끗해지고, 쩍- 하고 갈라져 있던 회색의 시멘트 벽에는 어디선가 나타난 아이보리색 민무늬 벽지가 거짓말처럼 순식간에 덧씌워졌다. 구들이 깨지고 꺼진 안방의 회색 바닥에는 노란색 체크무늬 장판이 작은 방부터 안방까지 쫙- 하고 한번에 깔렸다. 텅 비어있던 안방에는 오래된 화장대가 벽에서 툭- 튀어나와 놓였고, 그 위에는 작은 화장품들이 종류별로 오밀

조밀 생겨났다. 안방 한켠에는 작은 장롱이 벽에서 불쑥 튀어나왔다. 왼쪽 마루에는 작은 흑백 TV가 작은 냉장고와 함께 구석을 차지했고, 나무선반에는 작은 액자들과 빨간색 믹서기가 놓였다. 뻥 뚫려 있던 작은 방 문지방에는 미닫이 나무 창호문이 홈에 맞게 우뚝 섰다. 작은 방에는 나무책상 두 개와 의자 두 개가 놓였고, 책상 옆은 작은 매트리스가 차지했다. 내 앞으로 높은 잡화선반들이 돋아났고 선반은 과자와 사탕, 라면과 비누 등 잡다한 생필품들로 가득가득 채워졌다. 모든 사물들이 살아나 내 어릴 적 모습 그대로 제자리를 찾아갔다.

나는 이제야 인정할 수밖에 없었다. 그 당시에는 다들 그랬으리라 위로하듯 치부해 버리고 일부러 외면하고 잊어버렸던 내 어린 시절의 가난을.

내 무의식 속에 있었던 모든 것들이 제 자리를 찾아가 있는 그대로 재현되었지만, 이 집은 내가 살았던 집이라고는 차마 인정할 수 없을 정도로 너무도 가난했고 허름했다. 집의 크기도 그렇거니와 가구들이며 살림살이 모든 것들이 하나도 빠짐없이 전부 낡고 지저분한 것뿐이었다. 하다못해 한켠에 잘 정돈되어 있는 옷가지와 이불까지도 너무 꾀죄죄 하고 지저분했다. 정말 말 그대로, 말의 의미 그대로 거지 같았다. 이 집이 정말 내가 살았던 집이 맞을까 의심이 들었다.

나는 초등학교에 다닐 때까지만 해도 가난이라고는 전혀 몰랐다. 이 작은 구멍가게에 있는 모든 것이 전부 내 것이었다. 어린아이에게 과자와 사탕으로 가득한 가게에서 사는 것만큼 큰 만족감을 주는 곳은 없다. 하지만 그 외에도 무언가 부족했던 기억은 전혀 나지 않았다. 부모님은 어린 내가 사달라는 것, 필요한 것들을 늘 분에 넘치게 채워주었다. 나는 친구들 중에서도 주머니에 용돈이 제일 많았다.

아마도 가난 속에서도 자식에게만은 부족함을 느끼게 하고 싶지 않은 부모님의 사랑 때문이었을 것이나.

그때, 마루 저쪽 구석에서 꺄르르 웃으며 뛰어 놀고 있는 한 아이가 보였다. 나는 순간적으로 한두걸음 뒷걸음질이 쳐졌다. 어찌할 수 없는 호된 두려움에 가슴이 철렁 내려앉았다. 악-하는 소리가 나올 것 같아 입을 양손으로 재빨리 틀어막았다. 손가락 사이로 더운 입김이 훅- 하고 새어 나왔다. 가슴이 떨려서 주체할 수가 없었다. 온 손가락이 부들부들 떨렸다. 갑자기 손등에서 뭔가가 기어 다니는 느낌에 미칠 듯이 가려웠다.

유령처럼 투명한 작은 남자 아이는 예닐곱 살쯤 되어 보였다. 작은 인중에 지저분한 코가 눌어붙어 있는 그 아이는 몇 주 동안 계속 그 옷만 입고 있었던 것처럼 옷이 정말 남루했다. 갈색 골덴바지 무릎 팍에는 오래된 흙 때가 덕지덕지 붙어 있고, 늘어난 남색 줄무늬 티셔츠에는 군데군데 얼룩이 물들어 있었다. 오래된 앨범 속에서 내가 입고 있던 옷이었다.

아이의 여린 손등은 쌀쌀해진 날씨에도 매번 찬물로 씻은 탓인지 심하게 트고 있었다. 작은 손등은 가려움을 참지 못한 아이가 버릇처럼 수도 없이 손톱으로 긁어낸 탓에 미세한 피딱지가 깨알같이 촘촘히 내려앉아 있었다. 어디선가 "쟤는 씻지도 않아서 거북이 손등이래-"라는 귀에 익은 아이들의 놀림소리가 미세한 메아리처럼 들려왔다. 아이는 그 거뭇거뭇한 손으로 식어버린 새빨간 꽃게의 빈 집게발을 입에 물고 쪽쪽 빨다가 삐쭉 나온 힘줄을 당겼다 밀었다 하면서 움직이는 집게발을 가지고 재미나게 놀고 있다. 그러다가 마루에 엎드려 크레파스로 뭉게구름을 신나게 그리고 작은 방으로 건너가 책상에 앉아서 동화책을 소리 내어 읽으면서 뭐가 그렇게 좋은지 연신 햇살 같은 웃음을 한껏 머금고만 있다. 아이에게는 그 어떤 어두운 그늘도 존재하지 않았다.

마루에 서 있는 뻐꾸기 시계가 오전 11시를 알리자 낯익은 작은 체구의 젊은 여자가 부엌 저편에서 투명한 실루엣으로 홀연히 나타났다. "아-"하는 짧은 탄식이 내 입가에 안타깝게 맺혔다. 그 여자는 내 어머니였다. 젊은 어머니는 마루에서 뛰어놀고 있는 작은 아들을 보고는 누가 훔쳐가기라도 할까봐서 언제나 그랬듯이 계속해서 확인하듯 보고는 연신 신이 나서 싱글벙글이다.

어머니는 천천히 마루에서 올라와 구석에 세워두었던 반짝거리는 검은 교자상 두 개를 차례대로 익숙하게 꺼내고 하나씩 펴서 상들을 야무지게 붙여놓았다. 상에는 넓고 하얀 기름종이를 깨끗하게 덮어놓았다. 늘 하는 일인 듯 부엌으로 내려가 미리 준비해 둔 음식들을 연신 상 위에 차려놓기 시작했다. 좁은 부엌의 깨진 플라스틱 찬장에서 반찬들이 끝도 없이 나왔다.

뻐꾸기 시계가 정오를 알리자 투명한 김씨 아저씨들이 입구에서 한꺼번에 수도 없이 몰려들어왔다. 수많은 아저씨들이 마루에 몰려와 상 앞에 자리를 잡고 앉자 마루에는 아저씨들이 밖에서 묻혀온 나무 냄새와 먼지 냄새가 땀 냄새, 음식냄새와 섞여서 매캐하게 진동하기 시작했다. 마루를 꽉 채운 아저씨들은 굵은 목소리로 시끌시끌하게 수다를 떨면서 밥을 게걸스럽게 먹어댔다.

어떤 투명한 아저씨가 마루 끝에 앉아 있는 작은 아이에게 다가와 먼지가 뽀얗게 내려앉은 너저분한 손으로 아이의 발그레한 볼을 주저 없이 만진다. 아저씨들은 아이에게 몇 살이냐고, 이름이 뭐냐고 한 명씩 번갈아가면서 참 자주 물어본다.

그런데 그 아저씨들 중에서도 유독 덩치가 크고 근육질에, 곱슬한 머리가 더부룩하게 길고, 툭 튀어나온 눈두덩이를 가진 짐승처럼 못생긴 얼굴의 사내가 보였다. 재단작업장에서 삐빠를 치는 아저씨들은 거의 비슷하게 생겼으니 아마도 그들 중 한 명이었던가 보았다. 하지만 그 사내는 그들 중 유독 눈에 띄었다. 그의 오른쪽 뺨에 가로로 나 있는 오래된 흉터는 삐빠를 치는 아저씨들 중에서 그를 날카로운 인상으로 구별해 주는 상징 같은 것이었다. 나는 그를 정말 본 적이 있었다.

그는 언제나 정오가 한참 넘어서야 제일 늦게 마루에 올라와 게걸스럽게 밥을 먹던 사내였다. 그 투명한 사내는 사람들이 모두 빠져 나가면 조용히 제 밥을 남김없이 싹싹 다 먹고 난 뒤에도 못생긴 얼굴을 히죽거리면서 어머니에게 무얼 한참동안 많이 물어본다. 어머니는 반대쪽 부엌에서 고개를 숙인 채로 수줍어하면서 말이 없다. 그저 고개만 끄덕일 뿐이다.

그 짐승처럼 생긴 사내는 밥을 다 먹고 나서도 마루에 걸터앉아 제 손으로 커피까지 한잔 타서는 한참동안 엉덩이를 비벼대다가 뻐꾸기 시계가 1시를 알리면 어슬렁대며 집에서 나갔다. 잠시 후에 지금의 내 얼굴과 똑같이 생긴 내 젊은 아버지가 어디선가 지키고 있다가 갑자기 입구에서 불쑥 들어왔다.

"이 씨팔 년아! 병신 같은 년아!"

투명한 아버지가 일그러진 벌건 얼굴로 꽥- 하고 소리를 지른다.

나는 날카로운 소리에 깜짝 놀라 정신이 번쩍 들었다. 나는 눈을 똥그랗게 뜨고 두 사람을 번갈아 가면서 바라보았다.

어머니는 고개를 숙인 채 말이 없었다. 어머니가 또 무얼 많이 잘못했을까.

"이 병신 같은 년아! 내가 뻘로 보이지? 내가 개 좆으로 보이지? 내 말을 개 똥으로 들어? 나가서 뒈져버려! 쳐 죽어버려! 씨팔! 다 필요 없어! 다 필요 없다고!"

아버지는 계속계속 끝도 없이 소리를 꽥꽥 질러댔다.

갑자기 아버지가 거대한 손을 확-하고 들어 올리자 어머니는 좁은 어깨를 움츠리고 재빨리 고개를 반대쪽으로 돌렸다. 나는 순간적으로 오래된 버릇처럼 눈이 움찔 하고 감겼다. 심장이 터질 것 같이 뛰기 시작했다. 저 손을 어떻게든 막아야 한다. 나는 부엌으로 얼른 달려가 아버지의 손을 향해 힘껏 손을 뻗었으나 내 손은 쳐 들려 있는 아버지의 그 끔찍한 손을 연기처럼 허망하게 투과해 버렸다.

결국 나는 여전히 아무것도 할 수 없었다. 나는 또 다시 시간이 멈춘 것처럼 한참동안 펼쳐질 그 끔찍한 광경을 계속 보고만 있을 수밖에 없었다. 차가운 흙바닥에 눈물이 툭-툭-툭- 연속해서 떨어졌다. 부끄러운 눈을 들어 마루 저쪽을 보자 나와 같은 눈물을 툭-툭-툭- 흘리고 있는 작은 아이가 보였다. 아이는 아저씨들이 먹다 남은 반찬 냄새로 가득한 마루 한 구석에서 엄청난 공포에 질린 채 입을 헤- 벌리고 제 몸을 고사리 같은 작은 손으로 감싼 채 그대로 멍하니 굳어 있었다.

뭐라도 해야 한다. 뭐라도.

나도 모르게 주먹이 꽉 쥐어졌다. 양손이 터질 듯이 아파왔다.

"이봐! 내 여자에게 지금 뭐하는 거야?"

나는 아버지를 향해 당당하게 외쳤다.

내 말소리는 빈 공간에 허망하게 메아리 치고 있었다.

"이봐! 내 말 안 들려?"

나는 나도 모르게 어이가 없어 소리를 빽- 질렀다.

아버지는 내 말을 들었는지 못 들었는지 잠깐을 우두커니 서 있다가 휙 나가버렸다. 나는 또다시 아이를 바라보았다. 투명한 아이는 작은 몸으로 이 충격적인 일이 무슨 일인지 이해할 수 없다는 표정이었다. 하지만 아이가 느끼는 공포는, 두려움은, 아무것도 할 수 없다는 무력감은, 평온하기만 하고 행복하기만 하던 이세까시의 밝은 세상을 한순간에 삼켜버린 거대한 검은 나락이었다. 어머니는 얼굴을 움켜쥐고 아무런 저항도 반박도 하지 않고 고개를 숙인 채 가만히 서 있었다.

'어머니는 왜 아무 말도 하지 않는 거지?'

나는 의아해졌다.

혹시 우리 남매를 아까의 그 끔찍한 손으로부터 지키기 위해서였을까. 나는 손을 뻗으면 금방이라도 닿을 것 같은 투명한 어머니의 뒤에 우두커니 서서 지난한 시간을 뛰어넘어 검은 파도처럼 밀려오는 아주 오래된 기억에 짓눌려 그 상태 그대로 어찌할 바를 몰랐다.

아버지가 그 더벅머리 남자를 어찌하지 못한 것은 그가 바로 이 가구공장에서 절대권력을 가진 공장장이었기 때문이었다. 그가 매일 그렇게 혼자 남아 끝까지 밥을 먹고 가면 늘 똑같은 일들이 계속 벌어졌다. 아버지가 언제나 그렇게 한참동안 끔찍한 짓을 하고 난 뒤 다시 공장으로 나가면 어머니는 늘 아무도 없는 부엌 구석에서 바위처럼 가만히 서서 한참을 소리 없이 울기 시작했다. 끔찍한 비명과도 같은 소리 없는 울음은 나직하게 어머니의 작은 몸 안에서 조용히 공명共鳴했지만, 어린 나의 몸 안에서도 같은 울음이 같은 크기로 울려왔다.

어머니의 눈에서 떨어지는 눈물은 커다란 대왕 고드름이 녹으면서 천천히 툭-툭-툭- 무겁게 떨어지는 물방울처럼 끊일 줄을 몰랐다. 남자들이 모두 공장을 빠져 나가고 마루에서 우리 네 식구가 교자상에 빙 둘러앉아 저녁밥을 먹을 때도 아버지는 어머니를 오로지 '병신 같은 년'으로만 불렀다. 어머니는 이름으로조차 불려지지 않았다.

하지만 어머니는 늘 고개를 숙인 채 아무런 저항도 하지 않았다. 늦은 밤만 되면 안방에서는 어머니의 찢어질 듯한 비명소리가 작은 집이 떠나갈듯이 들려왔고, 비명소리가 사그라들면 아버지의 악마 같은 웃음소리가 어김없이 낮게 깔렸다.

그럴 때마다 누나와 나는 작은 방에서 귀를 감싼 채 서로를 있는 힘껏 부둥켜 안고, 입을 틀어막고, 공포에 질린 채로 소리 없이 울어 댔다. 다음날 아침에는 어머니의 퉁퉁 부은 얼굴 위에 늘 살구색 분이 두껍게 발라져 있었고 붓기가 가라앉기 전에는 마치 큰 죄를 진 것처럼 누나와 나를 똑바로 쳐다보지도 않았다.

나는 의문이 들기 시작했다. 바보 같은 어머니는 왜 자꾸 착한 아버지를 화나게 했을까. 무언가 내가 모르는 것을 어머니가 심하게 잘못한 것이 아닐까. 어머니는 아버지가 참을 수 없을 정도의, 정말 이해할 수 없는 짓만 골라서 했던 것일까. 그 절대적인 증오심을 나는 아직도 절대 받아들일 준비가 되어 있지 않다. 무언가 이유가 있을 것이다. 나는 이를 악물었다. 이제라도 물어봐야 한다. 시간을 되돌릴 수는 없으니 나는 그저 이유가 알고 싶을 뿐이다.

나는 아버지를 찾으러 밖으로 뛰어 나갔다.

밖엔 아무것도 보이지 않았다. 그 찬란했던 별빛들은 정적 속에서 거짓말처럼 자취를 감췄고 손에 들고 있던 휴대전화는 어디로 갔는지 빈손뿐이었다. 가구공장에 켜켜이 쌓인 시커먼 어둠 때문에 아무것도 보이지 않았다. 그때, 저쪽 구석에서 칠십은 훌쩍 넘어 보이는 노인의 희미한 뒷모습이 슬며시 눈에 들어왔다.

"아버지? 아버지세요?"

노인은 인기척을 느꼈는지 꾸부정하게 굽은 허리를 힘겨워 하며 천천히 이쪽으로 고개를 돌렸다. 앙상한 어깨의 노인은 퀭한 눈으로 밭은 숨결을 습관적으로 뱉고 있었다. 장례식장에서 보았던 늙은 아버지였다.

"아버지! 그때 왜 그랬어요? 왜 그랬냐구요!"

차근히 이유를 물어보려고 했던 것이 갑자기 원망 섞인 목소리로 튀어 나왔다.

아버지는 말없이 퀭한 눈을 늙은 소처럼 끔뻑였다. 그리고는 등을 천천히 돌려 시커먼 밤하늘을 멀뚱히 올려다보았다. 한참의 시간이 흐르고 난 뒤 아버지가 천천히 입을 뗐다. 아버지의 쉬고 가늘어진 힘겨운 목소리가 들릴 듯 말 듯 들려왔다.

"그때 말이냐? 그땐 참… 힘이 들었지… 막 제대를 하고 어린 나이에 이 가구공장에 아무것도 모르는 막내로 들어와서… 마흔이 다 되도록… 십 년이 넘게 열심히 일만 했는데도… 하루 종일 힘들게 일해도 풍족하게 먹고 살만큼 돈을 벌기가 힘들었지… 하지만 나는 꾹 참고 열심히 일했단다…. 그것만 알아다오…. 이 아버지가 최선을 다했다는 것만…."

아버지의 목이 메이고 있었다.

"아니, 그게 아니고요, 아버지! 그때 엄마한테 왜 그랬냐구요! 예? 대체 무슨 일이 있었냐구요!"

나는 늙은 아버지를 급하게 추궁했다. 나는 정말 이유를 알고 싶다.

"정말 미안하단다 아들아. 그땐 참 힘들었단다… 힘이…."

아, 아냐! 이건 아냐…! 내가 미안하다고 말하라고 하면 미안하다고 하란 말이야! 왜 당신이 먼저, 내가 허락하지도 않았는데!

"아버지, 아버지! 아버지이이-! 그게 아니고! 엄마한테 왜 그랬냐고! 왜!"

나는 있는 힘껏 소리를 질렀다. 목소리는 점점 갈라지고 늙은 아버지의 그것처럼 점점 쉬어 가고 있었다. 공허한 내 목소리가 어두운 가구공장의 저쪽 담벼락에서 메아리를 치듯 울려왔다.

앙상한 등을 돌리고 있는 아버지. 그리고 그 등을 쏘아보고 있는 나.

다시 얼마간의 정적이 흘렀다.

오랜 세월에 걸쳐 맺히고 맺혀 이제는 어디서부터 꼬인 매듭을 풀어야 할지 아무리 풀려고 노력해도 도무지 감이 잡히지 않는 그 무언가가 내 의지와는 아무런 상관도 없이 한번에 확- 하고 허무하게 풀어진 것 같았다.

'그렇게 아무런 이유도 이야기하지 않고, 내 허락도 받지 않고 자기 멋대로 미안하다고만 하면 다 끝난 것인가?'

나는 너무 억울했다. 억울함을 주체할 수가 없었다. 그 매듭이 또아리를 틀고 있던 텅 빈 자리에는 내가 감당할 수조차 없고 거부할 수도 없는 이질적인 공허감이 물밀듯이 차오르고 있었다.

얼마나 시간이 흘렀을까. 아버지가 쩔뚝거리는 다리를 질질 끌다시피 하면서 나를 향해 한걸음 한걸음 힘겨운 걸음을 떼기 시작했다. 꾸부정하게 등이 굽은 늙은 아버지가 갑자기 내 눈 바로 앞에 나타나 고개를 치켜들었다. 늙은 아버지는 퀭한 눈에 힘을 있는 대로 주고 표독스럽게 나를 쏘아보았다. 아버지의 얼굴에서 낡았지만 섬뜩한 독기가 서렸다.

"그래서! 이 나쁜 새끼야! 이제 되었지 않아? 언제까지 이렇게, 세상 사람들이 다 보는 앞에서 날 구경거리로 만들 셈이야? 너도 그랬잖아! 너도 나한테 그랬잖아! 내가 죽지도 못하고 어쩔 수 없이 입원했을 때 넌 코빼기도 보이지 않았잖아! 나는 암 덩어리가 알뜰히도 갉아먹어버린 위를, 아니 위 전체를 전부 다 도려냈어! 그런데 너는 꼴랑 전화 한 통 없었잖아! 난 평생을 돈을 버는 족족 집에 전부 갖다 주었어! 나는 말 그대로 뼈가 휘어나가도록 일만 꽝꽝 해냈어! 평생을 관절이 다 닳아버리도록 일만 했다고! 너도 알잖아! 너도 똑똑히 봤잖아! 매일 새벽부터 밤늦게까지 독한 칠 냄새를 맡으며 주구장창 칠만 해서, 독한 화학물질 때문에 콧속이 다 헐어서 뭉개졌다고! 이젠 내 똥냄새조차 맡을 수 없어! 밥을 먹어도 무슨 맛인지도 모르겠다고! 그런데 내가 언제 너한테 한번이라도 도와달라고 말한 적 있어? 나는 그때 삼안리로 이사 가서부터는 불암동에서 니 엄마한테 한 일을 사죄하듯이 단 한 번도 니 엄마한테 욕지거리를 한 적이 없어! 손찌검도 더 이상 하지 않았어! 나는 소처럼 일만 했어! 자식새끼를 잘 먹이기 위해서, 우리 네 식구가 행복하게 살기 위해서! 나는 단 하루도 쉬지 않았어! 내가 아무것도 도와주지 않았는데 니가 대학교에 덜컥 합격했을 때, 내가 얼마나 미안하고 죄스러웠는지 알아? 그래서 대학교 갈 등록금을 마련하기 위해, 그 돈을 마련하기 위해 정말 더 열심히 일했다고! 더 이상 나한테 뭘 어쩌라는 거니? 니가 지금 보고 있잖아! 늙어버린 나한테 남겨진 것은 이제 이 낡고 병든 몸뚱아리 하나뿐이라고! 넌 지금 내가 진짜로 어디에 있는지조차 모르고 있잖아?"

아버지의 눈에서 가슴 아픈 눈물이 철철 흘러내렸다. 늙은 아버지가 이제는 중년이 된 아들 앞에서 어린아이처럼 엉엉 울고 있었다. 아버지의 우는 모습을 본 것은 처음이었다. 늙은 아버지는 이제 그만해 달라고 어린 아들에게 애원하고 있었다. 나도 모르게 어찌할 수 없는 눈물이 상기된 볼을 타고 죽- 하고 흘러내렸다.

나 또한 여지껏 뻔뻔하게 아버지에게 차가운 복수를 하고 있었던 것이다. 나 또한 폭력의 희생자임과 동시에 위선이란 얼굴을 가진 가해자였다.

"나도 살려고 최선을 다했단다… 아들아… 그게 니 성에 차지 않았다는 것도 알아. 너에겐 이 못난 아버지가 보잘 것 없고 부족해 보였다는 것도 알아…. 하지만 그게 내 모든 것이었단다. 이제 너도 그 때의 나만큼 나이가 들었으니, 이렇게 늙어 버린 날 이해해줄 때가 되지 않았니? 그저 아버지가 가족을 위해 최선을 다했다는 것만 알아다오…. 언젠가 이 말을 꼭 너에게 하고 싶었단다. 너에게 만큼은 그런 모습을 보이지 말아야 했는데… 미안하다… 아들아… 날 용서해다오… 제발… 나를 용서해 다오…."

늙은 아버지는 남아있는 모든 에너지를 다 써버린 듯, 이제는 서있을 일말의 힘조차 남아있지 않은 듯 그 자리에 털썩 주저앉았다. 아버지는 한참을 주저앉아 마른 눈물을 흘렸다. 아버지의 앙상한 몸에서 끼익-끼익- 하는 소리가 났다.

꾸역꾸역 억누른 채 참아온, 케케묵어 다 썩은 말들의 답답한 고통들이 한없이 밀려왔다. 나는 얼굴이 화끈거려서 견딜 수가 없었다. 내가 또다시 아버지를 절망의 늪에 빠뜨린 것이다. 나는 그저 안타까웠다. 이 모든 것들이 부질없게만 느껴졌다. 아버지의 말 하나하나 단어 하나하나가 내 가슴을 비집고 들어와 내 허파를, 내 심장을, 내 기관지며 모든 장기들을 쥐고 거칠게 흔들고 있었다. 나는 아버지에게 천천히 다가가 양 손으로 아버지의 앙상한 어깨를 감싸 안았다. 하지만 내 양손은 늙은 아버지의 뼈만 남은 앙상한 어깨를 연기처럼 휙 하고 투과해버렸다.

"아버지?"

나는 놀라서 두리번거리며 외쳤다. 바로 눈앞에서 생생히 본 이 모든 광경이 믿겨지지 않았다. 방금 전까지 내 눈앞에 분명히 있던 아버지가 도대체 어디로 갔을까.

"아버지! 도대체 어디에 계시는 거예요! 이제 그만해요! 이제 제발
좀 그만하시라구요!"

나는 절규했다.

지칠 줄 모르는 눈물이 마르지 않는 샘물처럼 솟아 나왔다. 맥이
풀리듯 지쳐버려 나도 모르게 절로 무릎이 꿇어졌다. 나는 또다시 허
망한 어둠 속에 혼자 남겨졌다. 정말 이러던 게 아니었다. 내가 또 망
쳐버린 것이다. 고개가 힘없이 푹 숙여졌다.

'정말 이렇게라도 하고 싶었던 거야?

이렇게까지 해서라도 머릿속에서 깨끗이 지우고 싶었던 그 일에 대
해 늙고 병든 아버지를 기어이 차가운 법정에 세워놓고 네 인생을 파
탄 낸 죄를 묻고 기필코 사과를 받고 싶었던 거냐고. 그래서 지금 사
실인지 허구인지를 너 자신조차 대놓고 확신할 수 없는 수십 년 전의
까마득한 일들을 빈속을 애써 게워내듯 끊임없이 끄집어내서 또 뭘
어쩌자는 거지? 그래, 이제 속이 시원한가? 세상 사람들이 다 보는 앞
에서 네 하나밖에 없는 늙은 아버지의 철없던 시절의 부끄러운 실수
에 대해 이렇게 적나라하게 까발리고 나니 말야.

모르겠니? 아버지가 너에게 한 일은 그 누가 보아도 정말 안타까운
불행이었어. 하지만 그렇다고 해서, 니가 이제 아버지보다 우월한 위
치에 서있다고 해서, 이제는 아버지보다 덩치가 크고 힘이 세다고 해
서, 이런 식으로 아버지에게 복수하는 것은 정말 저열하고 비열한 짓
이야. 네가 이렸을 때의 아버지처럼, 너 역시 스스로 씻을 수 없는 비
극을 새로 쓰고 있다는 생각이 안 드나? 너도 아버지의 그 끔찍한 점
을 기어이 따라하고 싶었던 거지? 그러니 너도 역시 어쩔 수 없는 아
버지의 자식이라는 것을 세상에 증명이라고 하고 싶은 거잖아?

정말이지. 너는 네 자신에게 이런 식의 값싼 자위밖에 할 수 없는

애구나?'

나는 천천히 고개를 들었다.

"지금 값싼 자위라고 했나?

아니. 나는 이미 해답을 알고 있어. 그에게선 절대로 그때의 일에 대한 어떤 사과의 말을 들을 수 없다는 것을. 그러니 이렇게라도 하지 않으면 나는 견딜 수가 없어.

하지만 폭력의 역사는 아직 끝나지 않았어. 그게 다른 형태로 내 안에 존재한다는 것을 나는 아직도 느낄 수 있어. 아버지와 닮은 그 괴물이 내 안에 또아리를 틀고 숨을 죽이고 있다가 기회만 되면 감쪽같이 다른 얼굴을 하고서 언제라도 튀어나올 준비를 하고 있다는 것을.

사람이 많은 곳에 가면 일부러 부산스러운 가족이 어디 있나 두리번대곤 해. 건장한 남편과 함께 앙증맞은 아이를 안고 있는 젊은 엄마의 가증스러운 얼굴을 보면 손을 뻗어서 그 웃는 얼굴에 화장이 지저분하게 번지도록 뭉개버리고 싶어. 정신을 차리고 보면 그런 생각에 넋 놓고 있는 내가 정말 미칠 듯이 혐오스러워. 하지만 어쩔 수 없이 반복되는 걸 나더러 어쩌란 말이지? 그녀와 관계를 할 때도 강제로 당하는 상상을 하거나 반대로 강제로 하는 상상을 하지 않으면 그게 제대로 서있지도 않아. 그런 설정을 오히려 즐기는 그녀가 내심 고마웠지만, 사실은 그게 그녀를 위한 연극이 아니었다는 걸 그녀가 알아차릴까봐 일이 끝날 때마다 얼마나 간담이 서늘했는지 몰라. 이종격투기를 볼 때는 얼굴이 발갛게 달아오르고 뻣뻣하게 되어버려 당장이라도 바지 속에 사정을 할 것만 같아서 제대로 보고 있을 수도 없어. 어디에서든 뾰족하고 가느다란 물체를 보면 누군가가 항문부터 입까지 꿰어져 힘없이 축 늘어져 있는 상상을 하고, 뉴스에서 무슨 사고가 났다고 하면 인터넷으로 그 뉴스를 다시 찾아내 그게 무엇이든 부서지고 깨지는 장면은 몇 십번이고 다시 돌려서 보곤 해. 나도 그게 정말 끔찍하다는 것 알아. 하지만 나도 어쩔 수 없는 걸…"

'그래서. 네가 미친놈이 되어버린 게, 그 모든 것들이 바로 쓰레기 같은 아버지 때문이라는 것인가? 넌 정말 제정신이 아니군.

그래도 참 다행이지. 이렇게라도 처절하게 원망할 아버지가 아직 살아 있으니. 원망받이 아버지가 어느 날 예고도 없이 허망하게 죽어 버리면 그 다음엔 또 누굴 원망할 텐가?

넌, 넌 말야. 그저 이유를 찾고 싶을 뿐이야. 네 인생을 망쳐 버린 게 너 자신이 아닌 애꿎은 다른 누군가여야 하겠지. 넌 그저 아무런 잘못도 하지 않았는데 재수 없이 똥을 밟았다고 말하고 싶은 거 아냐? 넌 너 자신의 나약한 모습을 직시하기 싫은 것이고 인정하기 싫을 뿐이라고. 아버지가 아니면 또 누구 때문이라고 당장이라도 그럴싸한 이유를 찾아내고 말 걸!'

나는 고개를 저었다.

"이보게. 아니 나라고 내 아버지를 사랑하고 싶지 않았겠나? 나 또한 부모에게 효도하고 또 사랑받는 단란한 가정에서 행복을 꾸리고 싶은 그냥 보통 사람일 뿐이야. 부모 자식 간의 사랑이 주제인 영화나 TV를 보면 여느 사람들과 똑같은 지점에서 눈물을 흘린다고. 아니 부모에 대한 존경과 연민의 감정은 보통 사람보다 더 애틋하면 애틋했지 덜하지는 않아. 하지만 내 아버지를 생각하면 그게 안 된단 말야. 이게 그래야 한다고 그래지는 것이냔 말야. 솔직히 말해서 나 같은 사람이 나뿐이겠냐고. 무얼 꾸며내는 것도 진짜 그러고 싶어야 그러는 거 아닌가? 그리고 지금처럼 너에게까지 솔직하게 말하지도 않을 거였다면 이 이야기는 애초에 시작하지도 않았을 거야.

나는 수십 년이 흘러도 종결되지 않고 꿈쩍도 하지 않는 이 증오의 뿌리를 말끔히 뽑아버리고 싶을 뿐이야. 사람을 미치게 만드는 이 미결감은 말야, 이건 누가 없어진다고 해서 끝나는 일이 아니야. 이젠 정말 견딜 수가 없어.

그건 모멸감 때문이었어. 뿌리가 깊고도 굳세어 파내려고 해도 도저히 파낼 수 없는 모멸감 때문이었다고. 아버지는 나를 이 끔찍한 모멸감으로 서서히 죽이기 시작했어. 나는 내가 겨우 일곱 살 때 이미 절망 속에서 살아야 했어. 내 어머니에 대한 무자비한 폭력은 바로 나에 대한 무자비한 폭력이었어. 아직까지도 내 심장에 잔인하게 새겨져 있는 이 모멸감은 정말 어떻게 해야 하냐고. 그때부터 심장이 뛸 때마다 상처가 미세하게 벌어졌어. 이제는 당장이라도 찢어져 피가 철철 흘러나올 것만 같아서 더 이상 참을 수가 없어.

아버지는 내 어머니가 아니라 차라리 나를 때리고 나를 유린해야 했어. 그랬다면 이렇게까지 죄책감이 크지는 않았을 거야. 내 허락도 받지 않고, 날 철저히 무시하고, 내 어머니를 때리고, 그렇게 유린하는 것은 나를 때리고 유린하는 것에는 비교할 수 없는 상처였어. 아버지에게 나는 정말 안중에도 없었던 거지. 어떻게 내가 보는 앞에서 그런 짓을 대놓고 할 수가….

내가 중학생 때였나. 어느 날 어머니는 나에게 뜬금없이 가족 앨범을 보여주면서 누나를 안고 찍은 어머니의 결혼식 사진에서 왜 이렇게 자기 얼굴이 퉁퉁 부어있는지 아냐고 했어. 나에겐 형이 있었다고 했어. 그 이야기를 하면서 어머니가 얼마나 울었는지 몰라. 결혼식 일주일 전에 낙태를 강요당했다고 했어. 바로 아버지 때문이었다고 말이야. 그런데 내 형이 아버지에게 죽임을 당하고 얼마 되지 않아 또 아이가 생겨버린 거야. 그게 나였어. 그게 어떤 의미인지 상상이 가? 나는 이미 태어날 때부터 아버지에게 환영받지 못하는 존재였다는 거야. 원치 않는 자식이 또다시 덜컥 들어선 거야. 그런 내가 미웠겠지. 그래, 그랬을 거야.

그 어린 나이에 아버지로부터 느꼈던, 감당할 수 없는 폭력에 대한 공포와 철저한 무시에 내 마음은 엉망으로 파탄이 나 버렸어. 내가 처음부터 없었더라면 느끼지 못했을 고통이 아닌가? 어차피 그럴 거면 뱃속에서 죽어버린 내 형처럼 내가 태어나기도 전에 죽였어야 했잖아. 굳이 날 낳아놓고 끝도 없는 고통 속에 방치한 아버지를 나는 절대 용서할 수 없었어.

그 가슴 아픈 울분은 해소되지 못하고 기어이 내 안에 남아서 나 자신을 공격하기 시작했어. 나는 내 인생의 시작부터 무기력하고 우울한 애였어. 이 끔찍한 일들에 대해 내가 할 수 있는 일은 눈을 씻고 찾아 봐도 찾을 수가 없었거든. 나는 정말 어찌할 바를 몰랐어.

나는 아버지의 모든 게 싫었어. 일단 남자가 싫었어. 대문 앞 화단에 꽃들이 만발하는 봄날이 오면 누나의 빨간색 치마 저고리를 잘 차려입고 서서 보란듯이 사진을 찍은 사람은 바로 나였어. 매년 손가락에 봉숭아물을 빼놓지 않고 들인 것도 누나가 아닌 바로 나였어. 나는 태권도복을 입고 여물지도 않은 기압소리를 삑-하고 지르는 것보다 그게 더 잘 어울렸어.

물론 아버지는 그런 내 모습을 보고 아무런 말도 하지 않았어. 나는 아버지로부터 관심을 받고 싶어서 그랬을지도 모르는데 말야. 야단을 치던 칭찬을 하던 무슨 말이라도 듣고 싶어서 그렇게 앉아서 기다렸던 것일지도 모르지. 하지만 나에게 돌아오는 건 냉대뿐이었어. 그 모른 척이 어머니에 대한 폭력보다 더한 아픔이었어.

그 다음엔 이 세상이 너무 싫었어. 세상에 대해 눈을 뜨기 시작할 나이에, 나는 세상에 대해 눈을 질끈 감아버렸던 거야. 그냥 아무 말도 하지 않고 아무것도 하지 않는 편이 나았어. 그렇게 하는 게 마음이 편했어. 그게 언제까지였을까. 내가 할 수 있는 유일한 일은 아버지로 상징되는 이 세상에 소리 없이 반대하는 것뿐이었어.

초등학교에 들어가면서 나는 언제나 의기소침하고 자신감 없고 심하게 내성적인 아이가 되었어. 나는 입을 닫고 구석에 숨어서 그 누구와도 아무 말도 하지 않았어. 학교에선 칠판과 교과서가 아니라 늘 앞자리에 앉은 아이의 등만 하염없이 쳐다보는 날들이 반복되었어. 나는 스스로 왕따가 되었어. 그때부터 혼자 숨어서 그림을 그리기 시작했던 거야. 끝없는 고독 속에서 내가 있을 곳은 형형색색의 그림 속뿐이었어. 그 많던 햇살 같은 웃음은 내 입가에서 감쪽같이 사라지고 말았지.

아버지에 대한 미움이 커지는 만큼 아버지에게 사랑을 받고 싶은 이중적인 마음도 같이 커졌어. 절대자에 대한 모순된 동경 같은 것이었을까. 스톡홀름 증후군이었을까. 나는 애완동물처럼 그에게 순응하려고 노력했어. 그렇게라도 해서 아버지에게 인정받는 사랑받는 착한 아들이 되고 싶었어. 그래서 나는 현실을 철저히 부정했어. 바보 같은 어머니가 용서할 수 없는 큰 잘못을 했으니까 그랬겠지. 어린 아이들은 잘 모르는 어른들만의 세계가 있는 거라고. 어머니는 정말 머리가 모자라도 한참 모자란 여자라고 늘 세뇌하듯 생각했어. 그건 어머니를 향한 참을 수 없는 죄책감이 들게 만들었어. 하지만 그때는 그게 죄책감인지조차도 몰랐어.

나까지 어머니처럼 하루가 멀다하고 개처럼 맞으며 그 좁은 집안에서 머리채를 잡힌 채로 이리저리 질질 끌려다니고, 그것도 모자라 이름 대신 병신이라는 욕지거리로 불리고 싶지 않았어. 하지만 아버지에게 다가서면 다가설수록, 아버지의 폭력은 교묘한 모습으로 바뀌어 기어이 실체를 드러냈어. 그건 바로 비아냥이 섞인 언어폭력이었어. 그건 또다른 처절한 괴로움이었어. 그건 무턱대고 싸지르는 욕이나 물리적인 폭력보다 더하면 더했지 절대 덜하지 않았어.

'니기 그렇지 뭐, 에휴.'

'거 참 꼴값 떨고 있네, 쯧쯧쯧.'

'병신아, 니가 도대체 뭘 할 수 있겠니?'

'정말 니가 뭐라도 되는 줄 아나보네?'

'이 상노무 새끼가 노상 염병을 해요.'

'넌 그 무엇도 할 수 없어. 알아?'

'넌 절대 안 된다고!'

아버지의 그 더러운 입에서 몇 십 년 동안 버릇처럼 반복된 세상에서 가장 잔혹한 그 말들은, 한 어절어절마다 사람의 피를 순식간에 쭉쭉 말려버릴 정도로 세상에서 가장 끔찍한 그 말들은, 건강한 심장을 송곳으로 잔혹하게 후벼 파고 장마철의 기분 나쁜 눅눅한 습기처럼 재빠르게 스며들어 서서히 마음을 썩어 문드러지게 만들었어. 그게 날 제멋대로 지배하고 조종하고도 남았어. 무엇이든 하려고만 하면 늘 아버지의 잔인한 말들이 마음 한구석에서 수도 없이 들려와서 나를 끊임없이 괴롭혔어.

하지만 아버지가 내 어린 삶은 지배했을지언정 내 정체성까지 그런 식으로 정의定義 내리게 내버려두면 안 되는 거였어. 내가 나 자신을 버리지 않는 이상 아무리 아버지라도 나를 그렇게 만들 수 없다는 것을 지금은 너무도 잘 알지만, 그때의 난 너무 어렸고, 너무 겁이 났어.

나는 나 자신을 내가 정말 원하는 장밋빛 꿈으로 지배하게 만들어야 했어. 날 병신으로 밖에 부르지 않는 아버지로부터 등을 돌리고, 날 괴롭히는 그 끔찍한 말들을 짓밟고 서서 굳센 꿈을 꿔야 했다고. 나는 다른 방식으로 삶과 싸우기로 결심했어. 젊은 아버지는 그런 모든 종류의 폭력으로는 원하는 그 무엇도 얻을 수 없을 뿐만 아니라 자신을 둘러싼 모든 것들을 잔혹하게 파괴할 수밖에 없다는 사실을 정말 몰랐을까? 아버지의 고장 난 마음은 몰랐겠지. 자식들의 마음도 제 마음과 똑같이 고장 나리라는 것을.

나이를 한 살 두 살 먹어가면서 나 역시 아버지를 무시하고 경멸했어. 그건 분명 복수심이었지만, 그렇게 해야만 온전한 내 존재를 확인할 수 있었어. 끔찍한 아버지와 멀어지면 멀어질수록, 그럴수록 나는 짜릿한 희열을 느꼈어. 나는 아버지를 철저히 남처럼 등급화 했어. 정말 통쾌한 건, 내 아버지가 너무 가난했다는 거야. 아버지는 이 사회에서 최하층민이었거든. 아버지는 언제나 돈이 없었어. 그냥 시원하게 계속 가난했어. 아버지는 어느새 폭력적인 아버지에서 무능하고 힘 없는 아버지가 되어 있었어. 슬프게도 나는 그게 너무 기뻤어. 나는 그럴수록 점점 불행해졌어.

하지만… 꼭 그런 것만은 아니었어."

아버지

내가 중학교에 입학했을 무렵이었다. 학교를 마치고 집에 도착해보니 아저씨들이 퇴근도 하지 않고 집 앞 평상에 모여 앉아서 어수선한 술판을 벌이고 있었다. 아버지가 평상 앞에 서서 계속 무언가를 주장하고 있었다. 가구공장의 월급이 몇 달이나 밀렸다고 했다. 사장님은 조금만 기다려 달라고 하고서는 정작 몇 달째 가구공장에는 코빼기도 보이지 않는다고 했다.

아저씨들은 둘로 갈렸다.

아버지는 더 이상 참을 수 없으니 다 같이 힘을 모아서 일을 그만두고 파업을 해야 한다는 쪽이었고, 공장장은 그러다가 공장에서 쫓겨나기라도 하면 책임은 누가 질 거냐며 반대하는 쪽이었다. 분위기는 금방이라도 끊어질 고무줄처럼 팽팽하기만 했다. 그러다가 술에 취한 공장장이 아버지에게 욕설을 하기 시작했고, 삽시간에 패싸움이 벌어졌다.

싸움은 안 그래도 좁은 집안에까지 들이닥쳤고 집안은 난장판이 되었다. 가구들이 부서지고 아이보리 벽지 곳곳에 성난 사내들의 검붉은 피가 툭-툭-툭- 튀었다. 차마 글로 쓰기도 힘든 욕설들이 난무했다. 분을 이기지 못한 아저씨들이 야외 자재창고에서 각목들을 가져다가 서로를 향해 휘두르기 시작했다. 누구는 이가 부러지고 누구는 팔이 부러졌다.

그때, 갑자기 인화성 물질이 가득한 칠 작업장 쪽에서 불길이 솟구쳤다. 싸움에 열중하던 아저씨들이 그제서야 정신을 차리고 물을 퍼나르기 시작했다. 한참 뒤에야 119 소방차가 들이닥쳤지만, 완성된 가구들이 가득했던 칠 작업장이 잿더미가 될 때까지 불길은 멈추지 않았다. 모두가 패자였다.

다음 날 사장님이 가구공장에 나타났을 때 공터에 웅성웅성 모인 아저씨들은 모두 하나 같이 아버지 때문이라고, 아버지만 아니었으면 이렇게 일이 걷잡을 수 없이 커지지는 않았을 거라고 입을 모았다. 이상하게도 공장장은 칠 작업장에서 불이 난 것 또한 아버지가 의심된다고 주장했다. 아저씨들은 고개를 숙이고 수군수군 댔다. 아버지는 무슨 말이냐며 분통을 터뜨리며 억울해했다. 불이 났을 때 분명 자기가 공장장과 집안에서 싸우고 있는 것을 똑똑히 보지 않았냐고 아저씨들을 향해 울분을 터뜨렸다. 아버지는 사람들을 한 명 한 명씩 번갈아 보며 정말 말이 안 되지 않느냐고 목에 핏대를 세웠지만, 아저씨들은 모두 고개를 숙이고 말이 없었다. 이 엄청난 사건에 대한 책임의 화살이 자신들 중 누군가에게 향할까 두렵고, 이제 더 이상 가구공장에서 일을 하지 못할 것에 잔뜩 겁을 먹은 아저씨들은 아버지에게 등을 돌리는 것으로 공장장과 암묵적인 합의를 본 듯했다. 이 사태에 대해 분명 총대를 멜 희생자가 필요했을 것이다.

추이를 지켜보던 사장님이 아버지를 노려보며 욕을 하기 시작했다. 성난 아버지가 갑자기 사장님에게 달려들었다. 아저씨들이 순식간에 둘을 떼어 놓기 위해 우르르 달려들었다. 수와 힘의 열세에도 불구하고, 아버지는 사장님의 멱살을 잡고 끝까지 놓지 않았다.

나는 야외 세면대로 천천히 걸어가 긴 호스를 쳐들고 딱딱한 호스 끝을 있는 힘껏 꽉 쥐었다. 나는 수도꼭지를 끝까지 틀고서 사장님이

해외에서 데려 왔다는 개를 향해 세찬 물을 뿜어대기 시작했다. 나는 우리 십보나노 너 예쁘게 꾸며신 개십 안에노 물을 계속 뿌러냈나. 새하얀 털이 긴 어미 개와 태어난 지 얼마 되지도 않은 하얀 꼬물이 새끼들이 내가 뿌린 차가운 물에 흠뻑 젖어서 바들바들 떨고 있었다. 어미 개는 낑낑대며 제자리를 돌고 돌았다. 개들은 당황해서 어쩔 줄을 몰라 했다. 그동안 그 개들에게 매일 밥을 주고 똥을 치워주던 사람이 바로 나였기 때문이다.

나는 휙하고 호스를 돌려 옥신각신 뒤엉켜 있는 아저씨 들을 향해서 물을 뿌리기 시작했다. 아저씨들의 얼굴에 정확히 조준되어 가느다랗고 거센 물줄기가 뿌려지자 벌건 색으로 뜨겁게 홍분된 얼굴들이 치지직-하고 식어버리는 것만 같았다. 이리 쏠리고 저리 쏠리던 아저씨들이 모두 일제히 동작을 멈추고 뜬금없이 자기들을 향해 물을 뿌리고 있는 나를 어이가 없는 듯이 멀뚱히 바라만 보았다. 아버지에게 멱살이 잡힌 사장님이 물을 뚝뚝 흘리며 물에 빠진 골룸 같은 머리를 하고는 나를 향해 잡아먹을 듯이 눈을 부라렸지만 누가 봐도 황당하고 엉뚱한 상황이라 나를 어쩌지도 못하고 뭐라고 욕도 하지 못하겠는 모양이었다.

"해볼 테면 해봐! 나는 어린이야! 해볼 테면 해보라고!"

나는 여린 목에 핏대가 서도록 있는 힘껏 외쳤다.

누군가가 슬며시 수도꼭지를 잠가 버릴 때까지, 나는 사장님을 노려보면서 같은 말을 외치고 또 외치고 있었다.

우리 가족은 다음날 작은 용달차에 세간을 싣고서 쫓겨나다시피 가구공장을 떠나야만 했다. 삼안리는 주소지로는 화접6리였지만, 삼안리 교회가 있다고 해서 삼안리로 불렸다. 화접5리의 화접초등학교 정문 건너편 길로 한참을 들어가 끝없는 배밭과 길쭉한 비닐하우스들을 몇 개 지나고, 작은 저수지를 하나 지나고, 야산꼭대기에 있는 삼안리 교회의 뾰족한 첨탑 위 십자가만이 멀찌감치 보이는 원만한 언덕을 올라갔다가 샛길을 쭉 내려가야 나오는 작은 동네였다.

삼안리는 배밭이라는 거대한 바다에 고립된 섬과 같은 곳이었다. 작은 집 주위에는 끝없는 배밭뿐이었고, 새로 이사 간 우리 집 주위 반경 2km내에 그 배밭을 운영하는 가구가 고작 다섯 가구뿐인 곳이었다.

경치가 아름다운 동네였지만, 삼안리로 이사를 오면서부터 아버지는 세상을 등진 것 같았다. 아버지는 점점 말이 없어졌고 더욱 외골수가 되어갔다. 젊은 아버지는 할 수 있는 일이 별로 없었다. 돈이 없는 아버지는 종이호랑이가 되었다.

아버지는 며칠 뒤에 교자상交子床을 떼어다 칠을 하는 일을 했다. 원목 그대로를 조립한 상床들을 들여와 칠을 한 뒤에 말리고 종이 상자에 포장까지 해서 출하하는 고된 일이었다. 아버지는 이사 간 집 마당에 작은 작업장을 손수 지어 놓고 연신 칠을 하기 시작했다. 혼자 하기에 일이 버거워지자 어머니도 아버지를 도와 칠을 하기 시작했다. 아버지와 어머니는 하루 종일 칠만 했다. 그래도 우리 생활은 그다지 나아지지 않았다. 사람들이 제사지낼 때 말고는 앉은뱅이 교자상을 밥 먹을 때조차 쓰지 않으며, 요샌 그나마 일 년에 한번 뿐인 제사도 잘 지내지 않는다는 게 원인이었다.

우리는 예상대로 점점 더 가난해졌다.

중학교를 졸업할 때가 되자 진로상담 때문에 교무실로 모시고 온 아버지와 마주 앉은 담임선생님은 이 아이는 공부보다는 그림에 소질이 있으니 그림을 가르치는 예술 고등학교에 보내야 한다고 아버지를 설득하기 시작했다. 그런데 아버지는 계속 그냥 일반 고등학교에 가야한다며 극구 반대했다. 결국 우리 형편에는 버거웠던 학비 때문이었다. 그건 아이의 미래를 위해서 절대 안 된다던 담임선생님과 교무실에서조차 무턱대고 소리를 지르면서 또 싸우려고만 하던 아버지의 성난 얼굴이 나는 참을 수 없이 창피했다. 진한 화장을 하고 고자질을 하던 여자 교생선생님은 처음부터 아예 있지도 않았다. 결국 나는 아버지의 뜻대로 공업고등학교에 입학했다.

꽃샘추위가 심했지만 기어이 한 벌 뿐인 연분홍 사파리를 입고 간 공업고등학교 입학식에는 아무도 오지 않았고, 나 또한 아무도 원하지 않았다. 수능시험을 보는 날도 마찬가지였다. 그 한파가 몰아치던 꼭두새벽에도 아무도 오지 않았고, 나 또한 아무도 원하지 않았다.

아버지와 다시 마주하게 된 것은 삼안리 집을 그렇게 뛰쳐나가고 몇 년이 지난 뒤였다. 어머니가 쓰러져 병원에 입원했다는 누나의 전화를 받고 급하게 달려갔지만 어머니는 벌써 응급수술을 끝내고 입원실에서 회복 중이었다. 병원에 들어가서도 입원실의 위치를 묻고 또 물어 낯설고 긴 병원 복도를, 저벅저벅 거리는 창백한 울림 속에서 걸어갔다. 오래된 소주를 여기저기 일부러 흩뿌려놓은 듯한 미지근한 알코올 냄새가 사람들의 갖은 체취와 함께 훅하고 섞여와 알싸한 현기증과 함께 미간이 절로 찌푸려졌다.

저 멀리서 익숙한 뒷모습이 보였다. 아버지의 넓은 어깨였다. 아버지는 어머니의 입원실 문지방에 서서 병실에는 들어가지 않고 멀찍이 뒷모습만으로 그렇게 벌뚱벌뚱 서 있었다. 벌써 한참을 그렇게 서 있던 듯이 아무 미동도 없는 모양새다.

나는 입을 굳게 다물고 망부석처럼 서 있는 아버지를 익숙하게 지나쳐 어머니의 침대로 향했다. 어머니의 주위에는 누나와 병문안을 온 친척들이 오손도손 모여서 그래도 이만하길 다행이라는 말을 소곤 소곤 주고받고 있었다. 어머니는 뇌출혈로 급하게 수술을 받았지만 제시간에 수술이 잘 되어서 경과가 좋을 거라고, 걱정은 안 해도 된다고 했다.

엉성하게만 보이는 철제 침대 위에 덩그마니 놓인 고단한 어머니의 몸. 그리고 통통 부어 편하게 뜨기도 힘든 어머니의 눈꺼풀이 나는 아직도 잊히지 않는다.

어머니는 정수리께에 두꺼운 솜을 대고 고깔처럼 생긴 흰색 망을 모자처럼 쓰고 있었다. 어머니의 베개 밑에는 머리 수술부위에 고여 있는 피를 빼내기 위해서 달아놓은 두 개의 배액관에 이어진 비닐 주머니가 놓여 있었다. 투명한 배액관에서 피가 한 방울씩 뚝뚝 흘러나오고 있었다. 검붉은 피가 섬뜩했다. 지난至難한 세월을 그렇게 굳건히 버텨낸 어머니의 늙고 지친 육체는 이제 눈물도 땀도 아닌 뜨거운 피를 뚝뚝 흘리고 있었다.

어머니는 의식이 몽롱한 중에도 내 목소리를 알아들었는지 이쪽을 보고 한쪽 얼굴이 잘 움직이지 않지만 어색한 웃음을 보이려 애쓰고 있었다. 어머니는 무의식적으로 "아들, 아들 왔어…" 하고 안심한 듯 말했다. 어머니의 입에선 흐릿하게나마 "엄마가 꽃게탕 해줄게…" 하는 말이 들려왔다. 빨간 집게발을 아쉬운 듯이 쪽쪽 빨아먹던 내 어린 모습이 아직도 어머니의 마음에 한으로 맺혀 있었던 것은 아닌지 눈물이 멈추지 않았다.

친척들도 다 가고 밤늦은 시간이 되서야 잠들어 있는 어머니 주위에 오랜만에 네 식구가 다 모여 있는데, 아버지는 문지방 의자에 걸터앉아서 좀처럼 안으로 들어오지 않았다. 아버지는 병실 앞 긴 의자에 누워 눈을 질끈 감고서 말 한 마디 하지 않았다. 우리 식구는 오히려 그런 모습이 익숙했다. 사람들로 자욱한 곳에 아버지는 혼자서 고독

한 섬이었다. 눈에는 보이지 않는 외로움의 무게가 묵직하게 내려앉아 철옹성 같은 신기루로 둘러쌓인 그만의 기록한 심. 아마도 그곳이 내 기억 속에서 아버지의 건장한 모습이 마지막으로 남겨진 곳이리라.

어머니가 퇴원할 때, 이 집에서 한발 비켜나온 방랑자인 나로서는 부끄럽고 민망하고 또 몹시 죄스럽게도 그 고단한 몸은 너무도 수척해 있었다. 한 여자의 또 다른 생명의 일부가 다시 한 번 힘겹게 어디론가 빠져나가 버려 다시는 제 집을 찾지 않을 것만 같았다. 하지만 겹겹이 갈라진 주름살과 축 늘어진 살갗들은 세상의 밉고 못생긴 것들의 못된 상징이 아니라 자랑스럽고 아름다운 인간만이 가질 수 있는 영광의 표식일 뿐이었고, 병마와 세월에 지친 고단한 몸 또한 반복되는 고통을 어쩔 수 없이 버텨낸 몸이 아닌 모진 인생과 불합리한 운명을 이겨내고 당당히 온 힘을 다해 홀연히 제 힘으로 딛고 일어선 승리자의 몸이었다.

그로부터 몇 년이 흘렀을까. 이번에는 아버지 차례였다.

그 누구에게도 건강을 의심받지 않았던 덩치가 산만 한 아버지와 병원이라니. 믿어지지 않는 두 단어의 거짓말 같은 조합은, 누나가 밤 늦게 보내온 몇 층 몇 호실이라는 단 하나의 문자로 그게 부정할 수 없는 진짜 사실임을 똑똑히 증명해 보이고 있었다. 병원에 가는 길에 계속 입안이 까끌까끌했다. 마치 먹기 좋게 둘둘 말아서 후루룩 베어 문 비빔냉면에서 투명한 비닐을 반쯤 씹다가 뱉어낸 것처럼 신경질이 바짝 나고 불쾌했다.

아버지는 위암이라고 했다. 누나가 말하길, 운 좋게 초기에 발견해서 생명이 위험하지는 않았지만 없는 살림에 병원비로 꽤 많은 돈이 나갈 것을 걱정한 아버지가 몇 주째 위암에 걸린 사실을 숨겨오다가 장롱 깊숙이 숨긴 진단서를 우연히 어머니에게 들켰다고 했다.

아버지의 고집이란….

나는 정말 참을 수가 없다.

아버지의 이름이 적힌 병실에 도착한 나는 차마 선뜻 들어가지 못했다. 나는 오래전 아버지가 서 있던 병실 앞에서 한참을 아버지처럼 가만히 우두커니 서서 움직이지 못했다. 나는 수척한 얼굴로 곤히 자고 있는 낯선 아버지를 멀리서 물끄러미 바라보았다. 아버지는 환자복 바지가 남아 푹 꺼질 것만 같은, 몰라보게 마른 몸을 하고 있었다. 아버지의 침대 옆에 앉아있던 누나와 어머니가 피곤한 얼굴로 날 반겼다. 어머니는 날 보자마자 뜨듯한 눈물을 뚝뚝 흘리기 시작했다.

"아빠는 이제 괜찮대. 수술도 잘 되었다니 걱정하지 않아도 된단다. 참 다행이지 뭐니."

어머니가 이 삐뚤어진 세상이 만들어낸 것이라고는 도저히 믿을 수 없을 만큼 한없이 온화하고 더 없이 평온한 표정으로 눈물을 훔쳤다.

이 무슨 기가 막히고 코가 막히는 코미디 같은 상황인지. 이날 이때까지 죄 없는 가족들을 고생시킨 것도 모자라 늙어서까지, 기어이 여기까지 와서 누워있어야 하는 저 못되고 고약한 늙은이가 어머니는 뭐가 불쌍하다고 성치도 않은 몸에 짐까지 바리바리 싸들고 나와서 금이야 옥이야 간호를 하는 것인가. 지금껏 평생을 걸쳐 집요하게 자신을 괴롭힌 저 보잘 것 없는 양반이 뭐가 좋다고… 또 누가 무슨 걱정을 한다고. 또 뭐가 다행이라고… 이 혼란스럽고 잘못되고 이상한 광경 속에 나는 도저히 끼고 싶지 않다. 이제는 어머니까지 넌덜머리가 난다. 그 나직한 집이 더러운 입을 쩍하고 벌리고 또 다시 나를 축축하게 끌어당겼다.

가슴이 또다시 급하게 뛰기 시작해 견딜 수가 없다. 나는 병실을

도망치듯 빠져 나와 병원 로비를 향해 바쁜 걸음을 걸으며 가쁜 숨을
의식적으로 몰아쉬었다.

'괜찮아, 저 늙은 아버지는 더 이상 네 엄마를 때리지 않아.

이제 그럴 힘도 그럴 이유도 없다는 걸 너도 잘 알잖아.

설사 그런 일이 또 다시 생긴다고 하더라도 이제는 아버지보다 힘이
센 너가 아버지를 언제든지 막을 수 있어.

그때 그 나직한 집에서 다 해결했잖아.

이제 다 끝난 일이라는 거 직접 두 눈으로 똑똑히 확인했잖아.

다 지난 일이야. 다 끝난 일이야. 끝났다고.

정말 안심해도 좋아… 이젠 정말 괜찮을 거야…'

한적하고 넓은 로비로 나오자 그나마 마음이 조금씩 안정되는 것만
같았다.

낮에는 수십 수백 명의 사람들이 걱정과 안심, 혹은 탄식과 절망을
한가득 안고 분주하게 오고 갔을 대학병원의 널찍한 로비는, 어둠이
무겁게 내려 않은 병원 밖의 스산한 밤 날씨처럼 휑한 모습으로 누군
가가 강제로 그렇게 만든 것인 양 적막한 기운만이 감돌고 있었다.
텅 비어있는 긴 플라스틱 의자에는 하늘색 줄무늬 병원복을 입고 있
는 노인 환자 몇 명이 간간히 앉아서 하루 동안의 치열한 생로병사의
전 과정을 똑똑히 목도하고 난 뒤, 인간사의 허망함을 터득이나 한 듯
한 무덤덤한 표정을 하고 대형 TV에서 나오는 일일 드라마를 퀭한 눈
으로 열심히도 보고 있었다.

가족은 선택하는 것이 아니라 선택되어질 수밖에 없다는 것이 내
아버지에게는 유일한 행운일 것이다. 선택할 수 있다면 그 누구도 내
아버지 같은 사람을 자기 아버지로 선택하지 않았을 테니. 사랑하게
되는 사람을 고르지 못하는 것처럼, 미워하게 되는 사람도 고를 수

없다. 하지만 이 모든 것들이 단지 우연의 결과물이라면. 나는 왜 이 제까지 항상 이 인연의 끈이 악연으로 이어지는 불행이라 생각했던 것인지. 만약 이 모든 이야기가 지금의 나로서는 전혀 알지 못하고 이해할 수 없는 다른 종류나 다른 형태의 행운일 수 있다면, 그렇다면 과연 나는 지금껏 간과해왔던 이 어리석음을 감당해 낼 수 있을까.

'과거의 망령이 언제까지나 이렇게 널 지배하게 가만히 내버려 둘 순 없어.

지금의 너는 더 이상 어머니와 아버지 사이에서 공포에 질려 어쩔 줄 몰라 전전긍긍하던 어린아이가 아냐. 하물며 저 이해할 수 없는 관계 사이에 어쩔 수 없이 끼어있는 존재는 결단코 아니라고. 이제 너는 이 모든 문제들을 양손으로 꼭 부여잡고 하나씩 에둘러 해결할 수 있는 어른이 되었음을 스스로 인정해야만 해. 어머니의 일은 어머니의 일로, 아버지의 일은 아버지의 일로, 저 노부부의 일은 노부부의 일로 제발 좀 그냥 놔두자. 어머니와 아버지 사이의 숨쉬기조차 버겁게 비좁은 틈바구니에서 이제 그만 천천히 걸어 나오렴. 이제는 그래도 좋아. 아니, 반드시 그래야만 할 거야.'

나는 다시 한 번 나의 초라한 패배를 완전히 직시하고 인정할 수밖에 없었다.

먼 훗날, 언젠가는 반드시 올 어머니의 생의 마지막 순간에, 그 자리에 반드시 있어야 하는 사람은 내가 아니라 아버지라는 것을. 아니 그래야 한다고. 이제까지 어머니의 삶에서 항상 그래왔듯이 그 자리를 끝까지 지킬 사람은 아버지여야 한다고. 그 반대도 마찬가지라고.

나는 마침내, 이제까지 나를 억눌러 지배하고 결코 원하지 않았지만 나를 단 한 순간도 놓아주지 않았던 억압 속에서 완전히 독립해 진정한 어른이 되었음을 깨달았다. 첫 몽정을 했을 때도, 대학에 합격했을 때도, 제대를 했을 때도, 면허증을 땄을 때도, 내 이름으로 된

집 계약서에 도장을 찍었을 때도, 내 차를 처음 몰았을 때도 느껴보지 못했던 긴장 끝없는 지유를 만끽했다. 마치 기분 좋은 바람을 타고 둥둥 날아나는 것 같은 해방감에 온 몸이 전율했다.

그녀의 눈물이 맺혀 있는 그 온화한 표정은, 세상의 그 어떤 명망 있는 공적증명서보다도 이 받아들이기 힘든 사실을 똑똑히 증명하고 있었다. 이 힘든 사실을 나는 인정해야 한다.

결국 내 어머니가 저 끔찍한 남자를 용서하고 받아들였다는 것을.

하지만 그 무엇이 그녀로 하여금 과거의 씻을 수 없는 상처를 아물게 하고, 증오로 적대해야 마땅할 가해자를 끌어안아 용서하게 하고, 이 위태로운 가정을 여태껏 굳건히 지켜내게 했는지 나는 차마 상상할 수도, 가늠할 수도 없다.

그녀는 정작 자기 자신을 위한 것이라고는 손톱만큼도 챙기지 못하고 고단한 삶의 매 순간순간마다 추호도 고민치 않고 일단 자기 자신부터 당연하다는 듯 배제하고 봐야 했다. 그러고도, 오히려 철저하게 그녀의 몸과 마음을 기꺼이 전부 다 바치고도 애지중지 아꼈던 가족으로부터 어머니라는 그 뻔지르르하고 알량하며 이름뿐인 허울 뒤로 언제나 멀찍이 소외되어온 안타까운 삶을 그녀는 어떻게 견뎌온 것일까.

아무에게도 말하지 않았고 아무도 알지 못했던 가혹한 남편의 폭력과 지긋지긋하게 그녀를 괴롭혔던 끈질긴 가난은 결국 그녀를 쓰러뜨리지 못했다. 그녀는 자신에게 주어진 그 야속한 운명을 마주하고 이 못난 아들처럼 도망가지도, 맞서 싸우지도 않았다. 그저 오랜 세월을 걸쳐 그것들을 있는 그대로 받아들이고 그녀에게 주어진 삶을 그저 묵묵히 살아왔을 뿐이다.

사랑이 그녀를 변화시켰던 것일까. 그것은 보편적 인류애였을까. 남편에 대한 이성적 사랑이었을까. 아니면 자식에 대한 모성애였을까. 아니면 충실한 삶의 태도였을까.

견디기 힘든 삶이 그녀에게 남겨놓은 것은 아마도 존재하는 것에 대한 본연의 사랑뿐이었으리라.

그 옛날 아버지가 어머니의 병실에 들어가지 못하고 문지방에서 망부석처럼 서 있던 것은, 바로 아버지 자신을 사랑으로 용서한 어머니를 마주하는 것이 못내 미안해서였을 것이다.

어머니는 그녀가 알지 못하는 새에 그 사랑을 바탕으로 가혹한 남편에 대한 미움을 용서로 녹여내고 원망스러운 세상에 대한 좌절을 희망으로 녹여내어 그 어떤 아픔도 견뎌내고 포용할 수 있는 바다와 같이 넓고 깊은 숭고한 마음을 완성시킨 것은 아닐지.

내 어머니는 진정으로 강한 힘을 지니고 있었던 것이다. 부정하고 싶던 현실이 자신을 아무렇게나 정의定義내리고 이 엄혹한 세상이 그녀 자신을 이리저리 끌고 가도록 절대 그냥 놔두지 않고 오히려 실재하는 자신의 존재 그 자체에 대한 인간 본연의 사랑을 굳게 믿고서. 스스로가 자신의 삶의 진정한 주인이 되어 자신과 자신을 둘러싼 이 세계를 넓은 아량으로 포용하고 받아들임으로써 아무리 강한 무쇠도 녹여버리는 용광로처럼, 아무리 거친 모래도 매끄럽게 만드는 진주조개처럼 자신의 운명을 지금까지와는 전혀 다른 그 무엇으로 승화昇華시키는 힘을.

그녀는 이제까지 오랜 세월동안 그녀의 가녀린 어깨에 멍에처럼 짊어져 이제는 제 몸의 일부가 되어버렸던 폭력과 억압, 가난과 인생의 허망함 중 그 무엇도 입으려하지 않고 마치 옷을 벗어 놓듯이 벌써 저 뒤에 홀홀 벗어던지고 홀가분한 맨발로, 이제는 그녀 자신만 홀연히 남아 그녀에게 남은 여정을 자유롭게 사뿐히 걸어가는 중임을, 이제는 그 어떤 삶이라도 그녀를 전과 같은 방식으로 절대 괴롭히지 못할 것임을 나는 깨달았다.

병원 밖 거리는 쌀쌀한 가을밤인데도 분주함이 끊이지 않았다. 병원 주차장 바로 앞에서부터 좁은 공간조차 버리지 않고 남김없이 비집고 들어선 술집들의 화려한 간판들에 새삼스럽게 눈이 부셨다. 언제나 상기된 얼굴을 하고 있는 이 바쁜 도시는 늘 몇 개의 건물 사이로 사람들의 생과 사가 교차한다. 이쪽 병원에서는 매 순간순간 사람들이 죽거나 살고 있고, 저쪽 세계에서는 또 다른 의미로 매 순간순간 또 다른 사람들이 죽거나 산다. 사람들은 오색이 찬연한 빛으로 가득한 거리를 분주히 오가며 절대 끝나지 않을 것만 같은 이 밤을 광란의 파티를 벌이는 사티로스들처럼 뺨이 뻘겋게 달아오른 채로 만끽하고 있었다. 까마득히 먼 곳에서 시작된 원시의 리듬이, 조용한 메아리 같이 길고 낮은 진동으로 익숙하게 울려왔다.

'어서, 어서 가라. 네 종족에게로. 더 늦기 전에. 이번이 마지막 기회일지도 모른다. 가서 너 또한 그들 못지않은, 그들 중의 하나임을 자랑스레 밝히고 무리의 일부가 되라. 그리하여 네 안녕을 당당히 누림과 동시에 네 자손의 영원한 번영을 꿈꾸라.'

나는 저 광란의 파티에 정식 초대장을 받은 것처럼 당당히 허리를 곧추 세우고 사람들의 밝은 시선들이 내리쬐는 무리의 틈바구니 속으로 입을 앙 다문 채 천천히 걸어 들어갔다. 어디선가 나무 냄새와 민지 냄새가 땀 냄새, 음식냄새와 섞여서 매캐하게 진동하기 시작했다.

내가 과연 어머니처럼 아버지를 용서하고 받아들일 수 있을까. 그러면 그것이야말로 비로소 날 이 고통에서 구원하리라. 나는 마흔의 나이가 되도록 셀 수 없이 수많은 시간이 흘렀음에도 불구하고, 과거의 그 나직한 집에서 공포에 질려 아무것도 할 수 없었던 무기력한 어린아이의 모습으로 아버지를 바라보고 있었다.

하지만 아버지가 삼안리로 이사 간 이후로 지금까지 가정에 헌신적인 삶을 살아온 것을 나는 분명히 알고 있다. 내가 집을 나간 후에도 힘든 시간들을 어머니와 함께 묵묵히 이겨내왔던 것 또한 의심할 수 없는 사실이다. 어머니 또한 아버지가 아니었다면 결코 자신의 삶을 버텨내지 못했을 것이다. 나의 어린 시절은 분명 불우했지만, 나와 누나야말로 지금까지의 아버지의 인생을 오롯이 희생시킨 대가였으며 최대의 수혜자였다는 것을 인정할 수밖에 없다.

아버지는 꿈이 뭐였을까. 제발 그놈의 꿈 타령은 이제 집어치우자. 아버지는 어찌하여 하나 밖에 없는 자신의 삶을 다 바쳐서 이 재미없는 가정을 지켜냈던 것일까. 자신을 싫어하는 가족을 위해 사는 것. 아무리 아버지라 하더라도 그건 당연한 게 아니다. 부당한 것이다. 세상의 풍파와 인색한 운명에 맞서 가족을 지켜낸 다음에 아버지가 우리 가족과 함께 누리려고 꿈꾸었던 것은, 그것은 진정 가족의 행복과 사랑이었을까. 아버지에게는 나와 우리 가족의 존재가 그 어떤 세상에서의 성취보다 소중했을까. 나라는 존재가 정말 아버지에게 삶을 지탱하게 하는 힘이었고 의미였으며 아버지의 인생을 통해 간절히 바라던 꿈이며 미래이자 삶의 전부였을까. 만약 그랬다면 아버지는 왜 여태껏 나에게 그런 말을 한마디도 하지 않았을까. 말 못하는 동물들도 자기 마음을 표현을 하는 것에 주저 없는데, 하물며 아버지는 왜 이제껏 굳은 침묵을 지키고 있다는 말인가.

그게 아니라면 그 무엇이 아버지의 초라한 삶을 견뎌내게 했을까. 아니면 늘 살림이 부족하고 배우지 못해 세상물정에 어두운 것이 미안하고 안쓰러워서 그동안 자식들 앞에서 자신의 말을 한마디도 꺼내기 힘들었을까.

아니, 어쩌면 우리 가족들이야말로 몇 십 년 동안 가족이라는 허울 좋은 이유하나만으로 아버지에게 머리카락 한 올부터 발톱 끝까지 당신이 가진 모든 것을 가족을 위해 기꺼이 바쳐야 한다고, 그렇게 하지 않으면 당신이 지키고 당신이 먹이고 있는 이 따뜻한 보금자리로부터 차갑게 버려질 것이라는 무언의 협박을 강요하며 이제껏 끊임없이 잔혹하게 몰아세워왔던 것은 아니었을까.

나는 나 이외의 다른 사람, 아무리 그게 내 아내나 내 자식이라도 아버지처럼 가족을 위해 자신을 오롯이 헌신하고 희생하며 살 수 없다.

나는 절대 그렇게 살고 싶지 않고 그럴 자신도 없다.

그런데, 이제와서 뭐가 사실인지 그게 왜 그렇게 중요한가. 중요한 것은, 나라면 절대 해내지 못했을 '아버지라는 일'을 아버지는 비록 썩 잘하지도 멋지지도 않았지만 성공적으로 해냈다는 사실이다. 그는 숱한 어려움 속에서도 가족을 끝까지 지켜냈고 살려냈으며 아내와 자식들을 건강하게 잘 키워냈다. 그런 그가 승리자가 아니라면 세상의 그 어떤 사람도 승리자의 영광을 누릴 자격이 없으리라. 아버지 자신이 아닌 아버지로서의 삶은 그 누구보다도 진정한 가치를 지닌 성공적인 삶이었고, 인간으로서 할 수 있는 가장 위대한 삶이었던 것이다.

나는 다짐했다. 우리는 지금까지와는 전혀 다른 새로운 관계를 만들어나갈 수 있으리라고. 꼭 그렇게 만들겠다고. 그게 남들에게 들려주고픈 새로운 이야기의 시작이라고.

하지만 나는 그날 이후로 병원에는 더 이상 가지 못했다. 도무지 내키지가 않았다. 아버지는 아마도 내가 한 번도 병원에 오지 않았다고 생각했을 것이다. 하지만 나는 돈이 생길 때마다 남김없이 모두 집에

송금하기 바빴다. 그것만큼은 꼭 그래야 할 것만 같았다. 하지만 수술이 잘 되어 병원에서 퇴원하고 몇 달 뒤, 아버지는 집을 나가서 다시는 돌아오지 않았다.

아버지는 무엇이 그토록 두려웠던 것일까. 무엇이 그토록 싫었던 것일까. 남양주시 경찰서에 실종신고를 냈다는 말을 듣고 나는 급하게 또 다시 삼안리 집으로 돌아왔고, 친척들과 함께 언제 찍었는지도 모를 아버지의 낯선 증명사진을 인쇄한 전단지를 들고서 불암동이며 화접초등학교 근처며, 배밭이며 하우스며 만나는 모든 사람들에게 수소문하며 아버지를 찾았지만 모두 허사였다.

우리는 끝내 아버지를 찾지 못했다.

아버지의 고집이란….

나는 도저히 참을 수가 없다.

내 휴대전화에는 오래전에 바뀌어버린 아버지의 번호만이 섬뜩한 흔적처럼 남아 있다. 이제 나와 아버지는 연결되지 않는 것이다. 지금까지 우리가 황망하게 떠나보낸 수많은 사람들처럼 나는 황당하게도 여태껏 까맣게 잊고 있었던 것이다. 아버지가 그때 집을 나가서 다시 돌아오지 않았다는 것을.

나는 이제껏 철저히 부정하고 싶었다. 아니라고. 강인한 아버지는 내가 내 코앞에 산적한 문제들을 제대로 하나씩 해결할 시간을 조금은 줄 거라고. 그때까지 조금씩만 더 버텨 주리라. 그리고 그렇게 내가 아버지에게 무심한 사이에 아버지가 집에 떡하니 돌아와있을 거라고. 그러면, 내가 다시 집에 돌아가면, 아버지가 늘 그렇게 말없이 있고, 나는 아무 일도 없던 것처럼 아버지를 데면데면하게 대하면 된다고. 그러면 내가 언제든지 원래 형태를 알아볼 수 없을 만큼 굴절된 이 모든 것들을 바로잡을 수 있다고.

하지만 그건 모두 내 헛된 바람일 뿐이었다.

아버지의 가출을 인정하지 않으면 않을수록 나는 끝없는 자괴감에 사로잡혔다. 나는 그 후로도 술만 마시면 무턱대고 집에 전화를 걸어 어머니에게 아버지가 집을 나간 게 왜 나 때문이냐고 따지듯이 소리를 지르곤 했다. 이제 아버지가 존재하지 않는다는 사실을 나 스스로, 먼저, 성급하게, 섣불리 인정하는 것은 이제 나와 꼭 닮은 사람이 이 세계에 한 사람도 존재하지 않는다는 것을 의미했고, 마음속의 막연한 든든함조차 이제 허락되지 않는 것을 의미했다.

한 존재의 상실은 시간의 끈으로 묶여 세상의 일부로서 관계를 맺어온 다른 존재들의 살아있는 가슴속에 공간과 사건들로 점점이 공유되어 각인된 또 다른 연결고리의 상실이다.

영원히 죽지 않는 그 형언할 수 없는 인간의 아름다운 모습들, 대지大地의 향기들, 희망에 대한 믿음들, 건강을 확인하는 웃음들, 생기 있는 미소들, 성취 속에서 느껴지는 기쁨, 작은 것들에게 감사하는 행복, 인간에게 느껴지는 따뜻함, 마음의 강인함, 오직 사람을 제대로 존재하게 만들 수 있는 사랑의 바람들을 과연 이 지구상의 그 무엇으로 대신할 수 있을까.

하지만 남은 자, 남은 자에게 엉겁결에 들씌워진, 존재를 잃은 고통 또한 그 무엇으로도 메울 수 없다. 그 끝도 없이 엄습하는 허망함은, 절대적인 절망의 나락에 내맡겨진 비루한 영혼은.

내가 아버지를, 아버지의 존재를 그의 유일한 안식처로부터 멀리 내쫓은 것이다. 나에게 과연 아버지의 등을 떠밀 자격이 있었을까.

아니다. 이건 정말 아니었다.

아버지의 가출은 정말 솔직히, 정말 다행이라고 생각이 들어야하는데!

보기 싫은 아버지가 제 발로 사라졌으니 앓던 이가 어느 날 나도 모르는 사이 아프지도 않게 쑥- 하고 빠진 것처럼 시원한 일이 아닐 수 없다고 말해야 하는데!

왜 자꾸 눈물이 날까.

왜 자꾸 이렇게 눈물이 날까.

왜 이제서야 내 영혼을 다 바쳐 절절히도 증오했던 아버지가 이토록 보고 싶을까.

마지막으로 그 깡마른 몸을 꼭 한 번만이라도 안아볼 수 있다면…

나는 왜 이렇게 바보같이 울고만 있는지.

어찌할 수 없는 나의 어리석음이란…

아버지는 왜 언제나처럼 나를 이렇게 괴롭혀야만 하는 건지.

나는 정말 도저히 참을 수가 없다.

이제는 아버지의 얼굴조차 잘 기억나지 않는다. 기억나는 것은 60대 노인의 깡마른 얼굴뿐이다. 나는 그의 얼굴도 잘 기억해내지 못한 채 여기까지 왔다. 나는 여전히 그에 대해 알고 있는 것이 전혀 없다. 그는 어떤 남자였을까. 그는 무슨 음식을 좋아했을까. 그는 무슨 영화를 좋아했을까. 아니, 그가 마지막으로 영화를 본 것이 과연 언제였을까.

그때 병원에서 누워있던 아버지의 마지막 대사를 분명히 들었으나 일부러 흘려들어서 까맣게 잊은 것은 아닌지 모르겠다.

아버지의 마지막 대사는 무엇이었을까. 큰어머니의 장례식장에서 들었던 그의 목소리가, 의정부 집에 돌아와 들렸던 그의 목소리가 아직도 귓가에 생생하다. 아니, 앞으로도 아버지는 내 마음 속에 자리를 잡고서, 계속 내 인생의 모든 순간순간을 언제나 나와 함께 하면서, 카랑카랑하면서도 선 목소리로 니에게 수많은 잔소리를 해댈 것임을 나는 알고 있다.

끝을 전혀 가늠할 수 없고 느낄 수도 없는 상실감이 밀물처럼 밀려와 내 맨몸을 차갑게 감쌌다. 그는 도대체 어디로 간 것일까. 그는 마지막으로 무엇을 남기고자 스스로 먼 길을 떠났을까. 그의 떠남은 내게 무엇을 말하고 있을까. 아버지는 집을 나가기 전에 어머니에게 불암동에서 있었던 일들에 대해 사과를 했을까. 아니라면 아버지는 왜 사과하지 않은 거지? 그렇게 모든 것들을 세월 속에 덮어둔 채로 넘어가려는 거야?

아니다. 아버지가 어머니에게 아직 사과하지 않았다면, 그는 반드시 돌아올 것이다. 아니, 내가 꼭 사과를 받아낼 것이다. 이제라도 아버지를 다시 찾아야만 한다. 그가 원하던 원하지 않던 그건 이제 더 이상 내게 중요하지 않았다.

하지만 어디부터?

아버지가 무엇을 좋아했는지조차 나는 알지 못하기 때문에 그곳으로 찾아갈 수도 없다.

나는 마음속에서 그의 존재가 애타게 느껴졌다.

혹 아버지를 만나면 하려고 생각해 놓았던 수많은 말들이 아무것도 떠오르지 않을 것만 같아 걱정이다. 머릿속이 백지처럼 하얘질 것임을 나는 알고 있다.

내 아버지를 우연히라도 다시 만나면 이 말을 하고 싶다.

"용서해줘. 아빠. 아무것도 묻지 않을게. 아빠가 날 미워해도 난, 난 아빠를 사랑할 거야. 우리, 지금부터라도 친하게 지낼 수 있어. 이제라도 새롭게 시작하는 게 어때? 이제부터라도 그동안 못했던 추억을 하나씩 만들어가면 아마도, 아마도 가능할거야. 아빠는 이제 시간도 얼마 남지 않았잖아. 이제 좀 있으면 팔십이라고. 그러니 이제 그만하고 제발 날 용서해줘. 이제 그만하고 날 구원해줘. 그냥 돌아만 와달란 말야. 우리 이제껏 남자 대 남자로 소주도 한잔 못했잖아. 이제라도 남들처럼 딱 소주 한잔만 하자. 이제까지 힘들어도 포기하지 않았잖아. 왜 이제와서 그래. 조금만 더 기다려주었다면 좋았잖아. 페달을 계속 힘껏 밟으면 절대 넘어지지 않을 거라고 분명히 아빠 입으로 똑똑히 말했었잖아. 아마 쉽진 않을 거야. 하지만 그게 우리 인생이잖아. 아빠, 아니 우린 할 수 있어. 우리 앞에 놓인 장애물을 이겨낼수 있어. 그러기 위해서 다시 만나야 해. 우리 같은 못난 사람들은 서로 의지하면서 살아야 되는 거잖아. 아빠도 알잖아. 까짓 거 사랑하는 아들을 위해서 조금만 더 창피하면 안 돼? 아빠가 그것도 못해줘? 이제 우린 더 이상 창피할 것도 없잖아. 이걸 봐. 내 모습을 봐. 그동안에 못한 말들이 이렇게나 많다구. 아니 아직도 할 말이 엄청 많이 남았단 말야. 나에게 지금처럼 혼자 사는 삶과 아빠랑 같이 티격태격 옥신각신 부대끼며 사는 삶 중 하나를 선택하라면 두 번째 삶을 선택하겠어. 진심이야…"

아버지의 시간과 나의 시간이, 우리의 마음만이라도 같은 공간 안에 있을 수 있다면. 그럴 수만 있다면… 다시는 아버지를 버리지 않으리라. 나를 위해서라도, 당신이 당신 자신보다 더 사랑했던 아들을 위해서라도 이제 그만 돌아와 달라고. 당신의 아들이 딱 당신의 못난 아들만큼 못난 아버지를 많이 사랑했다고. 아버지를 그렇게 많이 미워했던 것은 그만큼 많이 사랑했기 때문이라고.

의정부 집의 문이 열리자 늙은 어머니의 통통한 얼굴이 햇살 같은 미소를 머금고 날 반겼다. 나는 어머니를 꼭 껴안았다.

"엄마, 다 잘 될 거야. 내가 알아. 나만 믿어."

늙은 어머니가 부쩍 약해진 팔 힘으로 나를 꼭 껴안으며 내 품에 지친 고개를 살며시 기댔다. 늙은 어머니는 오랜 여행을 마치고 돌아온 아들을 누가 훔쳐가기라도 할까봐서 언제나서 그랬듯이 계속해서 확인하듯 보고는 연신 신이 나서 싱글벙글이다.

나는 후암동 집을 정리하고 이삿짐을 꾸려 의정부 집으로 돌아왔다. 늦었지만 어머니의 집에서 내 인생을 걸쳐 짝사랑했던 영원한 나의 이방인을 기다리기로 한 것이다.

아니, 아버지는 벌써 오래전에 집에 돌아와 있었는지도 모르겠다.